David Moitet

Les Secrets de Tharanis

L'île sans nom

DJ
ROMANS
DIDIER
JEUNESSE

À Virginie, pour une première tentative
dans son genre de prédilection…

À Eléa, pour le temps passé à travailler
sur les illustrations.

À Pierre et Inès, en souvenir de Gizmo,
leur petit camarade de jeu.

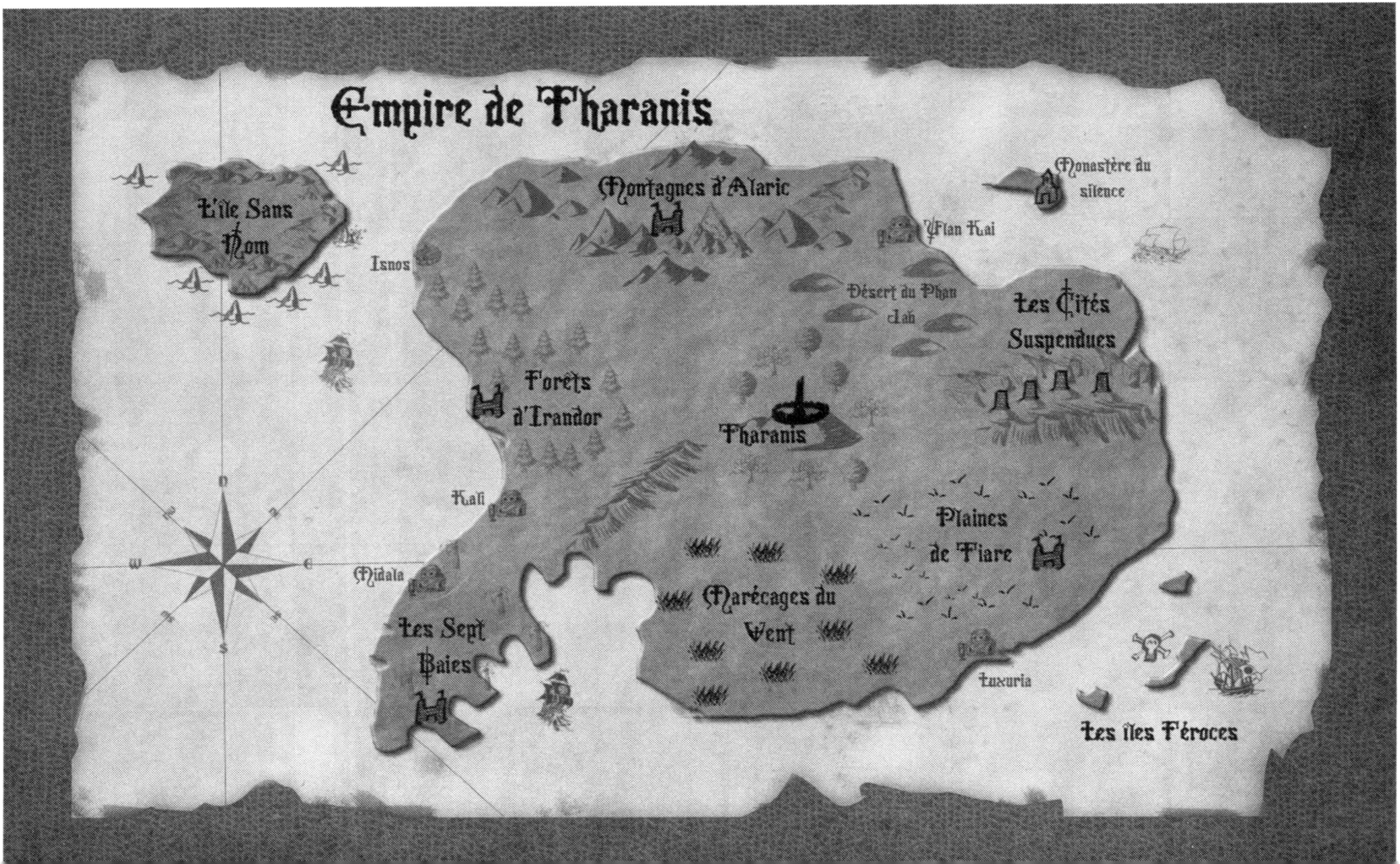
Empire de Tharanis
L'île Sans Nom
Isnos
Montagnes d'Alaric
Ylan Kai
Monastère du silence
Désert du Phan Lah
Les Cités Suspendues
Forêts d'Irandor
Tharanis
Kali
Plaines de Fiare
Midala
Marécages du Vent
Les Sept Baies
Luxuria
Les îles Féroces
O
E
S

1

Tulia louvoyait avec légèreté entre les rochers qui parsemaient le chemin. Le chant des oiseaux l'accompagnait, oscillant entre pépiements subtils et babils conquérants des mâles en quête de compagnes. Le vent couvrait la jeune paysanne de son haleine chaude, et faisait danser les feuilles des arbres centenaires de la forêt. De toutes les saisons, Tulia avait une nette préférence pour le printemps, et son foisonnement de vie qui contrastait avec la grisaille hivernale. Les fleurs sauvages égayaient le sous-bois, îlots colorés aux fragrances délicates qui bourdonnaient d'insectes. Elle s'arrêta un instant, et s'imprégna du parfum entêtant des jacinthes, dont la multitude donnait l'illusion qu'un mage avait déployé un tapis bleu au cœur de la forêt. Les rayons déclinants du soleil filtraient à travers les jeunes feuilles, et rehaussaient ce tableau enchanteur.

Ce qu'appréciait par-dessus tout Tulia, à cette période de l'année, c'était de pouvoir quitter sa petite maison pour se rendre sur le marché du village vendre les légumes produits à la ferme. Hammergat n'était qu'une bourgade d'une vingtaine de maisons, mais les sourires des clients et des amis lui réchauffaient le cœur, après trois longs mois passés en tête à tête avec Ergul, son mari. C'était un homme un peu rustre, parfois brutal, à la parole rare. Le père de Tulia avait décidé de la marier à quinze ans, contre deux ânes et un cochon. C'était une bonne affaire, selon lui. Tulia n'avait pas eu son mot à dire, et avait accepté la tractation sans broncher. Ainsi en allait-il dans les campagnes du duché des Sept Baies... Sur le marché, elle avait entendu des femmes parler d'autres mœurs, qui existaient dans les grandes villes comme Kali ou Tharanis, la capitale... On racontait que certaines femmes pouvaient choisir leur mari. Une folie, aurait dit son père. Pourtant, Tulia ne trouvait pas cela si stupide, et aurait donné cher pour être née loin d'Hammergat, dans une contrée plus civilisée...

Elle soupira, et guida ses pensées vers ses deux enfants, Anne et Tagurd, les deux lumières de sa vie. Âgés de six et huit ans, ils égayaient ses journées de leur insouciance et de leurs bêtises. Bien sûr, ils participaient activement au travail à la ferme, sous le regard exigeant de leur père. Tulia veillait toujours à ce qu'ils s'acquittent de leurs tâches, pour éviter les corrections paternelles, dont Ergul semblait friand. La jeune mère pressa le pas, savourant à l'avance le moment où elle serrerait ses deux amours dans ses bras.

Tulia sortit de la forêt et coupa à travers le champ de blé, pour rentrer plus vite. Du coin de l'œil, elle s'assura qu'Ergul ne l'attendait pas à l'entrée de la maison. Il n'aurait pas approuvé ce passage à travers champ. En quelques enjambées, Tulia s'approcha de leur logis. De vieilles pierres empilées, recouvertes de torchis, surmontées d'un toit en lauze. Ce n'était pas un palais, mais bien plus confortable que la plupart des fermes des environs, et les enfants avaient leur propre chambre... Tulia devait au moins reconnaître ça à son père : il ne l'avait pas livrée à un fermier sans le sou qui ne la nourrissait pas. Ergul possédait trois vaches, deux cochons, et même un cheval.

Un hennissement résonna justement dans l'étable. Tulia leva un sourcil. Les enfants avaient-ils oublié de donner sa ration de foin au cheval ?

– Anne ? Tagurd ? appela-t-elle.

Pas de réponse.

Tulia haussa les épaules. Les enfants devaient encore être dans la forêt, à ramasser des fleurs sauvages ou à grimper dans les arbres. Elle pénétra dans la maison. Ergul saurait la renseigner. Tulia visita les trois pièces du logis. Personne. Où étaient-ils donc tous partis ? Ergul ne l'avait pourtant prévenue d'aucun projet, et n'était pas du genre à s'absenter sans raison. Une petite pointe d'inquiétude se fraya un chemin dans le cœur de Tulia.

– Ergul ? cria-t-elle d'une voix moins assurée.

Nouveau hennissement. Tulia fit un pas en direction de l'étable, puis s'immobilisa. Elle fit demi-tour et s'empara du tisonnier adossé à la cheminée. Même si les environs d'Hammergat n'étaient pas réputés dangereux, mieux valait se méfier. Nul n'était à l'abri d'un malandrin de passage... Tulia pria pour qu'il ne soit rien arrivé aux enfants. Durant le court trajet qui menait à l'étable, elle se rassura en se disant que si un coupe-jarret avait attaqué leur ferme, il aurait volé leur cheval.

La porte de l'étable grinça sur ses gonds. La lumière s'infiltra dans le bâtiment, et l'ombre de Tulia s'étira devant elle.

– Les enfants ? Ergul ? souffla-t-elle.

Le cheval tapa du pied sur le sol à deux reprises, arrachant un sursaut à Tulia. Cet animal placide ne s'énervait jamais, et son agitation inquiéta Tulia. Elle resserra sa prise sur le tisonnier. Un mouvement attira son attention, derrière le tas de foin. Elle fit deux pas de côté, sur le qui-vive. Lorsque ses yeux se posèrent sur la frêle silhouette qui sortait de l'ombre, un poids énorme quitta ses épaules.

– Oh, Anne, mon cœur... Tu m'as fait une peur bleue ! Pourquoi n'as-tu pas répondu à mes appels ? Sais-tu où sont passés ton père et ton frère ? demanda-t-elle en lâchant le tisonnier sur le sol.

Tulia s'approcha d'Anne et s'accroupit en lui tendant les bras.

– Ma chérie, réponds-moi... Ton père s'est fâché après vous, c'est ça ?

La petite fille bougea enfin, et la lumière glissa sur ses traits enfantins. Une lueur étrange dansait dans ses yeux bleus, et un rictus déformait ses lèvres.

– Anne ? Que t'arrive-t-il ? demanda Tulia, qui ne put retenir un mouvement de recul.

La petite avança encore, et la main qui pendait le long de sa robe passa au premier plan. Tulia découvrit avec horreur qu'elle tenait un long couteau, dont Ergul se servait pour égorger les porcs. Un filet de sang gouttait au bout de la lame.

– Anne ! Lâche ce couteau s'il te plaît…

Plus que le couteau, ce fut l'absence de vie dans le regard de sa fille qui terrorisa Tulia. Elle se redressa et commença à reculer vers la cour, ne quittant pas des yeux la petite fille. Elle était presque arrivée à la porte quand une violente douleur lui coupa le souffle. Elle porta la main à son omoplate, et découvrit avec horreur qu'on y avait planté une serpe. Lorsqu'elle se retourna, tout l'air que contenaient encore ses poumons se vida, et elle tomba à genoux. Son agresseur n'était autre que Tagurd, son propre fils…

– Mais… pourquoi ? murmura-t-elle.

La pluie de coups qui s'abattit sur elle fut sa seule réponse. Avant de quitter définitivement le monde des vivants, Tulia acquit une certitude : les deux êtres qui s'acharnaient sur elle n'avaient plus rien en commun avec ses deux amours…

2

Liberté.

Tel était le premier mot qui venait à l'esprit d'Ambre lorsqu'elle galopait à bride abattue. La sensation était sans égale. Elle volait littéralement sur le chemin, soulevant un nuage de poussière. Entre ses jambes, elle sentait la puissance de Flamme, le pur-sang que lui avait offert son père pour ses seize ans. Le souffle régulier de l'animal rythmait la course folle qu'elle livrait à son garde du corps, un vieux chevalier à qui son père avait confié la lourde tâche de ne pas la perdre de vue. Le simple fait d'imaginer sire Rodrigue rebondir sur la selle inconfortable de sa jument tout en la maudissant décuplait son plaisir. Elle resserra les jambes autour du cheval pour accélérer la cadence, tout en savourant les odeurs printanières qui lui parvenaient furtivement. Ici, celle du foin fraîchement coupé que les fermiers ramassaient dans les champs, là, des fragrances de sous-bois, quand le chemin sinueux l'amenait à traverser un bosquet de chênes et de hêtres...

Ambre ralentit un peu l'allure, et risqua un regard derrière elle.

– Par les cornes du démon ! lâcha-t-elle en se rendant compte que l'écuyer de sire Rodrigue avait réussi à la suivre.

Il était à une centaine de pas et calquait la cadence de son cheval sur celle de Flamme, sans vraiment chercher à le rattraper. Ambre sentit poindre un agacement certain. Quelle idée, de confier à un vulgaire écuyer un cheval capable de rivaliser avec le sien !

– Allez Flamme ! encouragea-t-elle sa monture en donnant du talon.

Le cheval repartit de plus belle, et Ambre se concentra pour accompagner les mouvements de l'animal avec son bassin. Le paysage défilait si vite qu'elle distinguait à peine les bords du chemin. L'idée qu'un enfant puisse se trouver sur sa route lui effleura l'esprit, mais elle la chassa comme on se débarrasse d'un insecte ; avec le bruit des sabots sur les cailloux, on l'entendait arriver de loin. Elle fixa son regard devant elle. À cette vitesse, une simple branche en travers du passage portait la promesse d'une chute mémorable. Après une longue chevauchée, la jeune femme sentit son cheval faiblir. Elle repassa au pas et laissa Flamme reprendre son souffle. Une écume blanchâtre s'écoulait de ses naseaux.

Ambre prit le temps de balayer le paysage du regard : le soleil couchant tirait sa révérence dans un dégradé de rose du plus bel effet, et une petite ferme se dressait au sommet d'une colline entourée de champs de blé. Elle guida Flamme en direction de la ferme. On était sur les terres de son père, et nul ne refuserait de laisser son cheval s'abreuver. Ambre se félicita de ne pas voir sire Rodrigue ou son écuyer. Cette fois, ses deux chaperons n'avaient pas pu la suivre…

À l'approche de la petite maison, Ambre s'étonna de ne voir personne. Pas même un enfant ou un chien pour prévenir de son arrivée.

– Ola ! héla-t-elle. N'y a-t-il personne pour accueillir la fille de votre seigneur ?

Ambre fit effectuer plusieurs voltes à Flamme, qui commençait à piaffer d'impatience. Il paraissait nerveux. La jeune femme aperçut un abreuvoir, qui jouxtait l'étable. Qu'à cela ne tienne : elle n'avait nul besoin de l'autorisation du fermier ! Elle se dirigea vers le bac de pierre. Flamme refusa de boire, et elle tira sur les rênes pour l'y contraindre. Il recula. Ambre fronça les sourcils. La porte de l'étable s'ouvrit alors, et elle sursauta en découvrant deux jeunes enfants.

– Je vous souhaite le bonjour ! dit Ambre.

Les petits ne se donnèrent pas la peine de répondre. Ils étaient crasseux et leurs cheveux blonds emmêlés pendaient devant leur visage. On ne distinguait pas leurs traits. Ambre côtoyait souvent des gosses de fermiers, mais ceux-là avaient l'air étrange. Ils tanguaient d'un pied sur l'autre, comme des hommes ivres...

– Je suis Ambre de Volontas, la fille du général Volontas.

Pas de réponse... Le simple fait de prononcer le nom de son père suffisait à terrifier le plus courageux guerrier. L'absence de réaction de ces deux enfants était de plus en plus étonnante...

Soudain, les deux petits se mirent à hurler et se jetèrent sur la cavalière. Surpris, Flamme rua et Ambre chuta lourdement sur le dos. Le souffle coupé, elle se redressa péniblement. Une série d'images incohérentes l'assaillirent : le sang, qui coulait sur le flanc de son cheval, les yeux rouges des enfants, miroirs inertes qui semblaient tout droit sortis des enfers, et surtout, ce couteau démesuré que tenait la petite fille... Ambre avait l'impression d'avoir plongé dans un monde qui lui était inconnu... La petite se rapprochait, et ses intentions étaient claires. Ambre rampa maladroitement pour lui échapper. Sur sa droite, le deuxième enfant, un garçon, approchait lui aussi. Il tenait un bloc de pierre à bout de bras et s'apprêtait à l'abattre sur elle.

Alors que tout espoir semblait perdu, l'ombre d'un cheval se dessina au-dessus de la jeune femme. Avec le flanc de sa monture, le cavalier s'était interposé entre elle et les enfants, qu'il avait repoussés pour un temps. Une main se tendit vers Ambre, qui leva les yeux, et reconnut avec soulagement l'écuyer de sire Rodrigue. Elle attrapa le poignet tendu et se laissa hisser sur le cheval, qui repartit sans attendre. Au petit trot, les deux cavaliers croisèrent sire Rodrigue qui galopait vers les enfants, l'épée au clair.

– Non !!! cria Ambre, comprenant ce qui allait se passer.

Elle eut juste le temps de se retourner pour voir s'abattre l'arme du chevalier.

– Ne regardez pas, lui conseilla l'écuyer.

Ambre se mordit les lèvres. Une larme coula sur sa joue. Elle resserra son étreinte sur la taille de l'écuyer. Comment s'appelait-il, déjà ? Il faudrait qu'elle le lui demande... Elle ferma les yeux et se laissa bercer par le balancement régulier des pas de la monture.

Un cliquetis métallique précéda l'arrivée de sire Rodrigue, qui les avait finalement rejoints. Ambre affronta le regard du vieux chevalier. Pas un mot ne fut échangé. Ce n'était pas nécessaire. Elle n'osait se rappeler le nombre de fois où Rodrigue lui avait reproché son insouciance, voire son inconscience... Aujourd'hui, elle ne pouvait que lui donner raison. Elle remarqua que le chevalier avait pris le temps de rattraper Flamme, qui les suivait au bout d'une longe. Mis à part une longue estafilade superficielle sur le flanc, le cheval allait bien.

Encore sous le choc, et incapable de prononcer le moindre mot, Ambre remercia le vieil ami de son père d'un signe de tête.

3

Ambre sortit de son lit et frissonna. Malgré le feu qui crépitait dans la cheminée, elle avait repoussé le plus longtemps possible le moment de quitter la chaleur de sa couche, assistant au ballet des serviteurs en feignant d'être endormie. Le tintement des cloches de la chapelle du château l'avait toutefois décidée à se lever. Après ses exploits de la veille, il était préférable de ne pas faire attendre le père Gilbert, son précepteur. Un plateau de nourriture était posé près de l'âtre. Du bout des lèvres, elle picora dans les divers mets proposés, mais ni la salade de fruits frais ni la tarte au caramel n'attisaient son appétit. Le souvenir des deux enfants passés au fil de l'épée par sire Rodrigue ne la quittait pas, et elle avait à peine fermé l'œil de la nuit. Elle tenta de chasser ces sombres pensées, qui furent aussitôt remplacées par une autre préoccupation, tout aussi déplaisante. Depuis son retour au château, elle attendait avec crainte d'être présentée à son père pour répondre de ses actes. Le fait que Rodrigue ne l'ait pas traînée jusqu'au général pour se plaindre dès sa descente de cheval ne présageait rien de bon. Même si son père l'avait toujours traitée avec égards, sa réputation d'homme impitoyable n'était plus à faire, et elle redoutait son courroux. Rodrigue et son écuyer allaient-ils être punis, eux aussi, pour l'avoir laissée s'aventurer si loin ? Elle espéra que ce ne serait pas le cas. Cela ne serait pas juste...

Sans perdre le fil de ses réflexions, la jeune femme se leva et tendit les bras. Une servante s'avança alors promptement et l'habilla. Ambre lui décocha à peine un mot de remerciement, avant de s'engager dans les longs couloirs du château. Le père

Gilbert résidait dans l'aile nord, la plus froide, qui ne voyait que très rarement le soleil. Ses appartements étaient remplis de livres et parchemins en tout genre, si nombreux qu'on peinait parfois à distinguer les lourdes pierres de la bâtisse derrière les piles de manuscrits poussiéreux. Fervent disciple de Zalos, le père Gilbert appliquait à la lettre les austères préceptes de son ordre. Dévotion, humilité et rigueur rythmaient ses journées, et l'enseignement qu'il dispensait était à son image. Ambre soupira à l'idée des heures de silence et d'étude qui l'attendaient.

Elle frappa trois fois contre la lourde porte en chêne, et la voix de son précepteur l'invita à entrer. Le père Gilbert se tenait au milieu de la pièce, vêtu de sa bure grise, serrée à la taille par une cordelette de la même couleur. Son crâne dépourvu de cheveux et ses arcades aux sourcils rasés luisaient sous l'éclat des chandelles qui illuminaient la pièce. En entrant dans l'ordre de Zalos, on acceptait de se dépouiller de tout ce que l'on possédait et de tout signe distinctif. La pilosité, vestige des temps sombres où les hommes étaient encore des bêtes, était proscrite. Les yeux gris du religieux la fixaient, dans une expression d'une neutralité presque dérangeante. Le père Gilbert ne s'énervait jamais, même quand elle refusait de travailler ou tentait de se jouer de lui. Immuable, imperturbable, le précepteur gardait le silence jusqu'à ce qu'elle trouve le chemin qu'il avait tracé pour elle. Ambre s'enorgueillissait de ne pas être une élève modèle, et cultivait son irrévérence et sa fantaisie dans le seul et unique but de décourager le prêtre. Avant lui, six précepteurs avaient jeté l'éponge, et elle n'avait nullement l'intention de rentrer dans le rang. Tout ce qui pouvait déplaire à son tortionnaire de père était source de plaisir.

Elle affronta le regard du prêtre, une lueur mutine dans les yeux, et déclara :

– Bonjour, mon père. Qu'y a-t-il au programme aujourd'hui ? Allons-nous calligraphier des textes religieux jusqu'à l'indigestion, ou peut-être avez-vous découvert un nouveau moyen de me torturer ? Une séance d'étude sur les noms des plantes ? Non, laissez-moi deviner : la lecture d'un énième récit sur les exploits de mon père aux côtés de l'Empereur...

– En avez-vous terminé ? demanda le prêtre.

– Je pensais plutôt travailler ma souplesse et mon aptitude au combat, suggéra Ambre en exécutant une roue qui frôla le religieux.

Durant la figure, sa robe se retourna et ses dessous furent fugacement dévoilés à la vue du précepteur. Jamais elle n'avait osé une telle impertinence, surtout à une heure aussi précoce. En général, elle ne cédait à ses démons qu'après plusieurs heures d'ennui intense... Cette provocation aurait valu à n'importe quelle jeune femme du royaume au mieux le fouet, au pire de passer une ou deux années dans un couvent. Mais Ambre n'était pas n'importe quelle jeune femme. Elle était la fille du général Volontas, bras droit de l'Empereur, stratège et bourreau craint et respecté des montagnes d'Alaric aux plaines venteuses de Tiare...

À l'issue de son acrobatie, elle dévisagea le prêtre, guettant un sursaut, une pointe d'agacement, les prémices d'une déstabilisation, en vain. Le père Gilbert était aussi expressif qu'une statue de marbre. Il ne se donna même pas la peine de commenter l'écart de conduite de son élève. Ambre en fut décontenancée, presque honteuse de se livrer ainsi en spectacle. Encore une fois, le père Gilbert avait gagné. Elle alla s'asseoir à sa table d'étude. Un manuscrit l'attendait. En découvrant son titre, la jeune femme manqua s'étouffer.

Us et coutumes du peuple des Cités Suspendues.

Ambre connaissait bien cet ouvrage, pour l'avoir emprunté à de multiples reprises durant les absences du père Gilbert, qui était tenu, comme tous les membres de son ordre, de jeûner et de prier trois jours consécutifs à chaque changement de saison. Ambre était passionnée par l'histoire tragique de ce peuple, dont le génocide avait en grande partie contribué à la renommée de son père. Elle aurait dû être aux anges, en découvrant ce manuscrit sur sa table de travail, mais il y avait un problème de taille : après la victoire du général Volontas sur le peuple des Cités Suspendues, l'Empereur avait effacé toute trace de leur existence, brûlant leurs écrits, arrachant les pages des récits historiques relatant leurs faits d'armes, détruisant leurs forteresses jusqu'à la dernière pierre, réduisant en poussière leurs poteries, pourtant réputées dans tout le royaume... Le simple fait d'évoquer leur nom était passible de vingt coups de fouet. Le message était clair : on ne défiait pas l'Empereur impunément.

Les yeux d'Ambre passaient du manuscrit au père Gilbert. Comment avait-il pu savoir qu'elle avait étudié ce livre interdit ? Devait-elle feindre de le découvrir ? L'impassibilité du prêtre ne lui donnait aucune indication sur l'attitude à tenir. Contrairement à ses habitudes, elle réfréna le souffle de rébellion qui coulait dans ses veines, et mesura ses paroles. Même le général ne pouvait s'opposer à une décision de l'Empereur, et la perspective de recevoir vingt coups de fouet ne l'enchantait guère...

– Que souhaitez-vous m'enseigner, maître, en me proposant cet ouvrage interdit ? demanda-t-elle du bout des lèvres.

– À vous de me le dire...

Ambre inspira longuement. Elle se sentait comme un guerrier débutant qu'on aurait jeté dans l'arène face à un des cavaliers à la croix noire, les troupes d'élite de son père. La moindre erreur pourrait être fatale.

– J'imagine que vous souhaitez me guider sur la voie de Zalos, maître.

– Poursuivez…

– Vous voulez me montrer que certains comportements peuvent conduire à des évènements tragiques, et que parfois, on ne peut plus revenir en arrière…

– À quels comportements faites-vous allusion, Ambre ?

Elle hésita.

– Les guerriers des Cités Suspendues n'auraient pas dû s'opposer à l'Empereur…

L'esquisse d'un sourire passa brièvement sur les traits du prêtre.

– C'est ainsi que vous l'entendez ? dit-il. Fort bien. En ce cas, j'aimerais que vous approfondissiez votre réponse. Que savez-vous de ce peuple ?

Heureuse de pouvoir contenter son précepteur sans devoir s'étendre sur ses propres errements, Ambre s'engouffra dans le piège tendu par le prêtre.

– Les hommes des Cités Suspendues étaient de farouches guerriers, qui vivaient sur les hauts plateaux s'élevant après les plaines de Tiare, à la pointe est de l'Empire, là où le soleil prend son envol. On dit que leurs forteresses de pierre rouge se voyaient à des kilomètres, et décourageaient toute tentative d'attaque des duchés voisins. On dit aussi que leurs hommes étaient les meilleurs combattants du royaume. Des machines de guerre, entraînés à tuer dès le plus jeune âge, sans peur ni scrupule. Défier ces guerriers, c'était défier la mort elle-même, souffla Ambre avant de marquer une pause.

Le père Gilbert, impassible, ne la quittait pas des yeux.

– Poursuivez… dit-il.

– Pendant des siècles, ils monnayèrent leur talent au plus offrant, et le simple fait de les savoir dans les rangs des adversaires lors d'une bataille suffisait parfois à mettre fin à un conflit sans même combattre. Lorsque l'Empire s'est étendu jusqu'à leurs portes, ils ont refusé de plier un genou devant notre Empereur vénéré. Après plusieurs tentatives de négociation, Iratus a finalement dépêché sur place le général Volontas et sa grande armée, près de cent mille lances, qui se sont massées au pied des hauts plateaux. La supériorité numérique écrasante aurait dû suffire à faire ployer les hommes des Cités Suspendues, mais ils résistèrent, certains de pouvoir repousser n'importe quelle armée grâce à la protection naturelle qu'offrent les hauts plateaux et leur accès si difficile. Dans ces défilés bardés de roches acérées, le nombre n'était pas un avantage...

– Et que s'est-il passé ?

– On dit que Volontas a réussi à faire tomber les forteresses les unes après les autres, à la tête de seulement mille hommes : les cavaliers à la croix noire, qu'il avait formés en secret pour exterminer les combattants des Cités Suspendues. Ce fut un massacre. Il n'y eut aucun survivant. Hommes, femmes, enfants, tous furent tués jusqu'au dernier. Et cela sans que la grande armée de l'Empereur ne subisse de lourdes pertes. Ainsi naquit le mythe du général Volontas et de ses cavaliers à la croix noire.

– Vous devez en retirer une certaine fierté, vous, la fille du général...

Ambre défia le prêtre du regard.

– De la fierté, dites-vous ? Pour quelle raison au juste ? Pour avoir vu mon père défiler dans les rues de Tharanis, traînant derrière son char les cadavres des six héritiers des Cités Suspendues, des enfants de cinq ou six ans ? Ou peut-être pour avoir exposé leurs corps sur les murailles de la ville jusqu'à ce que les charognards les réduisent à l'état de squelette ? J'avoue que j'hésite encore un peu...

– Vous semblez nourrir une certaine affection pour les félons des Cités Suspendues. C'est une position qui pourrait vous attirer des ennuis...

– Vous voulez mon opinion ? En toute franchise ? Oui, je trouve que ce peuple qui n'a pas renié sa fierté et s'est battu jusqu'au bout mérite bien plus que d'être rayé de l'histoire d'un revers de la main. Je pense aussi qu'on aurait pu beaucoup apprendre de ces gens, pour qui les femmes pouvaient être des guerrières, des chefs, et qui jugeaient chaque être selon ses actes et non selon sa naissance...

– Prenez garde, ma chère, vos propos pourraient être qualifiés d'hérétiques...

Hérétique. Le mot résonna comme un avertissement assourdissant dans le crâne d'Ambre. Emportée par la passion, elle avait oublié pour un temps que l'homme qui la questionnait était un prêtre de Zalos, pouvant l'envoyer au bûcher sur une seule parole...

Le père Gilbert dut percevoir son trouble.

– Ne craignez rien, mon enfant. Je suis votre précepteur. Fort heureusement pour vous, je ne suis pas un prêtre inquisiteur.

Ambre hocha la tête. Elle devait absolument apprendre à maîtriser ses émotions. Un jour, ses paroles déplacées pourraient lui coûter cher et si, comme il venait encore une fois de le prouver, le père Gilbert plaçait la raison au même niveau que le respect des dogmes religieux, c'était loin d'être le cas de tous les disciples de Zalos...

– Comment connaissez-vous la place attribuée aux femmes dans les Cités Suspendues ? reprit-il d'un ton badin.

Ambre sentit son cœur battre un peu plus fort.

– Auriez-vous déjà lu ce manuscrit interdit ? insista-t-il.

Ambre se garda de répondre.

Le père Gilbert se mit à faire les cent pas dans la pièce. La chandelle qui brûlait devant Ambre eut le temps de perdre un centimètre avant que le prêtre reprenne la parole :

– Votre père vous a fait mander. Vous devez le rejoindre dans la grande salle. Il souhaite vous entretenir au sujet de votre excursion d'hier, comme vous pouvez vous en douter, mais pas seulement. Il se trouve que l'archiviste en charge de la bibliothèque vous a vue étudier ce manuscrit.

Ambre accusa le coup.

– Choisissez bien les mots que vous emploierez pour vous justifier... conclut le prêtre en lui indiquant la sortie.

GÉNÉRAL
ARMAND DE VOLONTAS

4

Armand de Volontas ferma les yeux et laissa le vent du sud lui caresser le visage. Qu'il aimait ces moments de quiétude volés à une vie aussi tumultueuse qu'un torrent. Il rouvrit les yeux. Aussi loin que son regard portait, toutes les terres lui appartenaient. Le duché des Sept Baies s'étendait à perte de vue, et il fallait chevaucher plus de deux jours pour atteindre la frontière avec les duchés voisins. Perché sur le balcon de la plus haute tour de son château, le général pouvait apprécier la perspective idyllique imaginée par l'architecte personnel de l'Empereur. Un bassin de cent mètres de long sur dix de large, entouré de colonnes et de statues, reflétait les larmes du soleil couchant. De part et d'autre, deux haies de cyprès s'élevaient, comme un écho végétal aux colonnes de marbre, et faisaient le lien avec les chênes et les oliviers qui précédaient les collines dorées par l'éclat du blé. Une région au climat idéal, apaisant, qui offrait une douceur de vivre aux antipodes de son duché d'origine, les montagnes d'Alaric, dont les sommets se perdaient dans le nord du royaume...

« Je vous offre quelques ares de sérénité pour vous remercier de m'avoir aidé à apporter la paix dans l'Empire... »

Ces mots, prononcés par Iratus le jeune, empereur de Tharanis, jamais Armand de Volontas ne les oublierait. Il avait consacré sa vie à l'Empire, renonçant à son titre de seigneur d'Alaric, pour s'engager comme simple soldat dans l'armée impériale. Très vite, ses aptitudes pour diriger l'avaient conduit au grade de commandant, avant de finalement lui permettre de prendre la tête de l'armée.

Sa plus grande réussite, au-delà de la réputation de chef de guerre impitoyable et invincible qu'on lui attribuait, avait été de mettre en place un réseau de liens commerciaux entre les différents duchés, par le biais de comptoirs gérés et surveillés par ses cavaliers à la croix noire. Leur renommée suffisait à décourager les pillards, et les seigneurs locaux n'oubliaient jamais que derrière chaque tentacule de cette hydre dédiée à Pletor, le dieu du Commerce, planait l'ombre de la grande armée du général Volontas, que nul n'avait jamais vaincue...

La porte de la salle du conseil s'ouvrit, et le général quitta à regret la vision apaisante de son domaine pour se concentrer sur les affaires à aborder. Il y avait tout d'abord la question de la taxe annuelle à reverser à l'Empereur pour le « remercier » d'avoir autorisé l'installation de ces comptoirs de commerce aux quatre coins de l'Empire. Ce premier point n'alarmait pas le général : ses bénéfices avaient été presque indécents, ces dernières saisons, et la réputation de ses comptoirs allait grandissant.

La seconde affaire du jour le souciait un peu plus : au-delà du fait que sa fille Ambre avait encore faussé compagnie à Sire Rodrigue, au mépris de toutes les recommandations qui lui avaient été maintes fois répétées, elle avait également été dénoncée par l'archiviste de la bibliothèque pour avoir étudié en secret un manuscrit interdit. Le général savait qu'une sanction s'imposait, ne serait-ce que pour éviter que l'affaire du manuscrit ne parvienne aux oreilles d'un prêtre de Zalos trop zélé, qui pourrait alors châtier Ambre bien plus sévèrement. Il avait toujours détesté les prêtres inquisiteurs, des fanatiques qui assouvissaient leurs pulsions sadiques en se cachant derrière des dogmes religieux aussi archaïques que ridicules. Mais l'église de Zalos avait beaucoup de pouvoir, presque autant que lui, et il savait de source sûre que certains de ses représentants murmuraient à l'oreille de l'Empereur...

Il fallait à tout prix éviter que le nom de sa fille se mêle à l'un de ces murmures...

Tandis que ses conseillers prenaient place autour de la table, les mâchoires du général se serraient. En dépit de ses relations chaotiques avec sa fille, il avait toujours eu horreur de la punir. L'obstination et la force de caractère d'Ambre lui avaient plu dès ses premières années, et il était fier de la jeune femme combative et vive d'esprit qu'elle était sur le point de devenir, malgré quelques défauts dont il se serait bien passé. Son épouse avait été emportée par la peste rouge alors que la petite fille venait d'avoir six ans, et les précepteurs qui s'étaient chargés de l'éducation d'Ambre n'avaient pu se substituer à la présence d'une mère et pallier les absences répétées d'un père. Armand de Volontas acceptait volontiers sa part de responsabilité dans le comportement de sa fille, mais il ne pouvait se permettre de le reconnaître publiquement...

D'un mouvement de tête, il invita Ignacius et Téodos, ses plus proches conseillers, à le rejoindre à la grande table du conseil. Il s'agissait d'une table circulaire, taillée en un seul bloc dans le tronc d'un chêne de près de quatre mètres de diamètre. Elle n'avait rien d'ostentatoire, au contraire de la plupart de ses homologues des autres duchés, qui rivalisaient de sculptures complexes ou d'incrustations de pierres précieuses dans le marbre, mais elle dégageait, à l'image d'Armand de Volontas, une sérénité et une force tranquille qui imposaient le respect. Le général s'installa à son tour. Il posa les mains sur le bois plusieurs fois centenaire, signe tacite indiquant qu'il était prêt à écouter ses conseillers.

Ignacius se lança en premier, comme toujours. C'était un petit homme replet, à qui l'on donnait facilement une dizaine d'années de moins que son demi-siècle, en raison de sa chevelure indomptable et de son visage poupon. Mais il ne fallait pas se fier à cette bonhomie apparente. Dans son domaine,

Ignacius était d'une habileté rare : il possédait un talent inné pour les chiffres et avait une capacité à nulle autre pareille pour faire fructifier un commerce. Le général l'avait pris à son service durant l'une de ses nombreuses campagnes, impressionné par les louanges que lui attribuaient les seigneurs locaux.

– Général, commença Ignacius, comme je vous l'avais annoncé, j'ai reçu hier par messager les doléances de l'Empereur concernant la taxe commerciale sur nos comptoirs. Il demande que nous doublions la redevance.

Le front du conseiller se plissa.

– De combien avons-nous augmenté nos bénéfices depuis la dernière taxe ? demanda le général.

– Je dirais que nous les avons triplés, monseigneur... mais nous avons fait de nombreux investissements, et...

– Donnez à l'Empereur le double de ce qu'il demande, ordonna le général.

– Le double de ce qu'il demande ? s'étouffa le conseiller.

Les yeux du petit homme entamèrent un ballet qui amusa Volontas. Ignacius était en plein calcul.

– Il s'agit tout de même de cinq cent mille ducats, monseigneur...

– Sommes-nous en mesure de les lui donner ? demanda le général.

– Eh bien... oui, je crois. Mais cela nous placerait dans une situation financière assez risquée...

– Risquée, mais pas insurmontable ?

– Non, en quelques mois, nous devrions avoir retrouvé un certain équilibre.

– Alors faites ce versement.

Ignacius hocha la tête, mais ne put s'empêcher d'ajouter :

– Puis-je me permettre de vous demander pourquoi un tel cadeau à l'Empereur ?

Volontas sourit et accéda à la requête de son conseiller :

– La richesse n'est pas un but en soi, Ignacius. L'argent est un moyen. L'argent, c'est le pouvoir d'infléchir les choses, de décider...

– En quoi donner presque tout ce que l'on possède à l'Empereur nous confère-t-il un quelconque pouvoir ?

– Vous ne posez pas la bonne question, mon ami. Grâce à votre travail, nos comptoirs prospèrent d'une façon incroyable, parfois au détriment de certains seigneurs. Une telle réussite suscite forcément des convoitises, et du ressentiment... Payer grassement l'Empereur ne nous confère aucun pouvoir supplémentaire, mais nous permet de conserver celui que nous avons. Nous ne devons en aucun cas donner l'impression à l'Empereur que nous sommes une menace pour lui. C'est à ce prix que nous pourrons espérer maintenir la paix si chèrement acquise.

Ignacius opina de façon plus franche. Le général le surprendrait toujours. Qui dans l'Empire pouvait imaginer que le plus grand chef de guerre du siècle dilapidait sa fortune pour maintenir la paix ?

– Je ferai selon votre volonté, dit-il finalement.

L'affaire étant réglée, Volontas se tourna vers Téodos, son frère d'armes, qui avait commencé en bas de l'échelle à ses côtés et avait grandi dans les plaines de Tiare. Il avait gardé de cette époque une certaine rudesse, atténuée par un sens de la justice exacerbé, qui faisait de lui le bras droit idéal du général pour toutes les affaires militaires et politiques. Avec Téodos, tout écart de comportement était sanctionné de façon aussi équitable qu'implacable. Volontas était le stratège, Téodos le commandant de ses troupes d'élite. Il portait avec fierté la tunique blanche ornée d'une croix noire, sur une cotte de mailles rutilante, et l'âge ne semblait pas avoir de prise sur ce colosse qu'on aurait dit taillé dans un bloc de roche.

– Téodos, je t'écoute... dit le général en se tournant vers lui.

– Ta fille a encore fait des siennes. Elle a réussi à fausser compagnie à sire Rodrigue et elle est tombée sur deux enfants atteints du Mal…

Le géant avait prononcé le dernier mot avec une certaine gêne, mêlée de crainte. Le Mal, cette maladie étrange qui frappait en divers lieux de l'Empire, de plus en plus fréquemment. Des gens qui perdaient la raison, du jour au lendemain, sans cause apparente ni symptôme avant-coureur, et qui s'en prenaient à tous ceux qui croisaient leur chemin. Les soldats qui avaient été confrontés à ces malades faisaient tous le même constat : ils se heurtaient à des individus assoiffés de sang, hagards, presque réduits à l'état d'animaux enragés. Des êtres possédés…

Jusqu'alors, Volontas avait réussi à endiguer les différentes apparitions du Mal en envoyant des soldats massacrer les pauvres hères atteints de ce fléau. La consigne avait été de passer par les armes tous les témoins, porteurs éventuels de la maladie, et colporteurs certains de rumeurs dont l'Empire n'avait nul besoin. Il fallait à tout prix éviter la panique. Cette stratégie brutale avait été très efficace au début, lorsque les malades étaient peu nombreux. Il avait suffi de faire croire à des attaques de brigands, et l'affaire était entendue. Avec la multiplication des foyers épidémiques, le mensonge initial était devenu un problème en soi : pourquoi le puissant général Volontas n'était-il pas capable de traquer et d'éliminer une vulgaire troupe de brigands, lui qui avait fait ployer les plus grandes armées de l'Empire ?

– Ambre a-t-elle assisté au nettoyage ? demanda Armand.

– Oui. Elle était aux premières loges.

– Que sait-elle, au sujet du Mal ?

– Pas grand-chose, je pense. Sire Rodrigue était en colère, et je ne pense pas qu'ils aient beaucoup discuté.

– Bien. C'est déjà ça.

– Il y a autre chose... Tu as dû en entendre parler, mais l'archiviste est venu me trouver. Ambre a étudié en cachette un manuscrit interdit, consacré au peuple des Cités Suspendues. Nous aurions dû le brûler il y a bien longtemps...

– Tu connais mon opinion à ce sujet, Téodos. Je refuse de brûler des livres.

– C'est une décision qui pourrait fortement déplaire à l'Empereur...

– L'Empereur me doit beaucoup. Il ne s'offusquera pas d'une telle broutille.

– Possible. Mais Ambre doit être punie. Les religieux doivent voir que nous respectons les préceptes de Zalos, ou nous risquons de nous les mettre à dos. S'ils décident de s'en prendre à ta fille et de l'accuser d'hérésie, personne ne pourra les en empêcher, pas même l'Empereur...

– J'en suis conscient, Téodos. Quelle sanction proposes-tu ?

– Laissons-la d'abord s'expliquer, suggéra le colosse.

5

Ambre s'avança dans la grande salle du conseil, le souffle court. Elle venait de gravir les cent marches qui menaient en haut de la tour. Avec le général, rien n'était jamais laissé au hasard. Il ne donnait audience que dans cette pièce, et se faisait un malin plaisir de faire attendre ceux qui souhaitaient le rencontrer en bas de la tour. Ainsi, pour se présenter face à Armand de Volontas, il fallait tout d'abord gravir l'énorme escalier de pierre en colimaçon qui s'enroulait contre les parois de la tour. La plupart de ses interlocuteurs arrivaient devant lui à bout de souffle, à peine capables d'exposer le but de leur visite. Le général les toisait du haut de son siège recouvert de velours rouge, presque un trône, et son regard glacial suffisait souvent à décourager le plus véhément des demandeurs...

Ambre s'efforça de ne rien laisser paraître de son essoufflement et de son inquiétude. Elle ne donnerait pas ce plaisir à son père... Pourtant, au fond d'elle, un tourbillon d'émotions menaçait de l'engloutir. Cette fois, elle ne s'en tirerait pas avec une simple réprimande. La présence des deux conseillers de son père, Ignacius et Téodos, en était une preuve supplémentaire. Elle tenta de faire le vide en elle et d'évacuer cette colère qui bouillonnait et menaçait à tout moment de la submerger. Le père Gilbert l'avait mise en garde, et son dernier conseil tournait en boucle dans son esprit : « Choisissez bien les mots que vous emploierez pour vous justifier... » À son grand désespoir, elle n'avait pas trouvé le moindre argument pour légitimer son comportement. Certes, elle était coutumière de ce genre d'écart. Certes, son père avait passé plus de temps à guerroyer qu'à s'occuper d'elle. Mais cela pouvait-il excuser ses prises de risque incessantes, ou ses lectures qu'elle savait proscrites ? Si elle avait dû juger une autre personne pour ces fautes, elle n'aurait fait preuve d'aucune clémence. À bien y réfléchir, tout ce qu'elle faisait n'avait qu'un seul but : rendre son père furieux.

Armand de Volontas la regardait sans sourciller, avec cette froideur qui le caractérisait. Ses mâchoires crispées trahissaient son agacement. C'était une piètre consolation pour Ambre, mais elle avait au moins réussi l'exploit d'arracher une expression à l'impassible général...

– Approche, dit-il d'une voix rauque.

Elle s'exécuta. Elle se sentait mal à l'aise, livrée ainsi au regard des trois hommes.

Son père la laissa mariner un bon moment, et, comme un affront, chargea Téodos d'annoncer ce qui lui était reproché.

– Ambre de Volontas, commença ce dernier, vous êtes convoquée ce jour pour répondre de plusieurs actes passibles de sanctions. Hier, vous avez faussé compagnie à votre garde, sire Rodrigue, et vous vous êtes mise en danger. À cause de vous, sire Rodrigue et son écuyer auraient également pu être blessés.

Quelques jours auparavant, la riposte d'Ambre aurait fusé sans même une hésitation. *Un grand chevalier menacé par deux enfants ?* aurait-elle rétorqué, un sourire de défi sur les lèvres. Mais le souvenir du regard vide des enfants ne cessait de la hanter, et l'image du chevalier abattant son épée sur leurs frêles petits corps lui donnait envie de vomir. Elle baissa donc la tête et attendit la suite.

Téodos, surpris par son attitude, ne put s'empêcher de lancer un regard perplexe au général.

– Nous avons également appris que vous aviez entrepris d'étudier un manuscrit strictement interdit...

Ambre inspira profondément.

– Je le reconnais.

Cette fois, même le placide général ne put masquer son étonnement.

– Dans quel but avez-vous pris ce manuscrit ?

Ambre demanda doucement :

– De quelle affreuse affliction étaient atteints ces enfants ?

– Il me semble que Téodos t'a posé une question ! gronda le général.

– Et j'y répondrai. Mais j'ai besoin de savoir, pour ces deux petits, souffla Ambre d'un ton où ne perçait nulle bravade.

– Il s'agissait de deux enfants de paysans, des simples d'esprit, frappés par la folie… Cela arrive, chez les pauvres gens, mentit Téodos.

Ambre plongea ses yeux aux reflets verts dans ceux du guerrier. La petite fille avait depuis quelque temps laissé la place à une femme au charisme certain, et rares étaient les personnes qui pouvaient soutenir un tel regard. Téodos était de celles-là.

– Vous m'insultez, Téodos, dit-elle sans élever la voix. De tous les fils et filles de seigneur de l'Empire, je suis certainement celle qui a le plus côtoyé le peuple. Je sais ce qu'est un simple d'esprit. Ces enfants étaient en bonne forme physique, bien nourris, habillés simplement mais pas débraillés. Ils n'avaient rien à voir avec ces pauvres malheureux nés sans la capacité de réfléchir qui déambulent parfois dans les rues. Le feu qui couvait dans les yeux de ces enfants était tout autre. On aurait dit qu'un spectre avait volé leur âme, comme dans les histoires que me racontaient mes précepteurs lorsque j'étais plus jeune…

En prononçant ces mots, Ambre sentit un frisson courir le long de son dos.

Téodos se tourna vers le général.

– Ma fille, dit ce dernier, à défaut d'être obéissante, force est de constater que ton sens de l'observation ne te fait pas défaut. Je ne te mentirai pas. Ces enfants étaient atteints d'un mal étrange qui frappe nos contrées depuis quelques mois. Des gens sombrent dans la folie, sans raison apparente, et se mettent à tuer aveuglément.

– Ce n'est donc pas la première fois ?

– Non. C'est d'ailleurs pour cette raison que je t'ordonne de ne plus t'amuser à semer tes protecteurs. Rodrigue est un homme respectable, qui mérite mieux que le rôle auquel tu le relègues.

– Je m'y engage, fit Ambre, sincèrement. Savez-vous ce qui provoque cette maladie ?

– Non. Mes meilleurs limiers enquêtent dans tout le pays, mais pour le moment, ils n'ont rien trouvé pour expliquer ces crises de folie.

– J'aimerais beaucoup que vous me teniez au courant, si vous avez des informations à ce sujet.

– Puisque tu en as déjà trop appris, je n'y vois pas d'inconvénient. Tu seras prévenue si nous avons du nouveau. Ce sujet étant clos, parlons du second problème qui nous occupe. Pourquoi as-tu dérobé le manuscrit ?

– Je pourrais vous répondre que je ne savais pas qu'il était interdit de lire ces pages, car je pensais que nul ouvrage interdit ne pourrait se trouver dans la bibliothèque du château du général Volontas, mais ce serait un vil mensonge. Pour être tout à fait honnête, je n'oublierai jamais ce jour où vous êtes rentré de campagne, et où vous avez traîné dans les rues de la capitale les dépouilles de ces enfants des Cités Suspendues, comme de vulgaires morceaux de viande, sous les exclamations de joie des habitants de Tharanis. Cela remonte à dix ans, et je m'en souviens comme si c'était hier. Ce jour-là, j'ai compris que mon père n'était pas un homme, mais un monstre, prêt à tout pour arriver à ses fins...

Armand de Volontas garda le silence. Ambre poursuivit :

– Quel crime odieux ces enfants avaient-ils commis ? Avaient-ils pris les armes contre vous ? Représentaient-ils un danger ? Non. Leurs parents avaient simplement refusé de se battre pour l'Empereur... Et vous, en bon soldat, vous avez décimé tout un peuple, hommes, femmes, enfants, sur un geste de l'Empereur. Depuis ce jour, j'ai beaucoup de peine à vous considérer comme mon père, conclut Ambre, une larme roulant sur sa joue.

Jamais elle n'avait osé parler ainsi à son père. Jamais elle n'avait osé se dresser contre lui. Elle s'était contentée de petits gestes de résistance, de provocations futiles. Mais aujourd'hui, Ambre de Volontas n'était plus une enfant. Le général voulait des explications, elle allait les lui fournir.

– Si j'ai pris ce livre, dit-elle, c'est pour faire en sorte que grâce aux quelques connaissances que j'ai acquises, ce peuple continue un peu à vivre à travers moi, pour tenter de réparer en partie vos erreurs et honorer leur mémoire...

Un silence assourdissant accompagna la fin de la tirade de la jeune fille. Provoquer le général Volontas devant témoins n'était pas un acte commun, et les deux conseillers baissaient la tête, redoutant la décision de leur seigneur.

Le général se leva et vint se placer devant sa fille. Il la dominait d'une bonne tête, et ses bras puissants semblaient capables de la broyer.

– Ambre de Volontas, déclara le général, pour avoir consulté un ouvrage proscrit par l'Empereur, tu seras punie sévèrement. Toutefois, tu échapperas au fouet en raison de l'honnêteté dont tu as fait preuve lors de cette audience. Moi, seigneur du duché des Sept Baies, je te condamne à deux lunes de travaux d'intérêt général auprès du frère Tork, de l'église de Zalos. Pour expier tes péchés, tu devras également te recueillir plusieurs heures chaque jour dans la grande chapelle.

Ambre cilla à peine en entendant son père la priver de liberté pendant deux lunes. Elle soutint son regard, espérant un signe d'affection, ou au moins une explication sur ses actes passés, mais il n'en fut rien.

– Ta punition débutera demain au lever du soleil, reprit Armand de Volontas. Tu peux disposer.

Ambre inspira profondément, et quitta la salle sous le regard des trois hommes.

Lorsque le claquement de ses chausses s'estompa dans les marches du grand escalier, Téodos posa sa main sur l'épaule de son vieil ami.

– Tu as bien fait de ne pas te montrer trop indulgent, dit-il. Je sais ce que cela te coûte...

Ignacius s'approcha à son tour.

– Votre fille a la langue bien pendue, général... Elle devrait prendre époux, si vous voulez mon avis... Si vous le souhaitez, je peux me renseigner pour lui trouver l'homme qu'il faut... Une belle alliance, avec un duché possédant un bon potentiel, et un mari avec de la poigne...

Sans dire un mot, le général s'éloigna de Téodos et vint pointer un index menaçant sur la poitrine d'Ignacius.

– Vous êtes bien mon conseiller en affaires de commerce, Ignacius ?

– Eh bien, oui... je...

– Alors apprenez à rester à votre place, et rappelez-vous à qui vous vous adressez. Je connais les faiblesses de ma fille ! Mais elle est mon héritière, tâchez de ne pas l'oublier. Son plus gros défaut, voyez-vous, est de ne pas être née homme... et elle n'y peut pas grand-chose.

Le général quitta la pièce, abandonnant ses deux conseillers.

– Tu crois qu'il me tiendra rigueur de ce que j'ai dit ? demanda Ignacius.

Téodos donna une tape amicale à son homologue, qui grimaça sous le choc.

– Ne t'inquiète pas, Ignacius, il se calmera. Nul homme ne peut entendre de la bouche de son enfant qu'il est un monstre sans en éprouver un certain trouble. Même le général…

6

Ambre rongeait son frein. Son père avait bien choisi sa punition. Cela faisait à peine cinq journées qu'elle était confinée dans la cathédrale dédiée à Zalos, en compagnie du frère Tork, et elle avait l'impression d'y avoir déjà passé un an. À côté de Tork, le père Gilbert était un véritable boute-en-train ! La vie du frère Tork n'était qu'une succession de tâches contraignantes effectuées pour honorer Zalos. En quoi rester des heures les genoux sur des pavés rugueux pouvait-il flatter un dieu ? Ambre n'espérait pas trouver de réponse, mais le simple fait de se la poser en boucle lui permettait de repousser l'ennui pour quelques secondes. Elle grimaça, et essaya le plus discrètement possible de faire porter son poids sur son genou droit, car elle sentait à peine le sang circuler dans sa jambe gauche. Quand le frère Tork se leva, elle ferma les yeux de bonheur. La prière touchait à sa fin et elle allait bientôt pouvoir s'acquitter d'une tâche plus amusante : nettoyer le sol de la cathédrale, faire briller les statues dorées à l'or fin qui pullulaient dans l'édifice, ou même nourrir les porcs qui appartenaient à l'ordre. Elle était prête à tout pour éviter de rester prostrée dans cette fichue chapelle.

– Désirez-vous prolonger votre recueillement de une chandelle ? l'interrogea le frère Tork.

À l'image du père Gilbert, Tork était vêtu d'une bure terne et ne portait aucun signe distinctif. Son crâne rasé était un peu difforme, en raison d'un accouchement difficile, disaient les mauvaises langues. Aucune lueur espiègle dans le regard ne venait atténuer l'austérité du religieux. Elle se força à répondre à la requête du moine avec le plus grand détachement. Un simple filet de joie dans sa voix aurait été perçu comme un affront à Zalos, immédiatement sanctionné d'une chandelle de prière supplémentaire.

– Je suivrai vos recommandations, frère Tork, dit-elle.

– Bien. Vous allez m'aider à raser le crâne du père Jean, dit le moine. Avec l'âge, il a tendance à trembler et se blesse régulièrement dans cet exercice...

Ambre pouffa, en imaginant un vieil homme se taillader le crâne.

Le moine lui lança un regard glacial.

Elle s'empressa de simuler une quinte de toux, et le courroux du moine s'envola.

Elle se félicita d'avoir eu une telle réaction, et remercia intérieurement Zalos de lui avoir donné cette capacité d'adaptation. Quelle ironie...

Elle quitta la cathédrale et accueillit avec plaisir les doux rayons du soleil, bienvenus après la fraîcheur de la chapelle. Comme chaque jour, elle s'étonna du défilé de serviteurs et de fermiers qui apportaient des denrées en tout genre aux hommes d'Église. Même les habitants du château n'avaient pas droit à autant de victuailles... Elle commençait à se demander si derrière les belles paroles des religieux, qui se targuaient de ne rien posséder et de se dévouer corps et âme à Zalos, ne se cachait pas une réalité bien différente. La veille, dans sa chambre de deux mètres sur trois, dans laquelle elle dormait sur un inconfortable matelas posé à même le sol, elle aurait juré avoir entendu des cris de femme, en provenance d'une des cellules voisines... Apeurée, elle avait même fermé sa porte à double tour, en prenant soin de bien laisser la clé dans la serrure pour éviter que quiconque puisse se glisser subrepticement dans sa chambre... Pourquoi les religieux avaient-ils besoin de tant de nourriture, s'ils se contentaient de peu ?

Et que pouvait bien faire une femme dans un lieu peuplé d'hommes ayant fait vœu de célibat ?

Le vertueux frère Tork était peut-être une exception, après tout... Plus le temps passait, plus Ambre se demandait si son père ne l'avait pas envoyée ici pour lui ouvrir les yeux sur une réalité bien différente de ce qu'on lui avait toujours inculqué sur la religion...

Le père Jean résidait dans une petite maison, parfaitement entretenue, dans l'enceinte du quartier réservé aux disciples de Zalos. L'intérieur de son habitation était assez luxueux. Des chandeliers en argent trônaient sur une table, des tentures précieuses ornaient les murs et une cuisinière préparait un repas digne d'un petit roi. Le frère Tork donna un coup de coude à la jeune femme, dont il trouvait le regard trop inquisiteur. Ambre baissa la tête. Elle en avait de toute façon assez vu pour confirmer son intuition...

Le père Jean était vautré dans une couverture de laine épaisse, posée sur un fauteuil à bascule.

– Ah, frère Tork, dit-il. Je vous attendais.

Ses yeux globuleux glissèrent sur Ambre.

– Mmmmh, mais qui voilà ? susurra le prêtre d'une voix grivoise. Approche, ma chère enfant, approche...

– Je vous présente mes respects, père Jean, dit Ambre en avançant timidement.

La grosse main du prêtre se posa sur sa taille, d'une manière qu'elle jugea très désagréable.

– C'est la fille du général Volontas, s'empressa de préciser Tork.

Le père Jean ôta sa main comme s'il s'était brûlé. Ambre en fut soulagée. Elle s'écarta légèrement, de sorte que le gros religieux ne puisse plus l'atteindre.

– Vous n'auriez pas pu le dire avant ? grommela le prêtre.

Tork haussa les épaules.

– Bonjour, ma dame, fit Jean avec une voix mielleuse. J'ai ouï dire que vous aviez commis une erreur qu'il vous fallait expier ?

– C'est cela, mon père... Je m'efforce de prier pour faire oublier cette mauvaise inspiration.

Le père Jean avala plusieurs grains de raisin, dont le jus coula sur son menton. D'un revers de la main, il s'essuya, tandis que ses yeux glissaient sur les courbes du corps d'Ambre.

– S'il vous faut un confesseur, n'hésitez pas à faire appel à moi, proposa le prêtre.

– Je vous remercie, père Jean, mais le père Gilbert est mon précepteur et mon confesseur.

– Ah... Gilbert... Méfiez-vous bien de ce que raconte ce vieux fou...

Ambre baissa la tête.

– Alors, frère Tork, vous comptez me raser le crâne avant la fin de la journée, ou attendre que mes cheveux tombent tout seuls ?

Tork s'inclina, et s'attela à la tâche. Lorsque cela fut terminé, Ambre précéda Tork pour regagner l'extérieur, et inspira à plusieurs reprises. Elle sentait encore sur sa hanche l'empreinte de la main poisseuse du père Jean, et se jura de ne jamais se trouver seule dans une pièce avec le religieux, du moins, pas sans avoir une dague à sa portée... Comment un disciple de Zalos pouvait-il se comporter ainsi ?

Au détour d'une venelle, Ambre tomba nez à nez avec Ignacius, le conseiller de son père.

– Bonjour Ignacius, dit-elle en se fendant d'une petite révérence.

– Bonjour, Ambre. La bure vous sied à ravir...

Ambre regarda sa tenue, et fit une grimace discrète à Ignacius en s'assurant que le frère Tork n'en verrait rien.

Ignacius lui répondit d'un sourire.

– Que faites-vous dans le quartier des religieux ? demanda-t-elle.

– Je viens payer la dîme, ma chère. Chaque duché se doit de contribuer aux prières.

Ambre hocha la tête. Même son père était contraint de donner de l'argent à l'église...

– Il me reste donc à vous souhaiter une bonne journée, Ignacius.

– Et moi bon courage...

Le petit homme l'observa s'éloigner, morose, dans le sillage du moine. Quinze jours avec cet homme... Une véritable punition, en effet. Il oublia toutefois assez vite la fille du général. D'autres soucis, bien plus grands, le tenaillaient. Toute une flotte de navires appartenant au général, remplis à ras bord de denrées précieuses en provenance du nord, avait sombré dans les eaux tumultueuses de la mer des Salgaces. Les sommes perdues étaient considérables. Si l'on ajoutait la dîme qu'il venait de verser au prêtre inquisiteur, il n'y avait pas besoin d'être un génie des comptes pour comprendre que l'excellente santé financière du duché des Sept Baies risquait d'être sévèrement remise en question. Avec de telles déconvenues, la décision d'Armand de Volontas de doubler la somme allouée à l'Empereur n'était plus tenable. Malheureusement, Volontas était absent pour plusieurs jours, parti aux côtés de Téodos pour éteindre de nouveaux foyers du Mal...

Ignacius émit un long soupir. Avant de se remettre en route, il avait fait son choix. Il ne doublerait pas la prime de l'Empereur. Le général comprendrait. N'était-ce pas justement pour prendre de telles décisions qu'on le payait si grassement ?

7

Dix jours plus tard.

Dans le sillage du frère Tork, Ambre ne pouvait s'empêcher de compter chaque pas effectué par le religieux. Elle en était à cent cinquante-deux. Encore deux fois cette distance et sa punition prendrait fin. Elle se voyait déjà dans ses appartements, jetant dans la cheminée la bure qui la grattait horriblement. Dans la foulée, elle irait aux cuisines et se ferait servir un vrai repas, le premier depuis des jours ! Puis elle se rendrait aux écuries pour s'assurer que Flamme ne l'avait pas oubliée...

Quitter le quartier des disciples de Zalos fut une première étape fort réjouissante. Ils traversèrent ensuite celui des commerçants, et Ambre se laissa enivrer par les délicates odeurs d'épices, d'huile et de fruits. En ce jour de libération, chaque détail la frappait avec force, comme si faire pénitence durant des heures dans une église avait affûté ses sens au lieu de les brider. Elle se garderait bien de dire à son père que la punition n'avait fait qu'accroître son besoin de liberté, mais c'était pourtant la réalité.

Au-delà de la bonne humeur apparente, Ambre crut percevoir une certaine nervosité au sein de la principale avenue marchande de la ville. Les regards étaient fuyants, les phrases murmurées, et les sourires qui auraient dû s'afficher sur les faces rondouillardes des commerçants étaient rares. Ambre ralentit un peu, au risque de se laisser distancer, et tendit l'oreille. Quelques mots revenaient en boucle : soldats, Empereur... Elle fronça les sourcils. Il se passait quelque chose... Elle héla un vendeur de pommes, qui chargeait son chariot alors que l'heure de fermer boutique était encore lointaine.

– Bonjour, mon brave. Tu fermes déjà ? As-tu peur que la pluie ne vienne te gâter tes marchandises ? demanda-t-elle en regardant le ciel empli de nuages.

– Bien le bonjour à vous aussi, ma sœur.

Ambre fronça les sourcils, surprise de cette réponse, puis se rappela qu'elle était vêtue d'une bure. L'homme poursuivit.

– Ce n'est pas cet orage-là, qui m'inquiète, mais plutôt celui qui couve aux portes de la ville. Plusieurs centaines de gardes impériaux sont arrivés ce matin. Ils portent leurs armures et leurs lances m'ont l'air bien affûtées...

– Mais le général est au service de l'Empereur, tout le monde sait ça...

– Des gens disent que Volontas n'était pas au courant de leur visite, et que les cavaliers à la croix noire qui défendent la ville ne sont pas assez nombreux pour s'opposer à une telle force...

– Mais c'est absurde ! Je ne vois pas pourquoi l'Empereur s'en prendrait à nous !

– Ne vous énervez pas, ma sœur. Je répète ce qui se dit, c'est tout... Toujours est-il que commerce et affrontement ne font pas toujours bon ménage, alors je préfère retourner rapidement à ma ferme.

– Ambre, que faites-vous ? l'interpella le frère Tork, qui avait dû revenir sur ses pas après s'être rendu compte que la jeune femme ne l'avait pas suivi. Votre père nous a fait mander, et ce n'est pas un homme que l'on fait attendre...

– Ce ne serait pas la première fois, murmura Ambre.

– Pardon ?

– Non, rien. J'arrive. Même si je crains que le général n'ait d'autres priorités...

À l'approche du palais, la tension grimpa d'un cran. Les cavaliers à la croix noire qui montaient la garde semblaient inquiets. En reconnaissant Ambre, quelques-uns se fendirent tout de même d'une révérence discrète, que la jeune femme leur rendit de bonne grâce.

Tork se dirigea d'un pas assuré vers l'escalier menant à la salle du conseil. Lorsqu'il tenta de s'engager dans les marches, deux hallebardes lui barrèrent le passage.

– Le général nous attend, expliqua-t-il aux soldats.

– Le général a convoqué un conseil exceptionnel. Nul n'a le droit de l'interrompre.

Le ton du garde était sans appel. Ambre était de plus en plus inquiète.

– Alors, jeune fille, on ne salue pas son vieil oncle ?

Ambre sursauta, puis se retourna, un sourire aux lèvres. Il y avait fort longtemps qu'elle n'avait pas entendu cette voix reconnaissable entre mille. Bjorn de Volontas, seigneur et maître incontesté d'Alaric, était le jeune frère du général. Il portait fièrement la tenue traditionnelle du peuple des montagnes, mélange de fourrures et de pièces de cuir tannées par les éléments.

– Oncle Bjorn ! Quel plaisir de te voir !

– Le plaisir est partagé, ma belle ! Comme tu as grandi !

– Cela fait trois longues années, mon oncle, depuis notre dernière visite à Alaric. Il aurait été inquiétant que je ne prenne pas quelques pouces.

– Tu es presque une femme, maintenant, dit-il en s'écartant pour mieux la regarder.

– Et toi presque un homme sage… Je vois quelques cheveux blancs dans ta chevelure.

Bjorn soupira.

– Que veux-tu… les années passent.

– Je te taquine, mon oncle. Tu es resté tel que dans mon souvenir : un fier guerrier du nord.

– Depuis que ton père a imposé la paix, les batailles se font rares…

– On sentirait presque une pointe de regret dans ta voix.

– Non, bien sûr que non ! Un brin de nostalgie, voilà tout. Alaric ne s'est jamais aussi bien porté.

– Que fais-tu ici ? Mon père ne m'avait pas annoncé ta visite.

– J'étais de passage, pour affaires, et j'ai décidé de m'arrêter. Cela fait quatre jours que je suis là.

– Quatre jours ! Et tu n'es pas venu me saluer ?

– On ne dérange pas une jeune femme en quête de spiritualité… Tu envisages d'entrer dans les ordres ? la taquina Bjorn.

Ambre jeta un coup d'œil vers le frère Tork, qui ne perdait pas une miette de la conversation. Elle prit garde de bien choisir ses mots.

– Pas tout à fait, mon oncle. Disons que j'ai eu besoin de quelques jours de réflexion pour méditer sur les évènements récents…

Bjorn éclata de rire. Évidemment, il n'ignorait rien de la punition…

– Je te reconnais bien là, petite nièce ! Ce vilain frère ne t'a pas fait trop de misères ?

Tork se rembrunit.

– Je vous prierais de mesurer vos propos quand vous vous adressez à un disciple de Zalos, seigneur… souffla le moine.

Bjorn le gratifia d'une tape amicale sur l'épaule.

– Allons, allons, je plaisante, voyons… J'ai évidemment le plus grand respect pour Zalos, ajouta-t-il en lançant un clin d'œil discret à Ambre, mais nous vivons très loin de la capitale, et nos propos manquent parfois de mesure…

La jeune femme retint avec difficulté un sourire, tandis que Tork se détendait un peu.

– Comment se fait-il que tu attendes ici, Bjorn ?

– J'étais en compagnie de ton père lorsque Téodos est arrivé. Il a murmuré quelques mots à l'oreille d'Armand, qui s'est empressé de convoquer un conseil exceptionnel. En tant que seigneur d'un autre duché, il était exclu que j'y assiste... Mais je ne suis pas moins curieux d'apprendre ce qui peut effrayer à ce point un homme comme Téodos...

– C'est sûrement en rapport avec les soldats de l'Empereur qui se sont massés aux portes de la cité.

– Sans doute. Mais je ne peux me résoudre à voir dans ce déploiement de forces une menace. Armand est le bras droit de l'Empereur. Un conflit entre eux serait aussi aberrant que d'entendre un disciple de Zalos déclamer une chanson paillarde dans une taverne.

Tork fusilla Bjorn du regard.

L'homme du nord ne baissa pas les yeux. La piété relative des habitants du duché d'Alaric n'était un secret pour personne, et les vagues successives de prêtres envoyés pour répandre la bonne parole dans ces contrées lointaines n'avaient pas vraiment changé les choses. Il n'était pas rare qu'un disciple de Zalos fasse une mauvaise chute sur les sentiers escarpés qui serpentaient entre les pics du grand nord, et encore moins rare que des temples élevés en hommage à des divinités païennes soient encore entretenus, dans les endroits où le pouvoir de l'Empire s'étiolait avec l'altitude ou la distance...

Des pas précipités en provenance de la cour du château mirent fin au silence. Un soldat arrivait en courant, l'épée à la main. Le souffle court, il interpella les hommes qui gardaient l'escalier.

– Les troupes impériales investissent la ville ! dit-il. Elles ont tué plusieurs de nos gardes qui leur barraient le passage. Il faut prévenir le général !

Les deux cerbères échangèrent un regard. Face à l'urgence de la situation, l'ordre de ne pas interrompre le conseil s'effaçait. Les hallebardes s'écartèrent et le soldat bondit dans l'escalier, bientôt suivi de Bjorn, d'Ambre, et quelques mètres plus loin, du frère Tork qui peinait à tenir le rythme.

8

Atticus sortit ses deux glaives de leur fourreau. Sur sa poitrine, la croix noire de sa tunique se soulevait doucement sous l'effet de la brise marine. Les échos de la bataille traversaient le silence, indices fugaces du chaos qui allait bientôt s'inviter dans la cour du château. Du regard, il sonda ses hommes, de fiers guerriers qui avaient écumé toutes les contrées du royaume sous le commandement du général Volontas. Sur chaque visage, les stigmates de vieilles batailles dansaient au gré des expressions diverses, allant de la résignation à la colère. À l'image de ses soldats, le capitaine de la garde était partagé entre divers sentiments.

L'incompréhension était certainement le plus véhément : pourquoi l'Empereur s'en prenait-il au général, son plus fidèle serviteur ? Atticus observa les dragons impériaux qui envahissaient les rues, aussi inexorablement que la mer efface les traces de pas sur une plage. Il était fort probable que certains d'entre eux aient foulé les mêmes champs de bataille que lui...

Venait ensuite la peur, vieille amie du guerrier, qui s'insinuait dans chaque pore de la peau et tentait de vous paralyser. Avec les années, Atticus avait appris à ne pas l'ignorer, tout en la cantonnant dans un recoin de son esprit. Un combat à mort n'offrait pas de seconde chance, et seule une concentration sans faille ouvrait une voie vers la survie... Pourtant, aujourd'hui, pour la première fois depuis bien longtemps, le capitaine avait le plus grand mal à se convaincre qu'il pouvait sortir victorieux de la bataille qui s'annonçait, et il peinait à contenir les battements de son cœur.

La détermination qu'il lisait sur les trognes burinées de ses soldats le revigora, et il laissa sa colère prendre le pas sur toutes ses autres émotions. Ils mourraient tous aujourd'hui, cela ne faisait aucun doute, mais pas sans emporter avec eux le plus de gardes impériaux possible.

– Que les archers se tiennent prêts ! ordonna-t-il. Nous allons attirer une vingtaine de ces scélérats à l'intérieur, puis nous refermerons les portes, et nous les éliminerons. Gloire aux cavaliers noirs !

– GLOIRE AUX CAVALIERS NOIRS ! répétèrent ses hommes en cœur.

Au même moment, une première vague d'ennemis s'engouffra dans la cour du château. D'un geste, Atticus commanda la fermeture des portes. Les flèches volèrent, atteignant presque toutes leur cible. Les gardes impériaux tombèrent comme des mouches, et ceux qui parvenaient à avancer jusqu'à la porte principale goûtaient à l'acier des lames aiguisées des fantassins.

La seconde vague d'assaillants connut le même sort, et l'espoir de ne pas être submergés par les dragons de l'Empereur commença à faire son chemin au sein des défenseurs de la cité. Lors de la troisième ouverture, les hommes d'Atticus eurent le plus grand mal à refermer les portes, et près d'une centaine de gardes impériaux parvinrent à pénétrer dans la cour du palais. Dans la cohue, les archers furent moins précis et les combats au sol beaucoup plus rudes. Le capitaine montra l'exemple, et ses glaives se teintèrent de rouge à mesure que les envahisseurs tombaient sous ses attaques. Lorsque les tintements métalliques s'estompèrent, et que les cavaliers à la croix noire se regroupèrent autour des derniers gardes impériaux pour les achever, Atticus constata avec effroi que plus d'une vingtaine des siens gisaient sur le sol vermillon.

Avant que le capitaine n'ait eu le temps de redéfinir les rôles des survivants, la porte d'entrée vola en éclats. Plusieurs chevaux blessés se débattaient, encore harnachés au bélier qui avait brisé la porte de chêne. Les pauvres bêtes n'avaient pas l'ombre d'une chance de s'en tirer. Atticus abrégea les souffrances de l'animal le plus proche, et se focalisa sur la brèche ouverte dans les défenses du château. Un bataillon entier s'apprêtait à fondre sur eux, et rien ne pourrait l'arrêter. D'un geste, il fit sonner la retraite, pour que ceux qui le pouvaient encore se retranchent à l'intérieur du bâtiment.

Ce n'était pas son cas.

Dans un cri désespéré, il se jeta à l'assaut de la marée de piques qui voguait vers lui.

Jamais plus il ne verrait le soleil se lever sur les Sept Baies. Quand les lances percèrent sa cotte de mailles, son ultime pensée fut pour le général : il pria pour que la résistance farouche qu'il avait opposée aux envahisseurs ait laissé le temps à Volontas de s'enfuir...

9

Le souffle court, Ambre écouta le garde faire son rapport à son père :

– Mon général, dit ce dernier, c'est, c'est une catastrophe ! Les soldats de l'Empereur sont en train d'envahir la ville.

– C'est impossible. L'Empereur ne s'en prendrait jamais à moi.

– J'ai vu de mes yeux trois de nos hommes mourir sous les lances des dragons de Tharanis, monseigneur...

– Et tu es certain que ce sont bien des gardes impériaux ?

– Ils sont équipés de la tête aux pieds, arborent les oriflammes d'Iratus le jeune, et j'ai même vu leurs tatouages de garnison sur leurs biceps. Il n'y a aucun doute...

– Je ne comprends pas, souffla Volontas. Où en sont les renforts que j'ai fait mander ?

– Aucune nouvelle, rétorqua Téodos. Depuis le temps que nous avons envoyé nos éperviers, nous devrions au moins avoir une réponse...

– Tu sous-entends que nos oiseaux ont été interceptés ?

– Je le crois, en effet. Mais même s'ils sont passés, il faudra plus d'une journée à nos troupes pour nous rejoindre, et nos défenses ne tiendront pas jusque-là.

Volontas se mit à arpenter la pièce nerveusement. Bien qu'il eût remarqué la présence d'Ambre et de son frère Bjorn, à aucun moment il ne leur adressa la parole. Ambre garda le silence. Elle connaissait bien son père et savait que nul ne pouvait l'atteindre là où son esprit voguait... Téodos ne fit pas preuve d'autant de patience :

– Sauf votre respect, le temps n'est peut-être pas à la réflexion, maugréa le colosse.

Volontas croisa le regard de son plus fidèle ami.

– Que me conseilles-tu ?

– Il faut fuir, général. Immédiatement. Nos hommes sont bien trop peu nombreux pour contenir autant de soldats...

– Fuir ? Pourquoi l'Empereur me donnerait-il ce duché pour me le reprendre ?

– La question n'est pas là. Chaque seconde compte...

Le général ignora Téodos. Il se tourna brusquement vers Ignacius.

– Ignacius, avez-vous bien payé la somme convenue à l'Empereur ?

Le petit homme fronça les sourcils.

– Je, euh... je ne vois pas en quoi cela pourrait avoir un rapport avec...

– Avez-vous payé, oui ou non ?

– Non, monseigneur. Nous avons perdu toute une flotte de navires, dans la mer des Salgaces, et cela a plongé nos finances dans une situation périlleuse... Vous étiez parti en compagnie de Téodos pour étudier cette étrange épidémie qu'on nomme le Mal... J'ai dû prendre une décision. Mais j'ai versé la somme qu'il exigeait ! Je ne vois pas pourquoi il nous le reprocherait...

Volontas s'approcha d'Ignacius, et son ombre portée par le soleil couchant enveloppa le conseiller à la manière d'une main griffue. Ignacius s'agenouilla et tenta de soutenir le regard de son seigneur.

Volontas prit une longue inspiration :

– Vous nous avez tous tués, Ignacius.

– Mille pardons, monseigneur ! Je suis désolé, je...

– Assez. Il est trop tard. J'aurais dû être là. J'aurais dû veiller à ce que vous respectiez ma volonté. Et jamais je n'aurais dû quitter la capitale. Cet endroit merveilleux s'est avéré être un piège mortel. Je ne sais qui murmure à l'oreille de l'Empereur, mais ce chuchotement a pris l'ampleur d'une tempête comme jamais nous n'en avons connu.

– Partons maintenant, général, insista Téodos. Il est encore temps.

– Non. Je dois rester. Si les troupes de l'Empereur ne me trouvent pas ici, elles remueront ciel et terre pour mettre la main sur moi et pilleront tous les villages sur leur passage. Je ne peux faire subir ce calvaire à mes sujets. Je vais attendre, et je parlerai à l'Empereur. Téodos, emprunte le passage secret et assure-toi qu'Ambre et Bjorn quittent la ville sans encombre.

Le colosse prit un air sombre, mais hocha la tête.

Volontas fit quelques pas en direction de sa fille et de son frère.

– Bjorn, dit-il, je te confie mon bien le plus précieux. Rentre à Alaric et cache Ambre dans une vallée reculée, là où même l'Empereur ne pourra la trouver...

– Je ne suis pas un objet que l'on range dans un trou perdu ! ne put s'empêcher d'intervenir la jeune femme.

Volontas laissa échapper un sourire.

– Ton sens de la repartie me manquera, Ambre. Je t'ordonne d'obéir à ton oncle. Lui seul pourra assurer ta sécurité si les choses tournent mal...

– Mais vous avez dit que vous alliez parler à l'Empereur. Tout va s'arranger...

– Iratus aurait eu mille façons de me transmettre un message. Il a choisi la guerre.

Un grincement attira tous les regards.

– Le passage ne sert pas souvent, s'excusa presque Téodos, qui venait de faire jouer un mécanisme en poussant l'une des pierres qui jouxtaient la cheminée massive.

À l'intérieur de l'âtre dans lequel auraient pu tenir cinq hommes, une partie du mur avait pivoté et laissait entrevoir un trou sombre, et les barreaux d'une échelle.

– Vite, les pressa Téodos.

Bjorn donna une brève accolade à son frère, et fut le premier à disparaître dans le conduit obscur. Ambre hésita et, ne pouvant se résoudre à serrer son père dans ses bras, se contenta d'un hochement de tête. Le regard du général se voila. Un bref instant, la jeune femme discerna l'homme derrière le masque d'autorité et de pouvoir qui ne quittait jamais les traits de Volontas. Le général avait toujours été un dirigeant avant d'être un père, et rien ne pourrait remplacer les moments perdus. Mais pour la première fois, Ambre éprouva un pincement au cœur à l'idée de ne plus le revoir…

Téodos la poussa doucement vers la cheminée et elle posa le pied sur le premier barreau. La suite ne fut qu'une longue et inconfortable descente dans le conduit envahi de toiles d'araignées. L'obscurité, l'odeur de moisissure et la longueur interminable de l'échelle donnèrent à Ambre l'impression de glisser dans les ténèbres… Lorsque le passage fut scellé au-dessus de sa tête, elle ne put réprimer un frisson. Une page de sa vie venait de se tourner.

Elle fut presque surprise lorsque son pied foula le sol.

– Par ici, chuchota Téodos en lui prenant la main.

Au bout de quelques mètres, le géant s'immobilisa. Quelques étincelles jaillirent des pierres de feu qu'il cognait l'une contre l'autre, et une petite flamme embrasa finalement une torche, dont la graisse de renne se mit à brûler en dégageant un parfum musqué. Ambre devina les contours d'une immense pièce dont elle ignorait l'existence. Étant donné la durée de la descente, ils devaient se trouver bien en dessous des fondations du château. Les lueurs orangées dansaient sur les murs, et une seconde vague de frissons courut le long de l'échine de la jeune femme. Chaque paroi qui les entourait était constituée de crânes. Des centaines, ou peut-être des milliers de crânes humains étaient empilés pour former un sombre tableau.

– Des catacombes, expliqua Téodos. Selon la légende, le bâtisseur de ce château avait pour habitude de conserver les têtes de tous les ennemis morts au combat et de les enterrer sous ses pieds...

– C'est sinistre, commenta Ambre.

– Une tradition comme une autre, renchérit Bjorn.

Il en fallait plus pour émouvoir un seigneur d'Alaric.

– Vous voyez ce couloir ? demanda Téodos en agitant la torche devant lui.

– Oui, fit Bjorn.

– Suivez-le jusqu'au bout. Vous arriverez au fond d'un puits, qui débouche tout près de la petite forêt où est installé le campement de tes hommes, Bjorn. Rejoignez-les, et filez vers le nord sans vous retourner.

– Vous ne venez pas avec nous ? demanda Ambre, surprise.

– Non. Je vais remonter et voir comment je peux aider le général. Nul ne dira que Téodos a abandonné son seigneur le jour de son unique défaite.

Le ton du colosse était sans appel, et ni Ambre ni son oncle ne commentèrent la décision du guerrier. Téodos alluma une seconde torche, qu'il tendit à Bjorn. Il posa ensuite une main sur l'épaule d'Ambre.

– Sois forte. Comme ton père.

– J'essaierai, murmura-t-elle, impressionnée par l'intensité du regard du géant.

Téodos fit volte-face et disparut dans le conduit. Ambre resta quelques secondes immobile, les yeux fixés sur l'échelle.

– Il faut partir, Ambre, dit son oncle d'une voix douce. Ne tardons pas...

Elle se fondit dans le sillage de Bjorn et avança sans un mot, tandis que des myriades de pensées s'entrechoquaient dans son esprit. Comment les choses avaient-elles pu si mal tourner en si peu de temps ?

10

Comme l'avait promis Téodos, Ambre et Bjorn débouchèrent dans une prairie à une centaine de pas d'une petite forêt. Au loin, le château se dressait en haut d'une colline, et les hommes qui en avaient pris possession évoquaient des fourmis amassées devant un festin à venir. La vue plongeante sur les jardins du palais était soudain moins agréable, quand on imaginait les exactions que ne manqueraient pas de commettre les soldats de l'Empereur.

Un sifflement étrange monta de la forêt. Ambre et Bjorn se retournèrent. Plusieurs hommes en armes sortirent des bois. Des Alariciens. Ils vinrent à la rencontre de leur seigneur en courant et formèrent immédiatement une colonne de protection autour des deux fuyards.

Une fois sous le couvert des arbres, Bjorn se tourna vers un homme au visage buriné, à qui il manquait un œil. La vieille blessure avait été grossièrement recousue, et Ambre avait du mal à soutenir son regard.

– Alors, Edwin, quelle est la situation ?

– Compliquée, monseigneur. Ils sont arrivés de nuit avec une centaine d'éclaireurs. Ils ont pris possession des endroits stratégiques si rapidement que nous n'avons pas pu vous envoyer de messager. Puis le gros des troupes les a rejoints. Près de mille lances...

– Ils ne vous ont pas repérés ?

– Si, malheureusement. Nous avons décliné notre identité, et ils ont passé leur chemin. Visiblement, ils n'en avaient pas après des voyageurs alariciens...

– Vous avez été témoins d'affrontements ?

– Oui. Les dragons de Tharanis tuent tous les cavaliers à la croix noire qui se dressent devant eux.

Bjorn acquiesça.

– J'imagine que tu as envoyé quelques éclaireurs, toi aussi...

– Oui. Le passage vers le nord est dégagé. Si nous partons maintenant, nous ne devrions pas être inquiétés. Les soldats impériaux sont trop occupés à piller la ville et ses environs.

– Alors mettons-nous en route...

– Si je puis me permettre, seigneur, comment avez-vous fait pour vous échapper ? Le château est cerné...

– Un passage secret. Mon frère nous a fait sortir.

– Et notre invitée ? Qui est-elle ?

– Je te présente Ambre, la fille du général Volontas, et par conséquent, ma nièce.

– Bonjour, ma dame, dit Edwin en s'inclinant. Je suis ravi de faire votre connaissance.

Ambre lui rendit son salut, étonnée par la courtoisie du soldat. L'homme se redressa et fixa son seigneur de son œil unique.

– Nous ne pouvons pas l'emmener avec nous, déclara alors Edwin.

Ambre accusa le coup.

Bjorn soupira.

– Je dois la mettre à l'abri.

– Bien sûr, monseigneur. Mais traverser l'Empire en portant les couleurs d'Alaric avec une femme qui sera bientôt la fugitive la plus recherchée du pays n'est peut-être pas l'idée du millénaire...

– Mon oncle, vous ne pouvez pas...

– Un instant, Ambre. Que suggères-tu, Edwin ?

– Elle ne doit pas faire le voyage avec nous. Nous filons droit vers Alaric, sans nous retourner, et nous faisons en sorte qu'elle nous rejoigne en empruntant une caravane. Il suffira de la cacher dans un chariot. Ce ne sera pas agréable, ce sera plus long, mais aussi beaucoup plus sûr.

Ambre jeta un regard horrifié à son oncle.

– Vous n'allez tout de même pas me laisser seule ! Vous avez fait une promesse à mon père !

– Je lui ai promis de te tirer d'ici, et c'est exactement ce que je fais. Edwin est un homme avisé. Nous ne pouvons voyager ensemble. Se cacher dans une caravane commerciale à destination du nord est le meilleur moyen de ne pas attirer l'attention. Ma décision est prise. Nous partons immédiatement vers Midala, où nous trouverons sans peine un convoi.

Des larmes perlèrent au bord des yeux d'Ambre. Son monde s'écroulait. Comment pourrait-elle voyager au beau milieu d'une caravane de commerçants, ces gens dont elle ignorait tout ?

Comme un guerrier sonné après avoir reçu un coup de massue, elle se laissa guider vers la petite troupe qui escortait le seigneur Bjorn. Ce plongeon forcé vers l'inconnu la terrifiait. Elle retenait à grand-peine le flot de larmes qui ne demandait qu'à sortir. Pleurer alors que des centaines d'hommes étaient en train de perdre la vie à quelques lieues pour lui donner le temps de fuir aurait été déplacé. Elle se remémora les paroles de Téodos : *Sois forte.*

Un hennissement attira son attention. Elle releva la tête, puis se précipita auprès de Flamme, son cheval, qui était attaché à un arbre et broutait paisiblement les feuilles de châtaignier à sa portée.

– Oh Flamme, mon beau, comme je suis contente de te voir !

La haute silhouette de sire Rodrigue sortit du sous-bois.

Ambre en fut si soulagée qu'elle se jeta dans les bras du chevalier. Bien que surpris, ce dernier accepta cette étreinte de bonne grâce et lui tapota le dos.

– Ça va aller, Ambre, ça va aller...

Des paroles vides de sens, Ambre en était bien consciente, mais le simple fait de retrouver un visage connu et de les entendre lui procurait un réel soulagement. Juste derrière le chevalier, elle reconnut le jeune écuyer qui l'avait sauvée, quelques jours auparavant. Il la regardait avec insistance. Ambre estima qu'il devait avoir à peine un ou deux ans de plus qu'elle, même si ses cheveux bruns en bataille et son regard intense le faisaient paraître plus âgé.

– Que faites-vous ici ? demanda-t-elle à Rodrigue.

– Un peu avant que les gardes impériaux n'encerclent la ville, votre père a été informé de leur arrivée. Il m'a immédiatement ordonné de prendre votre cheval et de rejoindre le campement des hommes du nord. Je ne pensais pas que les choses tourneraient aussi mal. J'aurais dû être là-bas, avec les autres cavaliers à la croix noire...

– Je suis heureuse que vous soyez là.

– C'est bien la première fois que je t'entends dire une chose pareille.

– J'ai bien peur que les semaines à venir ne me réservent beaucoup de premières fois...

Sire Rodrigue hocha la tête, puis s'éloigna doucement vers la lisière de la forêt. Il fixait le château, une main crispée sur le pommeau de l'épée qui pendait à son côté. Des cris étouffés parvenaient parfois à se frayer un chemin jusqu'au petit groupe, comme autant de rappels de l'horreur qui frappait le duché.

– Ambre ?

La jeune femme sursauta, et se tourna vers son oncle.

– Oui ? rétorqua-t-elle froidement.

– Tu resteras avec ton protecteur et son écuyer. Nous pensons qu'adjoindre des hommes en plus ne ferait qu'attirer l'attention sur vous. Mes soldats sont en train d'aménager un chariot pour que vous puissiez cheminer dans de bonnes conditions. Sire Rodrigue deviendra Rodrigue, simple commerçant. Tu te présenteras comme sa servante, et pour te fondre au sein des autres voyageurs, tu devras mettre ça.

Ambre prit l'étoffe entre ses mains. Une robe informe, élimée. Elle la porta à ses narines. Au moins, elle était propre. Et puis, après la bure du frère Tork, elle aurait l'impression d'être vêtue de soie…

– Il faudrait l'enfiler au plus vite. Nous ne sommes pas à l'abri de voir arriver une escouade de gardes impériaux. Veille aussi à ôter tes bijoux et à mettre un peu de désordre dans ta coiffure. Ce sera plus réaliste… Tu peux aller te changer dans la tente, juste derrière.

Ambre se dirigea d'un pas traînant vers la tente.

– Une dernière chose, Ambre…

– Oui ?

– Dorénavant, tu répondras au prénom de Lilas.

– Lilas ?

– Oui. C'est sire Rodrigue, enfin Rodrigue, qui a choisi.

– Bien.

– Je sais que tout cela est très violent pour toi. Dès que tu seras en Alaric, je te jure que tu retrouveras la place qui est la tienne…

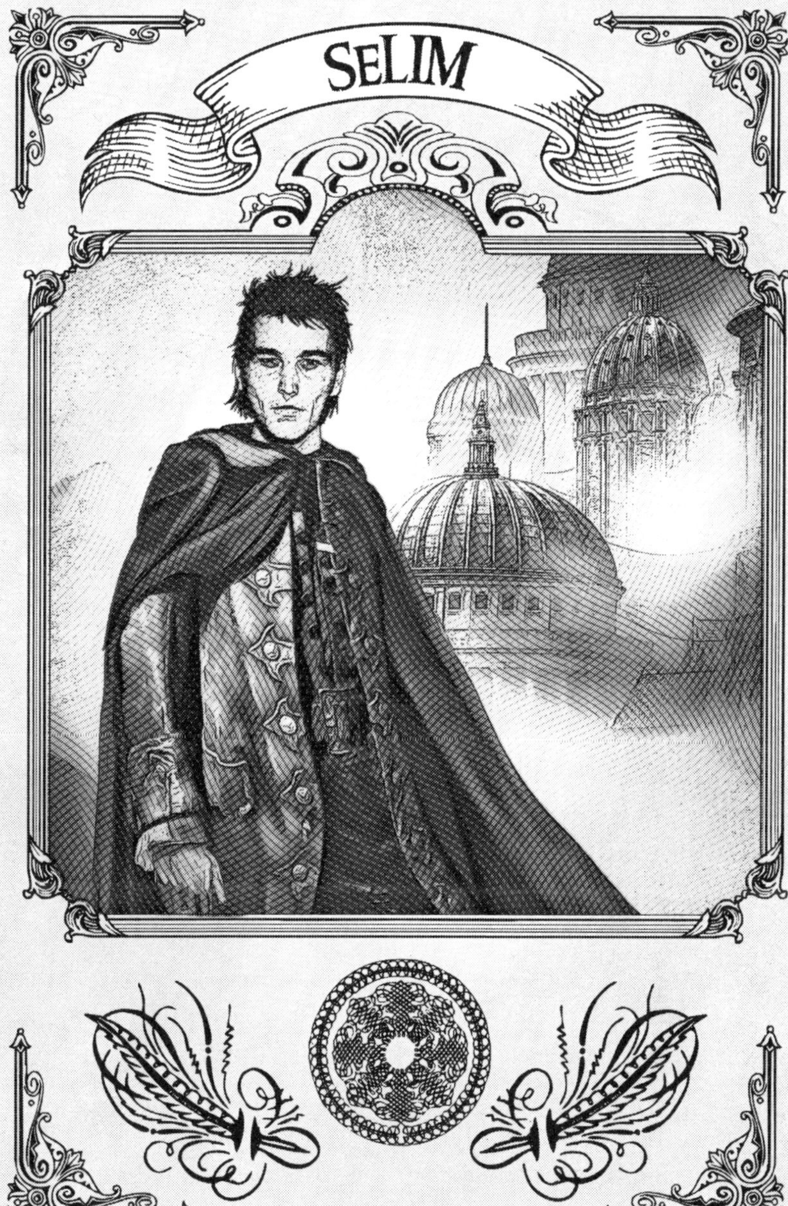
SELIM

11

Midala. Petite ville portuaire comme tant d'autres, dont Ambre avait vaguement entendu parler lors de discussions avec les marchands qui venaient au palais. C'était une bourgade d'une centaine de maisons recouvertes de torchis blanc qui s'étendaient le long de la côte, et formaient sous le soleil couchant un tableau idyllique. Une vingtaine de bateaux de commerce dansaient doucement au bord du ponton, qui dardait sa langue de bois sur l'océan, et des hommes aux muscles saillants déchargeaient les marchandises dans un ballet bien huilé. Ils les acheminaient vers la grand-place, sur laquelle étaient alignés des dizaines de chariots identiques à celui dans lequel Ambre était assise, aux côtés d'un sire Rodrigue grimé en marchand de province. Voir le vieux guerrier sans son armure était si inhabituel qu'à chaque fois qu'elle posait les yeux sur lui, Ambre avait l'impression de cheminer avec un inconnu. Ainsi vêtu, l'âge de Rodrigue semblait avoir plus de poids, et le chevalier lui-même s'était voûté, donnant encore plus de crédibilité à son personnage, tout en lui conférant un air inoffensif. Ambre se demanda si c'était volontaire, ou si les dernières heures avaient profondément marqué son protecteur. Flamme et le cheval de Rodrigue tiraient le chariot, tandis que son écuyer fermait la marche, chevauchant paisiblement à quelques pas derrière.

Ici, aucun soldat de l'Empereur pour semer la désolation. Pourtant, leur attaque surprise était sur toutes les langues. Tous parlaient à tort et à travers, mais aucun ne semblait vraiment détenir la moindre information sur les causes de l'attaque.

Ambre observa Rodrigue négocier avec le capitaine d'un navire un chargement d'épices. D'autres acheteurs étaient sur les rangs, mais la bourse remplie de ducats de Rodrigue les découragea rapidement. Quelques instants plus tard, cinq gros bras déposaient la marchandise dans leur chariot.

La petite ville possédait son temple : une grande taverne où se négociait tout ce qui pouvait avoir de la valeur. Rodrigue s'y engouffra et ressortit après deux bières.

– Alors, on part quand ? demanda Ambre.

– Demain matin à l'aube. J'ai trouvé une caravane de cinq chariots qui part vers Alaric. Elle est protégée par quatre mercenaires. Ils ont l'air un peu rouillés, mais cela devrait suffire à décourager les pillards.

– Où dormons-nous ?

– J'ai réservé une chambre dans l'auberge. Mais tu ne peux pas m'y accompagner. Payer une telle somme pour une servante attirerait l'attention. L'aubergiste accepte que vous dormiez dans l'étable, avec les chevaux.

– Vous ?

– Toi et Selim.

– Vous voulez que je dorme avec un écuyer ? Sauf ton respect, Selim.

– Parle moins fort, veux-tu, chuchota Rodrigue. Je te rappelle que tu es ma servante, Lilas, et qu'une servante ne parle pas ainsi à son maître...

Les yeux d'Ambre lançaient des éclairs.

– Ne t'inquiète pas, ma belle, je te protégerai... fit Selim.

L'orage bifurqua immédiatement vers le jeune écuyer.

– Toi, si tu poses la main sur moi, je t'égorge. Même chose si tu oses encore me parler sur ce ton !

Selim se fendit d'un petit sourire.

– Calme-toi, Lilas. Nous allons devoir passer un peu de temps ensemble... et puis, si tu veux m'égorger, il te faudra une dague, ajouta-t-il en sortant de sa botte un poignard effilé. Range-le où tu veux, mais ne le quitte jamais. Tu ne vis plus dans un château, protégée par une petite armée de gardes...

Ambre accepta l'arme, qu'elle glissa à sa ceinture. Jusqu'à aujourd'hui, elle n'avait jamais accordé à ce Selim guère plus qu'un regard, mais elle devait bien convenir que les temps avaient changé et qu'elle était désormais contrainte de reconsidérer son attitude face à son compagnon de voyage.

– Merci, murmura-t-elle.

– Pardon ? Je n'ai pas bien entendu... rétorqua Selim.

– J'ai dit « merci ». Mais n'en demande pas trop, d'accord ?

– Je suis là pour vous servir, très chère Lilas...

– Combien de temps le voyage est-il censé durer ? demanda alors Ambre.

– Trois semaines, si tout va bien, dit Rodrigue.

– Trois semaines ! Je sens que ça va être très long...

Selim se contenta de sourire.

12

Hennissements de chevaux, courants d'air, frémissements de la paille lors du passage des rats... La première nuit d'Ambre dans une étable fut une expérience douloureuse. Elle ne ferma l'œil que par intermittence, se réveillant en sursaut au moindre craquement. À chaque fois, un regard soupçonneux vers Selim, puis un autre au second plan. Les heures s'écoulèrent lentement, sans incident. À l'aube, Selim se redressa et s'étira en bâillant sans retenue.

– Bien dormi ? demanda-t-il.

Les cernes et l'air revêche d'Ambre pour toute réponse, le jeune écuyer se leva et plongea les mains dans l'abreuvoir des chevaux. Il s'aspergea le visage, et l'eau coula sur ses vêtements.

– Tu ne peux pas prendrc l'cau ailleurs ?

Selim se fendit d'un sourire narquois.

– Les baignoires et les sels de bain ne courent pas les rues, par ici, s'amusa-t-il. Libre à toi de sentir le bouc, mais un peu de toilette ne peut pas faire de mal.

– J'attendrai de trouver une eau plus claire, si ça ne t'ennuie pas...

– Comme tu veux... Je vais manger. Tu viens ?

– Nous mangeons avec sire Rodrigue ?

– Pas de « sire » ici, n'oublie pas !

– Oui, c'est vrai. Pardon. Mais tu n'as pas répondu à ma question.

– T'arrivait-il de manger avec tes serviteurs, au château ?

– Eh bien, non...

– Tu as donc ta réponse. Pour nous, c'est l'arrière-salle, avec les autres laquais. Ne t'attends pas à un festin. Une miche de pain, un peu de lait ou de bouillon, et un fruit, avec de la chance… Tu sauras te tenir ?

Ambre suivit son guide et longea les écuries jusqu'à l'auberge. Des rires et des éclats de voix leur permirent de trouver la salle. Avant d'entrer, Selim se tourna vers Ambre.

– Mets ta capuche.

– Comment ?

– Ta capuche. Tu la mets. Sans discuter inutilement.

Ambre afficha un air surpris. Elle couvrit ses cheveux et pénétra dans la pièce un peu sombre. Selim s'installa à une table libre. Elle le suivit. Elle sentit les regards inquisiteurs des autres convives. Des hommes, pour la plupart. Elle s'efforça de ne dévisager personne, mais un simple coup d'œil lui suffit pour comprendre que ces bouches édentées et ces cheveux hirsutes ne venaient pas du monde dans lequel elle avait grandi. Elle baissa la tête, s'assit en silence sur le banc et remercia intérieurement Selim de lui avoir demandé de se couvrir. Les conversations reprirent, et on leur servit une tranche de pain sec, un broc rempli d'eau et deux pommes mangées par les vers.

Ambre ne se fit pas prier et croqua sans retenue dans le pain. Au moins, elle, elle avait des dents…

– C'est qu'elle a bon appétit, la p'tite ! la héla une des rares femmes présentes dans la pièce. Vous allez où comme ça, les jeunes ?

– Nous servons Rodrigue le marchand d'épices, répondit Selim. Nous allons vers le nord.

– Rodrigue ? Connais pas. Il embaucherait pas, dis-moi, ton marchand, parce que je cherche du boulot…

– Je ne crois pas, non…

La femme se leva et écarta son décolleté, qui laissa entrevoir ses formes généreuses.

– Parle-lui quand même de moi, l'ami. Je m'appelle Lanilda, et je peux lui faire oublier les dures journées de voyage... À moins que ce soit ton boulot, gamine ?

Ambre la fusilla du regard.

– Il existe des femmes dont la valeur ne se mesure pas au tour de poitrine.

– Elle manque pas de toupet, la donzelle ! Viens dehors avec moi. Tu vas voir que Lanilda sait utiliser ses mains pour remettre les gamines mal élevées dans le droit chemin !

Ambre sentit le rose lui monter aux joues. Elle commençait déjà à réfléchir à la meilleure tactique pour renverser le mastodonte, quand Selim posa une main sur son poignet.

– Du calme, du calme, mes amies. Lilas ne porte pas bien son nom. Elle a la langue aussi piquante qu'un bosquet d'orties tant qu'elle n'a pas avalé sa tranche de pain du matin. Elle ne voulait pas vous offenser. N'est-ce pas, Lilas ?

Ambre se débarrassa de la main de Selim.

– En effet, dit-elle. Mes paroles ont dépassé ma pensée...

– Mes paroles ont dépassé ma pensée... l'imita Lanilda en faisant des grimaces. Tu as de la chance que je sois de bonne humeur, gamine. Quant à toi, fit-elle en désignant Selim, tu ferais bien de lui apprendre la politesse, si tu veux mon avis. Dans le nord, les hommes n'aiment pas trop les femmes qui ont la langue bien pendue...

Une fois leur collation avalée, Ambre et Selim retournèrent auprès des chevaux et commencèrent à les harnacher. Panser et équiper les animaux fit le plus grand bien à Ambre. Elle retrouva peu à peu son calme.

– Il faudra être plus prudente, à l'avenir, commenta le garçon, sans quitter des yeux la brosse qu'il passait sur le flanc du cheval de Rodrigue.

– Je crois que j'ai saisi le message subtil de Lanilda.

– Je suis sérieux. On ne doit pas se faire remarquer. Ton physique est déjà assez...

– Mon physique ? Je ne te permets pas de parler de moi ainsi ! N'oublie pas qui je suis ! Et puis, que lui reproches-tu, au juste, à mon physique ?

– Tu... tu es très belle, Ambre, chuchota l'écuyer, avec le plus grand sérieux. Le simple fait de te promener au milieu de ces rustres n'est pas sans danger. Ta présence risque de nous attirer des ennuis, alors je te le redemande, s'il te plaît, essaie de faire profil bas, même si ce n'est pas dans ta nature...

13

En milieu de matinée, le convoi se mit en branle. Une quinzaine de chariots, quelques cavaliers et une cinquantaine de serviteurs à pied, le tout encadré par quatre mercenaires. Assise à côté de Rodrigue, Ambre laissait ses yeux errer sur le paysage. Au rythme du pas des chevaux, elle observait l'océan dont les vagues venaient mourir sur les plages du duché des Sept Baies. Et dire qu'hier encore, tout ce qu'il lui était donné de voir appartenait à son père... Qu'en était-il aujourd'hui ? Qu'était-il advenu du général ? Était-il toujours en vie, ou avait-on empalé sa tête sur une pique pour que l'Empereur affirme sa toute-puissance ? Ambre n'avait guère eu le temps de réfléchir, tant les événements s'étaient enchaînés à un rythme effréné depuis que les dragons de Tharanis avaient envahi le château. Elle avait tant de questions, et si peu de moyens pour trouver des réponses. Mais peut-être que son compagnon de route avait pu glaner des informations.

– Rodrigue, avez-vous entendu des choses intéressantes, à la taverne ? demanda-t-elle.

– Concernant l'invasion, je suppose ?

– Évidemment.

– Rien de très fiable, j'en ai peur. Je préfère éviter de colporter des rumeurs...

– De quoi parlent ces rumeurs ?

– Elles évoquent une attaque simultanée de tous les comptoirs de commerce de votre père, partout dans le pays... mais je n'y crois guère.

– Puis-je vous demander pourquoi ?

– Cela aurait nécessité une coordination extrême, et je ne parle pas de la discrétion indispensable à une attaque de ce type.

– Vous pensez donc qu'il y a une chance pour que le comptoir de Kali soit encore tenu par les cavaliers à la croix noire ?

– Je l'espère, en tout cas... Nous devrions l'atteindre d'ici à deux jours, si la caravane longe la côte. Nous serons alors fixés.

Durant les heures qui suivirent, Ambre se laissa bercer par l'espoir que tout n'était peut-être pas perdu, que son père parviendrait à faire entendre raison à l'Empereur... La caravane avançait, lentement, et les rares pauses étaient dictées par l'existence d'un lac ou d'une rivière où l'on pouvait laisser les bêtes s'abreuver. Au milieu de la journée, la roue d'un chariot cassa, et il fallut près de dix hommes pour soulever le lourd fardeau et la changer. Ambre observa le manège des mercenaires, qui tournaient autour du convoi, talonnaient leurs montures pour partir en éclaireurs, grimpaient dès que possible sur les hauteurs pour voir ce qui pouvait surgir de l'autre côté... Rodrigue surprit son regard.

– Des hommes des plaines de Tiare, lui dit-il. Ils vivent au sud-est de Tharanis, dans d'immenses étendues de prairies verdoyantes. Presque toute la viande importée dans les différents duchés provient de leurs élevages de bovins.

– Ce sont ces grandes vaches aux cornes démesurées et aux longs poils qui touchent presque le sol ?

– Oui, c'est ça. Des bêtes robustes, et une viande fort goûteuse. Mais je doute qu'il en soit servi au repas de ce soir...

– Si seulement... dit Ambre, dont l'estomac avait peine à se contenter de la petite tranche de pain avalée le matin.

– Ils sont bien loin de chez eux, ces cavaliers de Tiare...

– Surveiller une caravane paie bien mieux que de s'occuper d'un troupeau. Ces hommes montent à cheval depuis qu'ils tiennent sur leurs jambes. Chevaucher des journées entières ne leur fait pas peur, et leur fiabilité est reconnue dans tout l'Empire. Ils n'ont aucun mal à se faire embaucher.

– Vous les avez déjà combattus, lors de vos campagnes aux côtés de mon père ?

– Non. Les seigneurs de Tiare ont toujours fait allégeance à l'Empereur. Ils nous ont même fourni des hommes et des chevaux, pour certaines batailles. La dernière fois que je me suis rendu dans leurs terres, c'était juste avant la campagne des Cités Suspendues, quelques semaines avant que ton père devienne un général de légende, capable de faire tomber n'importe quelle citadelle.

– Oui, merci, je connais les exploits de mon père. On me les a racontés tant de fois, depuis que je suis en âge de comprendre. Comment pourrais-je oublier, d'ailleurs, que mon père est un assassin ?

– Tu ne devrais pas dire cela. Les choses sont souvent bien plus complexes qu'il n'y paraît. Si ton père était le monstre que tu décris, pourquoi tant d'hommes comme Téodos ou moi-même se seraient-ils ralliés à lui ? Pose-toi la question...

Ambre préféra se taire. Cette discussion ne mènerait nulle part. Elle rumina les paroles acerbes qui lui venaient à l'esprit, et se contenta d'admirer le panorama. Au gré des méandres de la route, les palmiers et les cyprès structuraient le paysage, et le soleil faisait briller les épis de blé qui dansaient au vent. Si elle n'avait eu tant de soucis en tête, Ambre serait restée bouche bée devant le spectacle offert par mère Nature.

14

Lorsque le soleil tira sa révérence, les chariots furent installés en demi-cercle en bordure d'un lac, pour permettre une meilleure défense en cas d'attaque. Plusieurs foyers furent allumés dans des ronds de pierre, laissés par les caravanes qui avaient campé au même endroit lors de précédents convois. Dans les marmites, les cuisiniers préparèrent un ragoût à base de racines de tuam et de viande de porc séchée.

Ambre se jeta sur la nourriture dès que son assiette de bois fut remplie. Elle resta près du feu, profitant de la chaleur, en s'efforçant d'éviter les regards appuyés de certains membres du convoi. Des hommes, pour la plupart. Capuche rabattue sur la tête, elle ne pouvait qu'espérer que la suite du voyage se déroulerait sans encombre.

La bière coulait à flots et quelques bagarres éclatèrent. L'arrivée des mercenaires calma très vite les ardeurs des belligérants, qui regagnèrent leurs pénates sans demander leur reste. Rodrigue bâilla à plusieurs reprises et lui fit part de son envie d'aller se coucher. Ambre lui promit de ne pas tarder à faire de même. Elle le regarda s'installer dans le chariot, et soupira à l'idée de dormir sur le sol caillouteux, juste en dessous, sur un vieux tapis en peau de yack. Le statut de serviteur n'avait décidément pas que des avantages... Par le passé, elle avait envié à de nombreuses reprises la liberté des paysans, qui pouvaient aller et venir à leur guise sans devoir supporter la présence constante d'une nounou ou d'un garde du corps. Elle avait rêvé de cette liberté, l'avait idéalisée. Elle se rendait maintenant compte qu'elle était toute relative, et que les dures conditions de vie des petites gens étaient épuisantes.

À quelques dizaines de mètres, la surface du lac oscillait doucement et brouillait les reflets de la lune. Ambre huma ses vêtements. Sans surprise, deux jours de voyage avaient imprégné le tissu de poussière et de sueur. Elle décida de profiter de la proximité du lac pour faire un peu de toilette. Selim avait raison : le bain chaud devrait attendre. Elle se leva et se dirigea d'un pas léger vers l'étendue d'eau. Elle s'agenouilla et plongea les mains dans le lac. L'eau était fraîche. Elle imprégna un morceau d'étoffe de liquide et se tamponna le visage.

Soudain, elle sentit une présence. Avant qu'elle se retourne, des mains puissantes lui saisirent les épaules tandis qu'on recouvrait sa tête d'un sac en toile de jute. Elle se débattit de toutes ses forces et parvint à dégager l'un de ses bras. Elle arracha en hâte le sac qui la rendait aveugle et frappa tout ce qui passait à sa portée. Son pied percuta un entrejambe, tandis que son poing brisait un nez. Des gémissements de douleur s'élevèrent dans la nuit, avant de se transformer en grognements primaires. Les ombres qui dansaient autour d'elle n'allaient pas abandonner la partie aussi facilement. Ambre sortit le poignard que lui avait confié Selim, espérant les décourager. Un rayon de lune fit luire la lame. Ses assaillants ne pouvaient l'ignorer. Pourtant, ils se jetèrent sur elle et elle n'eut pas le temps de frapper. Une main bloqua son poignet, une autre saisit ses cheveux, tandis qu'un troisième larron enserrait ses jambes pour la plaquer au sol. Elle chuta lourdement et perdit presque connaissance. Lorsqu'elle recouvra ses esprits, deux solides gaillards la maintenaient au sol pendant qu'un se tenait juste au-dessus d'elle. Il essuya le sang qui coulait de son nez, et son air concupiscent ne présageait rien de bon. Il posa la lame effilée du poignard sur le cou d'Ambre.

– Tu cries, et je t'égorge comme une truie… Tu as compris ?

Ambre hésita. Lorsqu'elle avait réalisé qu'on s'en prenait à elle, elle avait immédiatement pensé aux soldats de l'Empereur. Mais il n'en était rien. Ses trois agresseurs faisaient partie du convoi, elle les avait aperçus lors du changement de roue. La lame appuya un peu plus fort sur sa gorge.

– Tu as compris ? répéta la brute.

Ambre réprima un haut-le-cœur à cause de son haleine chargée d'alcool.

– Oui, cracha-t-elle péniblement.

Tandis que l'homme remontait sa robe, elle se maudit d'avoir été si imprudente, et elle maudit sire Rodrigue et Selim de ne pas la protéger comme ils l'avaient promis. Elle ferma les yeux.

Une série de chocs sourds. Un hurlement déchirant.

Ambre ouvrit les yeux. Face à elle : une ombre imposante, et une main tendue. Celle d'un homme armé d'une épée longue. Sire Rodrigue.

Ambre se releva péniblement, et, à la pâle lueur de la lune, observa ceux qui avaient failli devenir ses bourreaux. Celui qui l'avait menacée avec le poignard se tenait le bras en gémissant. Sa main reposait à ses pieds, les doigts toujours crispés sur le manche du poignard. Les deux autres n'en menaient pas large non plus. Ils avaient reculé jusqu'au lac, et avaient les fesses dans l'eau. Ils massaient leurs membres endoloris. Rodrigue les avait frappés avec le plat de sa lame. Ils s'en tireraient avec quelques contusions, tout au plus.

Le chevalier livra son verdict, d'une voix grave, presque aussi tranchante que son épée.

– Je vous laisse la vie sauve, pour cette fois. Si l'un d'entre vous s'avise encore de poser la main sur l'un de mes serviteurs, je lui ôte la tête. Assurez-vous que tous les marauds de cette caravane en soient avertis.

Les deux jeunes hommes hochèrent la tête, soulagés de s'en sortir à si bon compte. Ils aidèrent leur camarade à se relever et l'entraînèrent en direction du campement.

– Si vous voulez qu'il vive, cautérisez la plaie avec une lame rougie par le feu, leur dit Rodrigue.

Il se pencha ensuite vers la main inerte, écarta les doigts et récupéra le poignard, qu'il prit soin de rincer dans le lac avant de le rendre à Ambre.

La jeune femme le prit et le remit à sa place, les mains tremblantes.

– Merci, Rodrigue. Sans vous, je...

– C'est mon rôle, Ambre. Je serai toujours là pour te protéger.

– Je pensais que vous étiez parti dormir. Je croyais qu'ils allaient...

Les larmes inondèrent le visage de la jeune femme. De violents sanglots la secouèrent durant de longues minutes. Elle était sous le choc. Quand elle se calma enfin, Rodrigue s'expliqua :

– J'avais remarqué leurs regards insistants. Je savais qu'ils passeraient à l'acte, à un moment ou un autre. Quand je suis monté dans le chariot, j'ai gardé un œil sur toi. Et quelques minutes plus tard, ils étaient là... Certains hommes sont de véritables bêtes, Ambre. Tu n'imagines pas les horreurs que j'ai pu voir pendant la guerre. Il faut que tu comprennes que tu ne vis plus dans le même monde. Des manants comme ceux-là, il en existe des milliers.

Ambre hocha la tête.

– Mon seul regret, poursuivit le vieux chevalier, c'est de ne pas les avoir tués, mais nous devons rester discrets.

Ambre se félicita qu'il ne l'ait pas fait. Elle aurait eu ces trois morts sur la conscience, et le spectacle de la main tranchée était bien suffisant à ses yeux. Sous la protection de Rodrigue, elle regagna le chariot.

– Tu veux dormir en haut, ce soir ? demanda le vieux soldat.

Elle hocha la tête, soulagée.

– Je te préviens, ils penseront tous que tu m'accordes tes faveurs...

– Si cela les dissuade de me faire du mal...

– Je suis d'accord avec toi. Allez, monte.

– Où est Selim ? demanda Ambre, surprise de ne pas le trouver sous le chariot.

– Sûrement en train de vider quelques verres avec d'autres rustres...

Après un dernier regard alentour, Ambre se résigna à se coucher sans avoir de nouvelles du jeune écuyer. Était-il en train de boire, comme semblait le penser Rodrigue ? Elle éprouvait presque des remords à le laisser dormir seul sous le chariot. C'était stupide, mais elle ne pouvait s'en empêcher...

À quelques mètres de là, tapie dans les buissons, à quelques pas de l'endroit où avait eu lieu l'affrontement, une silhouette observait Ambre. Une fois assurée que personne ne pouvait la voir, elle se déploya et rejoignit le campement sans un bruit. Cette ombre fuyante n'était autre que celle de Selim.

15

Aux premières lueurs du jour, le convoi reprit la route de Kali. Au grand étonnement d'Ambre, personne ne vint demander de comptes au chevalier. Il en allait ainsi, en dehors des grandes villes où les seigneurs faisaient régner l'ordre. Mieux valait savoir se servir d'une épée, et frapper avant de l'être. Rodrigue le marchand était passé du statut de commerçant anonyme à celui d'homme craint et respecté. Ambre surprit plusieurs membres du convoi lui adresser un salut timide. Trancher la main d'un homme attirait donc le respect. Drôle de monde, se dit-elle. Les hommes qui l'avaient attaquée étaient couverts d'ecchymoses. Rodrigue n'y était pas allé de main morte. Lorsqu'elle les avait croisés au petit matin, ils avaient baissé la tête et s'étaient écartés de son chemin.

Quand le soleil fut haut dans le ciel, Ambre sauta du chariot pour se dégourdir les jambes. Elle vint se placer aux côtés de Selim, qui n'avait pas ouvert la bouche de la journée.

– Tu vas bien ? demanda-t-elle pour engager la conversation.

– Un vrai bonheur. J'ai toujours aimé chevaucher en plein soleil au rythme d'un escargot. C'est passionnant.

– Pardon de te déranger.

– Tu ne me déranges pas. Je m'ennuie un peu, c'est tout.

– Tu ne me demandes pas pourquoi j'ai dormi dans le chariot ?

– Le devrais-je ?

– Il y a eu un problème, hier, pendant que tu festoyais...

Selim émit un petit rire.

– Un problème ? C'est ainsi que tu nommes une amputation de la main…

– Alors tu es au courant ?

– Les nouvelles vont vite, dans un groupe aussi petit que ce convoi… Il suffit de tendre un peu l'oreille. Ces trois imbéciles ont eu ce qu'ils méritaient.

Ambre garda le silence.

– Je t'avais dit de faire attention, reprit le jeune homme.

Ambre pressa le pas, pour ne pas avoir à répondre. Au sommet d'une petite butte, elle aperçut les contreforts des montagnes bleues, à sa droite, frontière naturelle entre le duché d'Irandor et les marécages du Vent. La route bifurquait à l'opposé, vers la côte et la ville de Kali, surnommée ville aux mille échoppes… En plissant les yeux, on pouvait apercevoir la grande muraille qui entourait la cité dédiée au commerce. Ils l'atteindraient sûrement avant la fin de la journée…

Ambre se retourna. Selim arrivait.

– Tu es déjà allé à Kali ? demanda-t-elle.

– Non, mais il paraît que c'était l'endroit où le comptoir des cavaliers noirs était le plus rentable, plus encore qu'en Alaric ou dans la capitale. Rodrigue m'a dit que le bâtiment que ton père y a acheté est digne d'un palais ou d'une cathédrale.

– J'ai hâte de voir à quoi il ressemble…

Pour terminer le trajet, Ambre rejoignit Rodrigue. Ils découvrirent ensemble l'épais nuage noir qui s'élevait au-dessus de la ville.

– Est-ce que c'est normal ?

Rodrigue secoua la tête.

– Non. Quelque chose brûle. Quelque chose de très gros…

À mesure que les remparts de la ville grandissaient, les flammes de l'incendie responsable de l'épaisse fumée noire qui montait en spirale vers le ciel devenaient plus visibles. De la route, on avait une vue plongeante sur la ville côtière, et on discernait sans peine ce qui se consumait.

– Le comptoir de Kali n'est plus qu'une ruine fumante, pesta Rodrigue. Les rumeurs étaient fondées. L'Empereur a décidé de faire disparaître l'ordre des cavaliers à la croix noire.

– Qu'allons-nous faire ? demanda Ambre.

– Continuer notre chemin, comme prévu. J'espérais trouver à Kali une escorte digne de ce nom pour traverser les forêts d'Irandor, mais nous devrons faire sans. Maudit soit l'Empereur.

Toutes les portes de Kali étaient fermées, à l'exception de l'entrée principale. Une rangée de gardes impériaux se dressait de part et d'autre de l'avenue qui menait au cœur de la ville.

– Ne vaudrait-il pas mieux rebrousser chemin ? suggéra Ambre en découvrant l'inquiétant comité d'accueil.

– Surtout pas, rétorqua Rodrigue. Fourbe comme il est, l'Empereur a certainement placé ses dragons dans les environs, et je parie que tous ceux qui font demi-tour sont contrôlés avec deux fois plus de sévérité. Nous avons convaincu les gens de ce convoi, demeurons avec eux... C'est notre meilleur atout. Il est prévu que nous repartions dès demain. À nous de rester discrets jusque-là.

Ambre hocha la tête, consciente que ce message lui était tout particulièrement destiné.

– Descends, et marche à l'arrière. C'est la place d'une servante. Cela attirera moins l'attention. Et surtout, ne cherche pas à te cacher, sois naturelle.

Sois naturelle... Il en avait de bonnes, Rodrigue. Avoir l'air naturelle alors que cinquante paires d'yeux vous dévisageaient ; un vrai jeu d'enfant ! En passant près des soldats, Ambre pria pour qu'ils n'aient pas reçu son signalement... Nul doute que la fille du général Volontas serait une belle prise pour un capitaine de la garde impériale. Les regards glissèrent sur le convoi, parfois plus insistants lors de son passage, mais personne ne les arrêta.

En pénétrant dans la cité, Ambre fut impressionnée. Les hauts remparts de pierre grise qui cernaient la ville ne laissaient en rien présager l'explosion de couleurs qui assaillait les pupilles des visiteurs. Des échoppes de toutes sortes et de toutes tailles rivalisaient d'originalité pour attirer le client, et les façades s'ornaient de mille nuances et fantaisies de tout ordre. Des sculptures en bois ou en fer forgé dépassaient dans les allées, pour indiquer ce que l'on pouvait trouver en franchissant les diverses portes. Une cacophonie indescriptible accompagnait le fourmillement visuel, car les camelots se livraient à des joutes verbales débridées pour vanter les mérites de leurs boutiques. Au détour d'une rue, trois saltimbanques sautillaient entre les nouveaux arrivants, en multipliant les cabrioles. L'un d'entre eux passa un superbe foulard blanc autour du cou d'Ambre, qui ne put retenir un sourire empli de gratitude.

– Récupère ton foulard ! cria Selim, pour être certain que l'homme l'entende.

Ambre s'étonna de l'intervention de Selim.

Le saltimbanque approcha.

– Tu le reprends, ou je te le fais avaler !

L'homme soutint le regard de Selim, puis fit une révérence avant de récupérer son bien et de se fondre dans la foule.

– Pourquoi as-tu fait ça ? demanda Ambre, furieuse.

– On évite les ennuis, tu te rappelles ?

– Je ne vois pas le rapport.

– Ces types enroulent le foulard autour du cou d'une dame, et deux rues plus loin, leurs complices armés jusqu'aux dents exigent le paiement des foulards que les dames trop naïves ont acceptés. Les gens qui ne paient pas sont passés à tabac ou volés. Et je peux te garantir que le prix exigé est dix fois plus élevé que celui d'un bout d'étoffe ! Si tu en veux un, nous irons l'acheter un peu plus loin, au bon prix...

Ambre écouta la diatribe de son compagnon de route en fronçant les sourcils.

– Et comment monsieur l'écuyer qui n'a jamais mis les pieds à Kali peut-il savoir tout ça ?

L'espace d'un instant, Ambre vit passer une lueur de surprise sur le visage de Selim.

– Toutes les grandes villes se ressemblent, voyons. Et Kali n'échappe pas à la règle...

Ambre n'insista pas, mais au fond d'elle, une crainte diffuse venait de naître. Il y avait chez ce garçon une part de mystère qu'elle ne s'expliquait pas.

– Monte dans le chariot, à l'arrière.

La voix de Rodrigue, plus sèche que jamais.

– Mais, pourquoi faut-il que...

– Monte, maintenant !

Le convoi avait quitté l'avenue principale et obliqué vers le sud de la ville. Vers l'incendie. Et on pouvait clairement distinguer l'édifice qui avait été la proie des flammes. Ce qu'il en restait en tout cas. Quelques flammèches résistaient encore çà et là, mais les efforts conjugués des esclaves et des habitants avaient permis d'empêcher le reste de la ville de s'embraser. Du comptoir des cavaliers à la croix noire ne subsistaient que des vestiges fumants, entrelacs de poutres brisées et de meubles calcinés. Les plafonds s'étaient effondrés, entraînant dans leur chute certains murs qui supportaient autrefois le plus somptueux des palais. Il n'y avait guère que la base en pierre brute du bâtiment qui avait résisté. C'était d'ailleurs l'endroit que les gardes impériaux avaient choisi pour pendre les dépouilles des occupants. Une vingtaine de cadavres cramoisis étaient exposés, comme des oripeaux morbides, dans leurs uniformes ornés d'une croix noire encore bien visible.

– Il faut les décrocher de ces murs, lâcha Rodrigue.

Son visage s'était figé dans un masque de colère et de tristesse mêlées.

Selim plaça son cheval entre le chevalier et le sinistre spectacle.

– Vous savez comme moi qu'on ne peut pas faire une telle chose, Rodrigue. Nous devons poursuivre notre route, et accomplir notre mission. En l'honneur du général. En l'honneur de ces hommes...

Rodrigue détourna les yeux et secoua les rênes pour faire avancer les chevaux. Une unique larme coula en silence sur sa joue. Jusqu'à l'auberge située dans les faubourgs de la ville où le convoi s'arrêta pour la nuit, pas un mot ne fut prononcé.

16

Cette nuit-là, Ambre veilla très tard, la main serrée sur son poignard. Kali était une ville qui ne dormait jamais, et les bruits incessants en provenance de la rue nourrissaient ses inquiétudes. À plusieurs reprises, elle se réveilla en sueur, engluée dans des cauchemars peuplés d'hommes qui s'en prenaient à elle, et dans lesquels aucun chevalier ne venait à son secours. Elle finissait quand même par se rendormir, sans jamais sombrer dans un sommeil réparateur. Alors qu'elle se retournait sur sa couche de paille dure pour la centième fois, elle sentit un mouvement derrière elle. Selim se levait. Au beau milieu de la nuit. Et il prenait un soin extrême pour ne pas faire de bruit. L'impression que le jeune écuyer cachait quelque secret inavouable se renforça. Comment pouvait-il la laisser seule après les évènements de la nuit précédente ? Une colère sourde se diffusa en elle.

Elle attendit que Selim sorte de l'étable et se leva à son tour. Alors qu'elle quittait le box des chevaux, elle s'immobilisa. Sire Rodrigue se tenait juste en face d'elle, assis sur un tabouret, la main sur le pommeau de son épée. Sa colère à l'encontre de Selim s'évanouit, et elle éprouva une immense gratitude à l'égard du chevalier, qui n'avait pu se résoudre à la laisser seule à l'extérieur. Elle observa Rodrigue avec attention. Sa poitrine se soulevait à intervalle régulier et ses yeux étaient clos. Il dormait. Pas étonnant, après la rude journée qu'ils venaient de vivre. Elle hésita. Pouvait-elle s'exposer à la myriade de dangers qui peuplaient les rues d'une ville comme Kali à cette heure tardive ? Quelques semaines auparavant, elle ne se serait même pas posé la question. Mais ses certitudes avaient été durement ébranlées, et le souvenir des mains crasseuses posées sur elle la veille ne la quitterait pas avant longtemps. Elle ne pouvait courir ce risque.

Elle se résigna à attendre le retour de Selim, non sans avoir jeté un œil à l'extérieur pour tenter de voir quelle direction il prenait. Après une centaine de pas dans la rue de l'auberge, Selim bifurqua dans une venelle qui filait vers le cœur de la cité. Seule certitude : il semblait parfaitement savoir où il allait.

Ambre repassa sans un bruit devant son protecteur, et reprit sa place dans la paille. Malgré la foule de questions qui se bousculait dans son crâne, bercée par le souffle régulier des chevaux, elle finit par s'endormir. À son réveil, Selim avait retrouvé sa couche et ronflait comme si de rien n'était. Une de ses manches s'était relevée dans son sommeil, et on devinait sur son avant-bras la naissance d'un étrange tatouage. Le mystère Selim s'épaississait...

Le lendemain, Ambre regagna le convoi sans se faire remarquer. Les soldats ne firent pas plus de difficulté lors de la sortie de la ville que la veille, et la routine du voyage s'installa à nouveau. Rodrigue avait la tête des mauvais jours. Entre l'assassinat de ses frères d'armes et sa nuit peu orthodoxe, Ambre comprenait l'humeur du chevalier. À plusieurs reprises, elle le surprit à regarder au loin, où l'on commençait à distinguer le vert profond des forêts d'Irandor.

– Quelque chose vous inquiète ? demanda-t-elle.

– Je n'aime pas les forêts. C'est une véritable gageure, pour un convoi. Les routes sont étroites, sinueuses, bordées d'arbres aussi grands que les tours d'un château.

– C'est la définition d'une forêt, non ?

– C'est la définition du lieu idéal pour tendre une embuscade.

– Nous avons les cavaliers de Tiare qui veillent sur nous...

– Je ne doute pas de leur dévouement, mais j'aurais préféré traverser Irandor en compagnie d'une dizaine de cavaliers à la croix noire.

17

À mesure que le convoi s'enfonçait dans la forêt, Ambre avait l'impression de pénétrer dans un autre monde. Les forêts d'Irandor n'avaient rien en commun avec les bois dans lesquels elle avait l'habitude de chevaucher. Ici, tout était démesuré. Les arbres s'élevaient si haut qu'on ne pouvait apercevoir leur cime. À perte de vue, des fougères grandes comme deux hommes avaient réussi à pousser sur un tapis de buissons épineux, et une pluie de lianes aussi larges qu'un bras tombait des frondaisons en formant d'étranges figures. En dehors des chemins tracés dans cet inextricable foisonnement végétal, il aurait fallu une hache pour se frayer un passage dans la forêt.

– Impressionnant, n'est-ce pas ? demanda Rodrigue.

Ambre acquiesça.

– Lors de nos missions en Irandor, certains hommes avaient surnommé cet endroit l'enfer vert.

– Ce qui est le plus étrange, dit-elle, c'est la différence de température. Il fait presque frais, alors que le soleil est encore haut dans le ciel...

– La végétation l'empêche de venir jusqu'à nous.

– Et j'ai aussi l'impression que tout est poisseux...

– C'est l'humidité. Elle reste prisonnière de la forêt. En ces lieux, il arrive que de toutes petites blessures ne guérissent jamais. Le membre s'infecte et le sang finit par se corrompre. On appelle ça la pourriture verte. Espérons que tu n'en sois jamais témoin...

– Des gens vivent dans cette forêt ?

– Oui. Tu serais surprise de voir comment ils se sont adaptés. La capitale de ce duché a été bâtie sur un promontoire rocheux qui domine toute la forêt. Lorsqu'on est sur ses remparts, on a l'impression d'être à bord d'un navire qui vogue sur une mer d'émeraude. J'y suis allé avec ton père, autrefois. En ce qui concerne les villages, ils sont édifiés sur d'immenses plateformes, au sommet de certains arbres millénaires. Des passerelles relient les maisons à la plateforme principale, et d'ingénieux systèmes de cordages et de contrepoids permettent aux habitants de regagner la terre ferme lorsque cela est nécessaire.

– De quoi se nourrissent-ils ?

Rodrigue ne put retenir un sourire. Ambre avait toujours éprouvé une curiosité exacerbée pour les coutumes des peuples de l'Empire.

– La forêt subvient à leurs besoins. L'eau est récupérée lors des pluies qui sont très fréquentes, ils cueillent des baies et des plantes, et ce sont des chasseurs redoutables.

Le chariot qui les devançait s'immobilisa. Rodrigue tira sur les rênes. Un des mercenaires qui protégeait le convoi passa au galop, l'épée au clair. Sans s'affoler, Rodrigue tira la sienne de son fourreau. Ambre n'en menait pas large.

– Tu vois quelque chose, Selim ? demanda le chevalier.

L'écuyer s'écarta du chariot.

– Les hommes de Tiare sont aux aguets, à l'avant du convoi...

– Quelque chose nous barre le chemin ?

– Non, non, je ne crois pas. Mais... Par la barbe de Zalos ! s'écria-t-il.

– Quoi ? Que se passe-t-il ?

– Une bête, gigantesque... je crois que c'est une sorte de loup.

– Mais les loups ne s'en prennent jamais aux hommes, s'étonna Ambre.

– Tu es en Irandor. Ici, les animaux règnent en maîtres.

Ambre grimpa sur le toit du chariot tandis que Rodrigue rejoignait Selim.

– Ce loup a un comportement étrange, commenta la jeune fille. Il a la bave aux lèvres et semble complètement fou…

Les dents de la bête claquaient dans le vide, à quelques centimètres des mercenaires, qui tentaient de l'encercler. Du bout de leur lance, ils transpercèrent l'animal à plusieurs reprises, tout en évitant ses griffes et ses crocs avec habileté. Le loup bondit et retomba sur l'un d'entre eux. Ses camarades se jetèrent sur la bête et plantèrent leurs épées dans son dos. Ils la firent rouler sur le côté, et le quatrième combattant se releva péniblement. Il avait une vilaine morsure à l'épaule.

– Ils l'ont eu, souffla Ambre, peu friande de ce genre de spectacle.

– Un mercenaire de moins, pesta Rodrigue, mais au moins, nous aurons de la viande au dîner…

– Attendez ! s'écria Selim. Il y a autre chose qui sort de la forêt.

Ambre plissa les yeux.

Un grand gaillard, vêtu de hardes et armé d'une hache, avançait d'un pas lourd. Ses longs cheveux châtains emmêlés empêchaient de voir ses yeux. Il semblait hagard. Ambre eut l'impression d'être plongée quelques jours plus tôt, lorsqu'elle avait été attaquée dans la petite ferme à quelques lieues du château.

– Attention ! cria-t-elle. Il est atteint par le Mal !

Les autres membres du convoi se tournèrent vers elle, surpris. Mais le chef des mercenaires avait entendu, lui aussi. Il hocha la tête et se tint précautionneusement à quelques pas du nouveau venu.

– Eh, l'ami ! l'interpella-t-il. Présente-toi si tu ne veux pas goûter de ma lame.

Pour toute réponse, un hurlement terrible brisa la mélodie forestière, un cri guttural, inhumain. L'homme leva sa hache et fonça sur les mercenaires. Une lance l'arrêta dans son élan. Elle s'était fichée au beau milieu de sa poitrine. L'homme se redressa, lâcha sa hache et enserra la lance de ses deux mains. Sa tête bascula en arrière et sa chevelure s'écarta, pour laisser apparaître deux yeux injectés de sang. Ambre frissonna. Contempler ces pupilles, c'était plonger dans un concentré de folie. Dans un dernier râle, l'homme s'effondra. Le chef des mercenaires recula et ne chercha pas à récupérer sa lance. La manière dont se transmettait le Mal était un mystère, et il était préférable d'être prudent.

– Remontez dans vos chariots ! ordonna-t-il. Nous chevaucherons toute la journée et toute la nuit. Hors de question de rester dans ce secteur. Personne ne touche à ce malheureux, et par précaution, on ne mangera pas cette bête.

Rodrigue hocha la tête.

– Ce mercenaire a une cervelle, dit-il. C'est une bonne chose.

– Tu savais que le Mal frappait aussi en Irandor ? demanda Ambre.

– Non. Je ne pensais pas que la maladie s'était répandue jusque dans ces contrées reculées. C'est encore pire que ce que craignait ton père...

Ambre détailla les deux cadavres lorsque le chariot passa devant eux. Les yeux du loup présentaient les mêmes symptômes que ceux du colosse étendu dans les herbes hautes. Ainsi, les animaux pouvaient également être affectés par le Mal.

18

Ambre, Selim et Rodrigue se relayèrent durant la longue marche imposée par les mercenaires. Si de jour la forêt était oppressante, la nuit était arrivée avec son cortège de bruits inquiétants et ses nuées d'insectes qui se gorgeaient du sang des chevaux et des voyageurs. Ambre avait beau s'emmitoufler dans ses vêtements, une de ces sales bestioles finissait toujours par se frayer un chemin pour lui injecter sa salive urticante. Une vingtaine de pustules la démangeaient, et leur périple était loin d'être terminé. Elle entendait les autres membres du convoi pester à tour de rôle, victimes eux aussi de bestioles en tout genre. À plusieurs reprises, elle dut déloger des chauves-souris vampires qui s'étaient attaquées aux flancs des chevaux. Comment pouvait-on vivre dans un tel endroit ?

Lieue après lieue, la caravane traçait son chemin vers le nord. Ambre échangea quelques paroles futiles avec Selim, mais depuis son escapade nocturne dans les rues de Kali, sa confiance dans le jeune écuyer s'était sérieusement émoussée, et elle lui avait clairement fait comprendre qu'elle préférait garder ses distances. Lorsqu'il lui en fit la remarque, elle prétexta ne pas se sentir très bien, à cause de tous les évènements des derniers jours. D'une certaine manière, ce n'était pas vraiment un mensonge...

Quand les premiers rayons de soleil filtrèrent enfin entre les branches, un soulagement gagna les voyageurs. Même si la forêt restait dangereuse en pleine journée, le simple fait de voir à plus de dix pieds rassurait tout le monde. Les chevaux donnaient des signes de fatigue, et Ambre multipliait les encouragements à Flamme qui n'avait guère été habitué à de telles marches forcées.

Quand le labyrinthe végétal écarta ses griffes pour laisser entrevoir une vaste clairière, au centre de laquelle scintillait un petit lac, le chef des mercenaires annonça enfin une pause. Il était temps. Les chariots formèrent le demi-cercle coutumier, et les chevaux fourbus purent s'abreuver. Ambre en profita pour brosser Flamme. Quelques feux furent allumés pour préparer de la soupe. Une agitation inhabituelle attira l'attention de la jeune femme, à l'autre bout du camp. Elle reconnut sans peine le chariot des trois larrons qui s'en étaient pris à elle. Elle vit que Selim discutait à bâtons rompus avec un vieil homme qui les accompagnait. Les visages étaient tendus.

Lorsque l'écuyer revint auprès d'eux, elle vint aux nouvelles.

– L'homme qui a perdu sa main vient de mourir.

Rodrigue leva un sourcil interrogateur.

– Pourriture verte ? demanda-t-il.

– Non. Il était malade depuis plusieurs jours. Tout comme ses deux acolytes. Ils vomissent tripes et boyaux dès qu'ils ingurgitent la moindre nourriture.

– Mauvais signe, se contenta de dire Rodrigue.

– Je ne pleurerai pas sur leur sort, ajouta Selim.

– C'est étrange, non ? demanda Ambre. Qu'eux seuls soient touchés par cette maladie.

– Ils ont certainement avalé quelque pitance avariée, dit Rodrigue.

Ambre était perplexe. Le fait que les hommes qui l'avaient attaquée tombent tous malades était une curieuse coïncidence… Elle allait en faire part au chevalier quand un doute affreux s'empara d'elle. Et si ces hommes avaient été empoisonnés ? Elle n'y était pour rien. Restaient donc Rodrigue et Selim… L'un des deux était-il capable d'une telle chose ? Elle n'aurait su le dire, mais si les deux autres hommes mouraient, on viendrait sûrement leur poser des questions...

Épuisée, elle chassa ces sombres pensées et alla s'installer sous le chariot. Elle ferma les yeux et plongea dans un profond sommeil. Elle se réveilla en sursaut, éveillée par un cri. En se redressant vivement, elle se cogna la tête contre le plancher. Elle porta la main à son front. Le campement était attaqué !

Son cœur se mit à battre la chamade. Autour d'elle, tout n'était que chaos et désolation. Des gens couraient dans toutes les directions, tentant d'échapper aux lames des assaillants. Au milieu de la pagaille, les mercenaires chargés de la protection du convoi luttaient comme des diables face à des ennemis bien plus nombreux. Juste devant elle, Ambre distingua les mollets de sire Rodrigue, dernier rempart contre le déchaînement de métal qui se rapprochait. Elle perçut aussi dans son champ de vision l'ombre de Selim disparaître dans la forêt. Il avait réussi à s'enfuir...

Les hommes de Tiare furent valeureux et tuèrent nombre de leurs adversaires, mais le rapport de force était trop déséquilibré. L'un après l'autre, ils succombèrent.

– Elle est là, sous le chariot ! beugla un géant couvert de fourrure, qui maniait une épée à deux mains gigantesque.

Ces hommes parlaient-ils d'elle ? Elle compta le nombre d'assaillants qui approchaient. Ils étaient encore six. Et Rodrigue était seul. Le combat était perdu d'avance.

Le chevalier se mit en garde.

Quelques éclats de rire fusèrent.

– Allez, écarte-toi, le marchand, dit un des hommes. On veut juste la fille.

Rodrigue passa à l'attaque. Le premier coup d'épée trouva la gorge de son interlocuteur, et le second trancha le tendon rotulien d'un autre combattant, qui s'écroula au sol en hurlant. Les visages des quatre hommes restants se firent plus durs et ils ripostèrent de concert. Rodrigue para de nombreux assauts et blessa à plusieurs reprises ses adversaires, mais un coup de hache plus virulent que les autres lui fit lâcher son épée. Trois lames le pourfendirent sans une once de pitié. Il s'écroula. Dans un grognement, il s'adressa à Ambre.

– Fuis !

Mais il était trop tard. La jeune fille était restée tétanisée, incapable d'esquisser le moindre geste.

– Sors de là ! lui intima celui qui semblait être le chef. Ne m'oblige pas à venir te chercher.

Ambre quitta sa piètre cachette. Autour d'elle, des dizaines de corps étaient étendus aux quatre coins du campement.

– Alors voilà à quoi ressemble la fille de Volontas, dit le géant à l'épée à deux mains.

– Le moins que l'on puisse dire, c'est que tu nous auras coûté de nombreux valeureux camarades... reprit le chef, dont le visage était bardé de cicatrices.

– Aïe ! s'écria un autre guerrier.

– Que t'arrive-t-il ? s'inquiéta le chef.

– Encore une de ces satanées bestioles ! se plaignit l'autre en se frottant le cou.

À sa grande surprise, il découvrit une petite fléchette, qu'il ôta vivement.

– Qu'est-ce que c'est que ce truc ?

– Attention ! Nous sommes attaqués ! éructa le chef.

Un carreau d'arbalète le frappa à la base du cou, et il tomba à genoux en poussant un cri étouffé. Dans le même temps, l'homme qui avait reçu la fléchette se mit à tituber, avant de finir sa course dans le lac.

– Qu'est-ce qui se passe ici ? grogna le géant.

Un autre carreau vint frapper son dernier comparse valide en plein front.

Le géant saisit Ambre par le bras, se débarrassa de son épée, qui tomba silencieusement sur le sol. Il sortit une dague qu'il plaça sur le cou de la jeune fille.

– À la moindre attaque, je lui tranche la gorge ! fit-il, affolé.

Une ombre se détacha de l'enfer vert.

D'une démarche féline, Selim s'approcha de l'improbable couple.

Ambre n'en revenait pas.

– Tu es si pressé de mourir ? dit-il.

– Un pas de plus et...

– Regarde, fit Selim, je laisse tomber mes arbalètes. Tu ne crains plus rien... Ne lui fais pas de mal.

– C'est ça, viens plus près, maintenant.

Selim s'exécuta.

Le géant projeta Ambre au sol et récupéra son immense épée.

– Maintenant, on va voir qui...

Le son s'étouffa dans sa gorge, de laquelle dépassait le poignard que Selim venait de lancer avec une précision incroyable. Dans le dernier regard du géant planait une terrible perplexité.

– Ambre, ça va ?

La jeune femme hocha la tête. Elle regarda le colosse s'effondrer comme une masse. S'ensuivit un long silence.

– Merci, dit finalement Ambre. Tu les as tous tués. Qui es-tu, Selim ?

– La solution de secours.

– Quoi ?

– Ton père est un homme prévoyant. Il y avait sire Rodrigue, et puis... moi.

Ambre réalisa subitement que le chevalier avait été durement touché. Elle se précipita auprès de lui. Il respirait encore, mais ses blessures étaient gravissimes. En les découvrant, Selim secoua la tête.

– On ne peut rien faire ?

– Non, j'en ai peur, balbutia Rodrigue. Mon heure est venue. Je serai parti en accomplissant mon devoir, c'est la meilleure chose qui puisse arriver à un homme comme moi.

À la fin de sa phrase, Rodrigue toussa bruyamment.

– Ils... ils étaient là pour moi... dit Ambre.

– Oui. Vous ne devez pas continuer vers Alaric. Ces hommes n'étaient pas de vulgaires voleurs. Ils nous attendaient. D'autres viendront...

Les yeux d'Ambre s'embuèrent de larmes.

– Mais, si je ne peux pas rejoindre mon oncle, où diable irais-je ?

– Il faut vous enfoncer dans la forêt, vers l'ouest...

Ambre leva la tête et observa les arbres qui les cernaient.

– Allez voir Altys, elle seule pourra te mettre définitivement à l'abri.

– Altys ? Mais qui est Altys ? Et où pouvons-nous la trouver ?

– Altys... dit le vieil homme dans un ultime râle.

Ses yeux grands ouverts se figèrent, pris par l'étreinte glacée de la mort.

– Viens, dit Selim. Il ne faut pas rester là.

Ambre posa son front contre celui de sire Rodrigue.

– Je jure de vous venger un jour, murmura-t-elle.

Elle se leva et dut s'appuyer au chariot pour ne pas tomber.

– Ça va ? fit Selim, qui ramassait ses affaires.

– J'ai la tête qui tourne.

– Respire un bon coup, puis rassemble ce qu'il te faut pour voyager. On aura besoin d'une couverture. Si tu trouves de la nourriture, tu la prends aussi. De mon côté, je vais préparer les chevaux et récupérer mes armes.

En quelques enjambées, il fut à l'endroit où il avait abandonné ses arbalètes. Le colosse à la grande épée reposait devant lui. À quelques mètres, un cercle étrange attira l'attention de

Selim. Sur environ trois pas de diamètre, l'herbe était totalement desséchée, comme si un incendie parfaitement rond avait eu lieu. Après une brève réflexion, il se rappela avoir déjà vu une telle chose. C'était près du lac où ils avaient bivouaqué, la veille de leur arrivée à Kali. Peut-être une sorte de maladie, ou de champignon ? Il fronça les sourcils, toucha l'herbe brûlée, qui s'effrita au contact de ses doigts. Vraiment étrange, se dit-il. Mais il n'avait guère le temps d'étudier ce phénomène, et se contenta de récupérer ses lames et ses carreaux sur les dépouilles de leurs assaillants. Ce faisant, il découvrit que plusieurs hommes portaient un tatouage en forme de pieuvre. Rodrigue avait vu juste. Ces hommes n'étaient pas de simples voleurs. C'étaient des soldats. Le tatouage ne disait rien à Selim, mais il était évident que quelqu'un avait envoyé ces tueurs à leur rencontre...

19

Selim chargea deux corps sur des chevaux, et leur donna une claque sur les flancs pour les forcer à partir vers le nord. Ensuite, il coupa deux branches d'immenses fougères, qu'il attacha sur la croupe de leurs propres montures.

– Pour ne pas laisser de traces de notre passage, précisa-t-il.

Ambre hocha la tête.

– Prête ? demanda Selim.

– On ne devrait pas enterrer Rodrigue et les hommes de Tiare ?

– Non. Nous n'avons pas le temps. On ne sait pas si les mercenaires qui s'en sont pris à nous étaient seuls.

– Mais Rodrigue mérite mieux que de pourrir au milieu de cette forêt qu'il détestait.

– Rodrigue est mort pour toi. Tout comme les hommes de Tiare. Si tu veux honorer leur mémoire, fais en sorte de rester en vie.

– Vivre sans principes a autant d'éclat qu'une nuit sans lune.

– D'où tu sors ces inepties ?

– Mon précepteur commençait chaque leçon par cette phrase...

– Ton précepteur est-il ici ?

– Non.

– Alors nous y allons.

– Pars devant, si tu veux, je te rattraperai, fit Ambre en se saisissant d'une pioche qui dépassait d'un chariot.

Elle s'écarta du campement et commença à creuser.

– Fichue tête de mule ! pesta Selim.

À son tour, il se mit en quête d'une pelle, et bientôt, le son du métal frappant le sol meuble trouva un écho.

– Merci de m'aider, dit Ambre.

– Je maintiens que c'est une prise de risque inutile.

– Alors pourquoi tu pioches ?

– Moins on perd de temps, plus on a de chances de survivre...

Ambre déversa toute sa colère et sa frustration dans l'effort. La sueur coulait sur son front et dans son dos. Ses mains lui faisaient mal et des ampoules apparaissaient déjà dans ses paumes peu habituées à un travail si rude.

– Il y a une chose dont je dois te parler, dit-elle entre deux coups de pioche. Je ne peux garder ça pour moi.

– Je t'écoute...

– Pourquoi n'es-tu pas intervenu plus vite ? Rodrigue aurait peut-être survécu...

– Pardon ? s'exclama Selim. J'ai peur d'avoir mal entendu...

– Tu as très bien entendu.

– Aujourd'hui, j'ai tué quatre hommes pour que tu vives. Et la seule chose que tu es capable de formuler, ce sont des reproches. Tu sais, à certains moments, durant ce voyage, j'ai presque oublié que tu étais la petite fille trop gâtée d'un homme riche et puissant. Presque.

– C'était juste une question...

– Le jour où tu sauras combien de temps il faut pour s'équiper de deux arbalètes de poing et enduire une fléchette de poison, tu me reposeras cette question, dit-il en redoublant d'efforts.

Ils terminèrent de creuser sans s'adresser la parole, et déposèrent les corps de leurs défenseurs dans les trous avant de les recouvrir de terre. Une fois le dernier homme en terre,

Selim sauta sur son cheval et frappa les flancs de l'animal avec ses talons.

Ambre grimpa à son tour sur Flamme. Après un ultime regard vers ce qui restait de leur campement, elle se mit en route, sur les traces de Selim. Le sentier était bien plus étroit que la voie qu'ils avaient empruntée jusqu'alors. Ils cheminèrent plein ouest, vers le cœur d'Irandor. Parfois, les plantes étaient si vigoureuses que la piste disparaissait. Régulièrement, les cavaliers devaient se baisser pour éviter des branches basses, ou descendre de cheval pour contourner un tronc qui leur barrait la route. À chaque fois, Selim dégageait le passage avec son épée. Il n'avait pas décroché un mot depuis leur départ. Ambre regrettait de lui avoir parlé de la sorte. Sans lui, elle aurait été faite prisonnière, ou pire encore. Comme souvent, elle avait laissé son tempérament impétueux lui dicter sa conduite. Dans son ancienne vie, cela n'avait guère de conséquences : un rappel à l'ordre, quelques punitions quand elle allait vraiment trop loin, mais rien de comparable avec ce nouvel univers, dans lequel une simple parole maladroite pouvait tout changer. Il lui fallut un long moment pour enfin se décider, et trouver le courage de s'excuser.

– Je suis désolée, pour tout à l'heure...

– Mmmh.

– Je te remercie de m'avoir sauvée.

– Je suis là pour ça.

– Pourquoi ?

– Parce que c'est la mission que m'a confiée ton père.

– Mon père disposait de dizaines de chevaliers. Pourquoi a-t-il fait appel à toi ?

– Justement parce que je ne suis pas un chevalier. Je ne me dresse pas face à l'ennemi en brandissant mon épée, quand je sais que je n'ai aucune chance de l'emporter.

– Tu parles de sire Rodrigue ?

– Oui. Je l'aimais bien, ce vieux grincheux... Je m'étais habitué à chevaucher à ses côtés.

Ambre perçut une fêlure dans la voix du jeune homme.

– Que voulais-tu qu'il fasse d'autre ?

– Il aurait dû fuir. T'attraper par le bras et courir dans la forêt. Je les aurais eus un par un, tous ces soudards !

Ambre se fraya un chemin dans les hautes herbes pour se mettre au niveau de Selim. Leurs chevaux se touchaient presque. Elle saisit les rênes des mains du jeune homme et le força à s'arrêter.

– Mais comment aurais-tu pu réaliser un tel exploit ?

– Parce que je suis un tueur, Ambre. Un assassin de la pire espèce. Depuis tout petit, on m'a enseigné mille et une façons d'occire un homme. Je suis une machine à tuer. Voilà aux côtés de qui tu chevauches...

Un bref silence ponctua les révélations de Selim.

– D'où viens-tu ? reprit finalement Ambre.

– Ton père est un homme habile. Il a toujours su s'entourer des conseillers les plus intelligents, des soldats les plus valeureux. Il a fait la même chose pour te protéger. Il s'est adressé à la guilde des assassins de Kali, et a versé une somme indécente pour s'assurer les services de leur recrue la plus prometteuse.

– Et cette recrue, c'était toi.

– Oui.

– Voilà pourquoi tu connaissais si bien la ville...

– J'y ai grandi.

– La nuit que nous avons passée là-bas... Tu es allé voir ta famille ?

Selim eut un petit rire sans joie.

– La première condition pour intégrer la guilde, c'est de ne pas avoir de famille.

– Mais…

– Les miens sont morts quand j'avais environ quatre ans. Une mauvaise fièvre. Tout le monde y est passé, j'ai survécu. La guilde m'a recueilli. J'étais destiné à être esclave, mais mon agressivité leur plaisait. Ils m'ont donné ma chance. Je l'ai saisie. À dix ans, je tuais mon premier homme…

Ambre ne sut que répondre. Ils reprirent leur route dans la forêt.

– Pourquoi tu ne m'as pas abandonnée ? demanda-t-elle un peu plus tard.

– Tu ne t'arrêtes jamais de parler ?

– Je suis sérieuse. Tu te présentes comme la pire des vermines. Tu aurais pu t'enfuir, quand tu as vu ces hommes attaquer le campement, mais tu es resté. Alors que mon père n'est certainement plus en mesure de te payer…

Selim se retourna.

– Tu aimerais voir du bon en moi, c'est ça ? Ça te rassurerait ? Sache que la sanction pour un membre de la guilde qui ne s'acquitte pas de sa mission est la mort.

– Je ne comprends pas.

– Si je t'avais abandonnée, et que mes maîtres l'avaient appris, ils auraient envoyé d'autres assassins pour m'éliminer. Engager l'un d'entre nous, c'est s'assurer de sa loyauté absolue. C'est ce qui explique nos tarifs…

– C'est assez… sinistre.

– La vie est sinistre.

Ambre n'insista pas. Il lui faudrait du temps pour se faire à l'idée que Selim était un tueur. Pourtant, ses exploits face aux hommes qui les avaient attaqués ne laissaient pas de place au doute. Des tas de questions lui vinrent à l'esprit, mais Selim lui fit clairement comprendre qu'il n'était pas très enclin à poursuivre la conversation.

Ils s'enfoncèrent toujours plus loin dans la forêt. Les rares sentes qu'ils croisaient n'étaient pas plus larges que celle sur laquelle ils progressaient. La végétation oppressante ne variait pas d'un pouce, et Ambre en vint à se demander s'ils ne tournaient pas en rond. Selim, infatigable, continuait sans ralentir, comme poussé par une force invisible. Ambre commençait sérieusement à ressentir les effets de la faim et du manque de sommeil.

– Comment on va trouver cet Altys ? demanda-t-elle, autant pour connaître l'opinion de Selim que pour vaincre l'ennui.

– Rodrigue a dit d'aller vers l'ouest. Nous allons vers l'ouest.

– Fabuleux ! ironisa-t-elle. À la guilde, ils vous ont aussi appris que l'Empire était vaste, et que même en avançant des jours dans une direction, on ne tombait pas forcément sur la personne que l'on cherchait ?

– Il faut mettre le plus de distance possible entre le campement et nous, rétorqua Selim. Et puis comme ça, on a le temps de réfléchir.

– Bien. Continue à réfléchir, alors. Mais si en réfléchissant, tu pouvais trouver de l'eau et un endroit pour faire une pause, mon dos et mon cheval seraient reconnaissants...

– Très bien, princesse, vos désirs sont des ordres.

Ambre s'apprêtait à formuler une réponse musclée quand Selim leva une main en l'air.

– Chut, murmura-t-il. J'ai entendu quelque chose...

Il sortit son épée de son fourreau et avança prudemment. Devant eux se dessinait une petite clairière. La première depuis des lieues. Selim semblait nerveux. Dans une ruelle, ou un espace dégagé, il était capable de tenir tête à cinq hommes, mais au cœur de cette forêt, la menace était aussi insaisissable qu'une anguille. La mort pouvait se cacher derrière chaque arbre, chaque bosquet. Depuis son plus jeune âge, il avait toujours pressenti le danger, et à cet instant précis, son alarme intérieure retentissait comme les tambours d'une armée en marche. On les observait.

– Qui que vous soyez, dit-il, sortez de votre cachette. Nous sommes de simples voyageurs.

– Et pourquoi un simple voyageur aurait-il une épée à la main ? demanda un homme qui venait de surgir des bois. Il était grand, vêtu d'une armure de cuir léger, et tenait nonchalamment un arc. De longs cheveux bruns dansaient sur ses épaules.

– Disons que prudence est mère de sûreté.

– Vous pouvez ranger votre épée. Vous n'en aurez pas l'utilité.

Selim sourit, mais ne lâcha pas sa rapière.

L'homme à l'armure de cuir lui rendit son sourire et claqua des doigts.

Dix soldats sortirent des fourrés, leurs arcs braqués sur Selim.

– En effet, je pense que je n'en aurai pas l'utilité, confirma Selim en remettant l'épée au fourreau.

L'archer fit un signe de la main, et ses hommes baissèrent leurs arcs.

– Puis-je vous demander ce que vous faites sur les terres de mon seigneur ?

– Je vous l'ai dit, nous voyageons...

– Et quel est le but de votre voyage ?

– Nous admirons le paysage. La vue est magnifique, par ici...

– Je vous repose la question, et j'aimerais une réponse plus respectueuse, au risque de perdre ma bonne humeur.

– Nous sommes à la recherche d'Altys. Un de ses amis nous a demandé de le retrouver, intervint Ambre, sentant qu'il valait mieux jouer franc jeu.

Des murmures s'élevèrent parmi les archers. Au moins, ce nom ne leur était pas inconnu...

– Serait-il possible de le rencontrer ?

– À ma connaissance, Altys n'a pas beaucoup d'amis...

– Menez-nous à lui, et vous serez surpris, tenta Ambre.

– Comment s'appelle cet ami ?

Ambre hésita. Ces archers étaient peut-être leur seule chance de trouver Altys. Leur tenue, leur décontraction et leur habileté à se déplacer en forêt semblaient indiquer que ces hommes étaient des Irandiens. Ils n'étaient pas connus pour leur allégeance aveugle à l'Empereur... Elle décida de tenter le tout pour le tout :

– Nous venons de la part de sire Rodrigue, le cavalier à la croix noire.

Cette fois, les murmures montèrent d'un cran.

– J'imagine que vous n'êtes pas sans savoir que les cavaliers à la croix noire ont quelques différends avec les dragons de l'empereur Iratus...

– Nous le savons.

– J'imagine également qu'il serait préférable que vous ne croisiez pas de patrouille impériale...

– Vous imaginez bien.

– Alors il est possible que nous parvenions à nous entendre... Je m'appelle Sygalion, et ces hommes sont sous mes ordres. Je vais vous conduire jusqu'à la demeure d'Altys, mais cela prendra deux jours.

– Merci à vous, Sygalion. Votre aide est la bienvenue.

L'archer fit une petite révérence.

– Suivez le guide, dit-il. Et, une dernière chose...

– Oui ?

– Altys est une femme.

Ambre échangea un regard avec Selim. Il haussa les épaules.

Qui était donc cette femme vers qui Rodrigue les envoyait ?

20

Encadrés par le groupe d'archers, Ambre et Selim s'enfoncèrent toujours plus loin dans la forêt. Souvent, ils durent descendre de cheval, car ils empruntaient des passages étroits, taillés dans la végétation. Ambre se demandait comment leurs guides arrivaient à se repérer dans ce dédale de plantes toutes semblables, qui menaçaient à chaque instant de les engloutir. De temps à autre, le petit groupe débouchait dans des zones moins denses, où Ambre pouvait à nouveau respirer et voir plus loin que l'encolure de son cheval. Elle appréciait ces moments, durant lesquels la sensation d'étouffement qui ne la quittait pas depuis des jours s'estompait un peu. Les archers, toujours sur le qui-vive, tirèrent quelques flèches avec une rapidité étonnante. À chaque tir ou presque, un oiseau tombait sur le sol. Même Selim sembla impressionné par leur habileté. Les heures passèrent, et Ambre, qui avait bu toute son eau depuis bien longtemps, avait les lèvres aussi sèches qu'un des manuscrits de la bibliothèque du château. Penser à son ancienne vie était un véritable crève-cœur, et soulevait mille questions sans réponses. La plus lancinante concernait son père : était-il encore en vie, ou reposait-il contre le mur du château, pendu comme les cavaliers à la croix noire de Kali ? Elle chassa ces sombres pensées et tenta vainement de faire sortir une dernière goutte de sa gourde en cuir.

Sygalion s'en aperçut.

– Besoin d'un peu d'eau ?

– Oui, ce ne serait pas de refus...

– Les mares que vous pouvez trouver en forêt sont souvent souillées par les déjections animales. Si vous n'avez pas le temps de faire bouillir l'eau, il vous suffit d'une lame bien aiguisée...

Sygalion coupa la partie inférieure d'une liane qui frôlait le sol.

– L'eau s'accumule dans le coude formé par la liane. Il suffit de la pencher un peu, et vous pouvez vous désaltérer sans crainte.

Ambre appliqua les consignes de Sygalion, et un mince filet d'eau jaillit de la branche. Elle était fraîche, et curieusement, n'avait aucun arrière-goût. Ambre suça jusqu'à la dernière goutte.

Après une longue marche, une bonne heure avant que le soleil se couche, Sygalion fit stopper la colonne. Les oiseaux abattus dans la journée se retrouvèrent sur des piques de bois, au-dessus d'un feu que les Irandiens avaient allumé avec une étrange herbe sèche, qui poussait sur certains arbres. L'odeur de la viande aiguisa l'appétit de la jeune femme. Elle observa les environs. Des arbustes curieux, sortes de palmiers hauts comme deux hommes, pullulaient dans cette partie de la forêt. Leurs feuilles épaisses et sombres évoquaient la carapace d'un crustacé, et leurs troncs presque noirs structuraient le paysage de leur beauté graphique.

– Pourquoi avons-nous monté le campement aussi tôt ? demanda Selim, qui regardait avec attention le soleil finir sa course au-dessus de la forêt.

– En dehors des grands axes et des zones prévues pour que les caravanes fassent halte, mieux vaut être à l'abri lorsque la nuit tombe...

– Vous craignez des attaques de loups ? demanda Ambre, se remémorant l'immense bête qui les avait surpris.

– Non, pas vraiment. Ils ont peur du feu. Ce qu'il y a à craindre ici est beaucoup plus petit. La nuit, toutes sortes d'insectes et de bestioles sortent de leurs abris. Une nuit passée à voyager en pleine forêt, c'est la garantie de perdre un ou plusieurs hommes à cause d'une piqûre mortelle ou d'une maladie foudroyante transmise par un moustique.

Ambre fit une grimace. Elle avait horreur des insectes.

– Et comment ferons-nous pour nous protéger durant notre sommeil ?

– Les palmiers-bulles nous offriront leur hospitalité.

– Les palmiers-bulles ?

– Oui, tous ces petits arbres au tronc noir qui nous entourent.

Ambre ne voyait pas bien en quoi ces arbustes allaient empêcher les moustiques de les piquer, et en fit part à Sygalion.

– Nous exploitons les particularités naturelles, expliqua-t-il. Dans ces forêts, chaque plante doit adopter une stratégie pour survivre. Certaines fleurs ont des racines de plusieurs mètres, qui pendent dans le vide pour récupérer l'humidité ambiante. D'autres vivent en symbiose avec des espèces animales, et en tirent un profit mutuel. C'est le cas des arbres à fourmis, par exemple, qui produisent une substance nutritive qu'adorent les fourmis minute. Leur morsure est si douloureuse que lorsqu'on est piqué, on hurle pendant près d'une minute… En échange du nectar sécrété par l'arbre, les insectes vont le protéger des éventuels gourmands qui voudraient se nourrir de ses feuilles. Avec le palmier-bulle, c'est un autre principe : pour enrichir le sol sur lequel il pousse, l'arbre piège des animaux, qui finissent par mourir. La décomposition de leurs cadavres fournit à l'arbre tout ce dont il a besoin pour prospérer…

Sygalion lança une grosse pierre au pied d'un des palmiers. À une vitesse fulgurante, l'arbre se referma sur lui-même et ses feuilles plongèrent sur le sol en formant un dôme parfaitement hermétique d'environ trois mètres de diamètre.

– Impressionnant, dit Ambre en s'approchant prudemment.

Elle passa la main sur le dôme. C'était aussi dur que du bois.

– Et vous voulez que nous dormions à l'intérieur d'un de ces trucs ?

Sygalion émit un petit rire.

– C'est ça ou les moustiques...

– Et comment on sort ?

– En blessant l'arbre avec une lame bien aiguisée. Lorsque l'on perce l'écorce et que l'on atteint le cœur de la plante, un réflexe de survie se déclenche et les feuilles retrouvent leur position initiale. L'imprudent qui se laisse piéger par un palmier-bulle sans outil pour percer l'écorce n'en sortira jamais.

Ambre passa inconsciemment la main sur le poignard fixé à sa ceinture. Elle n'avait aucune envie de finir ses jours dans le garde-manger d'une plante carnivore...

Le repas redonna des forces à tout le monde, et lorsque les derniers rayons du soleil filtrèrent à travers les branches, Sygalion les invita à aller dormir.

Ses hommes furent les premiers à choisir leur couche. Les arbres se rétractèrent les uns après les autres.

– Et les chevaux ? demanda Ambre.

– Si vous les laissez à l'extérieur, vous pouvez leur dire au revoir. Optez pour un arbre un peu plus gros...

Ambre prit Flamme par le filet et approcha d'un spécimen particulièrement haut et large. Elle était plutôt rassurée par la présence de son cheval, mais le dernier pas vers le tronc noir fut difficile. L'arbre plongea autour d'elle et de Flamme, qui hennit et eut un mouvement de recul. Elle le calma en chuchotant et en lui flattant l'encolure. Le volume était suffisant pour abriter Ambre et sa monture, mais l'obscurité était totale.

– Tout va bien ? demanda Sygalion.

– Oui, oui. Il fait très noir, à l'intérieur.

– La première nuit sous palmier-bulle est toujours impressionnante, mais on s'habitue. Surtout, n'allumez pas de feu, au risque de périr étouffée... Selim est installé un peu plus loin. N'oubliez pas, pour sortir, il suffit d'écorcer l'arbre et de plonger profondément votre poignard dans le cœur du tronc.

– Très bien. À demain...

Protégée par les feuilles épaisses, qui constituaient aussi un rempart aux bruits inquiétants de la forêt, Ambre passa une nuit parfaite. Lorsque, au petit matin, elle entendit des voix résonner à l'extérieur, elle planta son couteau dans l'arbre. Les feuilles s'ouvrirent doucement, et lui rendirent sa liberté. Flamme se secoua de plaisir et brouta quelques pousses tendres en guise de petit déjeuner.

Sur une liane, Ambre remarqua une magnifique petite grenouille jaune vif, et se pencha pour l'observer.

– Alors petite grenouille, on a survécu aux vilains moustiques ? dit-elle en approchant son doigt du reptile.

– Attention ! s'écria Sygalion.

Ambre sursauta.

– Si vous la touchez, vous serez morte avant que j'aie pu compter jusqu'à dix.

Selim se joignit à eux et regarda avec attention la petite bête.

– Elle a l'air si inoffensive, dit-il, pensif.

– Ça me rappelle quelqu'un... répondit Ambre.

– J'aimerais bien en emporter quelques-unes, fit Selim.

– C'est possible, dit Sygalion. Mais il faut utiliser un linge ou des feuilles pour éviter de toucher leur peau. D'une manière générale, il est préférable de se méfier de tout ce qui est vivement coloré, dans nos forêts.

– Je comprends mieux pourquoi sire Rodrigue parlait d'enfer vert... dit Ambre.

Sygalion la dévisagea. Après un instant de réflexion, il répondit :

– Le problème avec vous, les étrangers, c'est que vous ne savez que penser au passé, ou à l'avenir. Ce qui vous préoccupe, c'est ce que vous ferez demain, ou dans plusieurs lunes, la plupart du temps en vous demandant comment protéger ce que vous possédez, ou comment obtenir une chose que vous n'avez pas encore. Ici, on doit vivre au présent. On prend ce que la forêt nous donne, et on se méfie des dangers qu'elle recèle. Quand on a compris cela, la vie est simple, limpide, sans questionnement inutile… Mais trêve de réflexions oisives. Nous devons nous remettre en route.

– Pour voir de quoi le futur sera fait, dit Ambre en souriant.

Sygalion lui rendit son sourire.

– Je ne prétends pas vous faire changer grâce à quelques paroles, dit l'archer. On ne dévie pas le cours d'une rivière en soufflant sur l'eau…

Le voyage se poursuivit, parsemé de conseils de survie, et ces nouvelles connaissances permirent à la jeune femme de comprendre que ce milieu n'était pas si hostile, lorsqu'on savait utiliser ses ressources cachées.

À l'issue de la seconde journée de marche, la colonne s'immobilisa dans un espace un peu plus dégagé, au pied d'un arbre immense.

– Nous sommes arrivés, déclara Sygalion.

Ambre et Selim firent faire un tour à leur cheval, et levèrent les yeux vers la frondaison qui les surplombait. Du vert, rien que du vert, à perte de vue. Aucune construction.

Pourtant, Sygalion les observait en souriant. Il sortit un sifflet de sa poche, et souffla. Un son strident couvrit pour un temps le murmure incessant de la forêt. Quelques instants plus tard, une petite nacelle descendit le long du tronc de l'arbre géant.

– Incroyable, lâcha Selim. Comment imaginer que quelque chose est construit tout là-haut ?

– C'est ce qui fait notre force, déclara Sygalion. Pour attaquer nos demeures, il faut déjà les trouver...

Le temps des explications, la nacelle était au sol. Sygalion y grimpa et invita Ambre et Selim à le suivre.

– Mes hommes nous rejoindront plus tard, dit-il. Il ne faut pas surcharger le mécanisme.

ALTYS

21

La nacelle s'éleva sans bruit, comme avalée par les arbres. À mi-chemin, Ambre regarda avec curiosité un énorme tronc attaché à une corde, qui descendait à quelques mètres d'eux.

– Un contrepoids, expliqua Sygalion. Ça permet de nous faire monter sans avoir besoin de vingt hommes qui font tourner une roue...

– Ingénieux, dit Ambre, qui n'avait jamais eu l'occasion de voir fonctionner un tel système.

La nacelle s'immobilisa, et les passagers durent emprunter une passerelle étroite, faite de planches et de cordages. Ambre serra le garde-fou de toutes ses forces et traversa sans se retourner. Une fois en sécurité sur une solide plateforme, elle risqua un regard vers le sol. On le distinguait à peine, à travers l'écran de verdure.

– On est à quelle hauteur ? demanda Selim, en sautillant sur la passerelle comme s'il avait fait ça toute sa vie.

– Une centaine de pas...

Rien que le chiffre donnait le vertige.

Sygalion échangea quelques mots avec un homme qui leur lançait des regards furtifs.

– Altys va nous recevoir, dit finalement leur guide.

De passerelles en plateformes, les invités découvrirent cet étrange monde des cimes. Ambre gagna peu à peu en confiance et se laissa séduire par la vue dégagée et la sensation banale mais tellement agréable de sentir le soleil caresser sa peau. Elle avait soudain l'impression de ne plus se trouver dans les forêts d'Irandor, mais dans un de ces contes pour enfants peuplés de lutins et d'elfes... Elle eut beau regarder, nulle créature magique ne se cachait derrière les troncs noueux. Ici et là fleurissaient de petites habitations en rondins, recouvertes d'une épaisse toiture en mousse.

– Vous comprenez pourquoi nous passons le plus clair de notre temps au sommet de la forêt... dit Sygalion.

– À l'exception des moments où vous devez secourir des voyageurs imprudents, précisa Ambre.

– En effet. Nous sommes arrivés. Voici la demeure d'Altys. Je n'assisterai pas à votre entretien.

– Pourquoi ?

– Altys est une personne importante. Je me plie à ses demandes, voilà tout. Puis-je vous donner un dernier conseil ?

Ambre répondit par l'affirmative.

– Soyez francs avec elle. Un seul mensonge et vous serez dans la nacelle pour le voyage du retour...

– Et comment saurait-elle si nous mentons ? l'aiguillonna Selim.

– Elle le saurait. C'est tout.

Selim n'insista pas et suivit Ambre dans la cabane.

L'intérieur était simple mais agréable. De larges fenêtres laissaient entrer une lumière chaude, qui sublimait les nombreuses sculptures en bois disséminées dans la pièce principale. Sur le côté, on distinguait deux petites alcôves, qui devaient servir de chambres.

À demi cachée dans l'ombre, une silhouette se dessinait. Elle fit un pas en avant. Ambre découvrit avec surprise qu'Altys portait un pantalon de cuir et de hautes bottes à lacets. Le second pas en avant révéla une femme d'une quarantaine d'années, au visage harmonieux et aux yeux d'un bleu lumineux. Difficile de se détacher de ce regard envoûtant, songea Ambre, en observant un Selim déjà sous le charme de leur hôte. Altys portait également un corset de cuir qui laissait entrevoir la naissance de sa poitrine. Une allure inattendue, presque masculine, qui n'enlevait pourtant rien au charisme de la mystérieuse femme des cimes. Ce genre de tenue était proscrit par les lois de l'Empire, qui imposaient aux femmes de porter la robe en toutes circonstances...

– J'aime être à l'aise, dit Altys, comme si elle lisait dans les pensées de la jeune visiteuse.

Ambre ne sut que répondre, gênée d'avoir été si facilement percée à jour. L'avertissement de Sygalion lui revint en mémoire.

– Les dragons de l'Empereur mettent rarement les pieds chez moi...

– Je ne suis pas du tout choquée, dit Ambre, en guise d'excuse. Une telle tenue doit être parfaite pour monter à cheval...

Le visage d'Altys resta de marbre.

– Que me vaut l'honneur de votre visite ? Sygalion m'a fait dire que vous veniez de la part de sire Rodrigue... Comment va ce vieux grigou ?

– Il est... mort. Il y a deux jours. Dans une embuscade.

Altys prit le temps de digérer l'information.

– Une des cinq tombes creusées près du grand lac, je suppose ?

Ambre hocha la tête.

– Bien. Qu'il repose en paix. Je te remercie de l'avoir mis en terre. C'était un homme d'honneur et un admirable combattant. Il vous a suggéré de venir me trouver ?

– Oui.

– Laissez-moi deviner... Toi, tu es la fille de Volontas. Je t'ai déjà croisée lorsque tu étais encore une enfant.

À l'évocation du général, Ambre se crispa.

– C'est... c'est bien ça. Je me nomme Ambre, et je ne tire aucune fierté d'être la fille de Volontas.

– Fière ou pas, tu es néanmoins la personne la plus recherchée de tout l'Empire. Le simple fait de te parler est passible de la peine de mort.

Ambre resta bouche bée devant une telle déclaration.

– Il faut bien mourir un jour, ajouta Altys en souriant. Et toi, poursuivit-elle en marchant autour de Selim, tu es une énigme...

En passant, elle bouscula une statuette d'albâtre, qui se serait écrasée au sol si Selim n'avait pas arrêté sa chute d'un réflexe fulgurant. Le jeune homme tendit la statuette à Altys.

– Merci. Je n'en attendais pas moins d'un garçon qui a tué quatre mercenaires aguerris...

Selim émit un petit hoquet de surprise.

– Mes pisteurs sont les meilleurs de l'Empire, expliqua Altys. Ils peuvent lire des traces sur un champ de bataille... Tu es donc un adepte de l'arbalète, mais tu n'es pas un cavalier à la croix noire. Trop jeune, trop chétif... J'ai besoin de savoir qui tu es. Je précise que seule la vérité a sa place lorsqu'on se présente chez moi pour réclamer mon aide.

Selim ouvrit la bouche pour répondre, mais Ambre fut plus prompte, poussée par le pressentiment que son compagnon allait mentir.

– Selim a été engagé par mon père, dit-elle. Il appartient à la guilde des assassins de Kali.

Altys dévisagea le jeune homme.

– Dois-je me méfier de toi, Selim ?

– Je lui fais une entière confiance, dit Ambre.

– Faire confiance à un assassin. Voilà une attitude aussi avisée que de jongler avec des poignards empoisonnés.

– Tout dépend si on sait se servir d'un poignard... ironisa Selim.

– Armand de Volontas t'a estimé digne de protéger sa fille. Je me fierai à son jugement. Comme je l'ai toujours fait.

– Qui êtes-vous ? demanda Ambre.

– Aujourd'hui, je suis une habitante des cimes, rien de plus…

– Sygalion et ses archers semblent vous vouer un profond respect.

– C'est une longue histoire. Mais disons que le travail que m'avait confié ton père m'a parfois permis de forger de solides amitiés.

– Et que pouvait bien faire une femme pour un homme tel que le général ?

– Tu as l'air d'avoir une piètre opinion d'Armand.

– Être riche et puissant ne fait pas forcément de vous un être admirable. Il me semble que le terme « boucher » conviendrait bien pour décrire mon père… Combien a-t-il tué d'innocents ?

Altys se passa la main dans les cheveux et poussa un long soupir.

– Je crains que tu ne te poses pas les bonnes questions. Ce qu'il faut se demander au sujet de ton père, ce n'est pas le nombre de vies qu'il a dû prendre, mais celles qu'il a sauvées…

– Balivernes ! s'écria Ambre. Je l'ai vu défiler dans les rues, des cadavres d'enfants accrochés à son char ! Est-ce là le comportement d'un homme d'honneur ?

– J'ai suivi ton père, sire Téodos et sire Rodrigue dans toutes leurs batailles, et mon opinion au sujet du général est différente de la tienne.

– Sauf votre respect, je n'ai jamais entendu parler d'une cavalière à la croix noire.

– Parce que mes missions ne consistaient pas à brandir une épée. J'étais la commandante en chef des chuchoteurs.

– Les chuchoteurs ? demanda Selim. Jamais entendu parler.

– C'est un des secrets les mieux gardés de l'Empire… Ton père est un homme très intelligent, Ambre, bien plus que la moyenne. Il a très vite compris que gagner une bataille avait toujours un coût. Et je ne te parle pas d'or... Mais de temps, de vies humaines, de la perte d'hommes précieux. Toute sa vie, le général a cherché à vaincre sans combattre, et j'étais le fer de lance de cette stratégie.

– Je ne comprends pas, dit Ambre.

– Les chuchoteurs partaient en éclaireurs, plusieurs semaines avant le début d'un conflit. Notre mission était double : insuffler la peur dans les rangs ennemis, et obtenir des informations stratégiques pour vaincre le plus vite possible, en perdant le moins de soldats. Combien de batailles avons-nous gagnées sans même sortir nos épées ? Je ne saurais le dire. Nous distillions la terreur en racontant aux femmes de chaque village que nous avions survécu à des attaques de l'armée du général. Nous décrivions avec exagération l'incroyable efficacité des cavaliers à la croix noire. Les femmes s'empressaient d'aller répéter cela à leurs maris... Le général, de son côté, ne livrait que des combats gagnés d'avance, et la réputation de son armée grandissait de jour en jour, ce qui nous facilitait le travail...

– Vous semblez garder un bon souvenir de ces périodes de guerre, cracha Ambre.

– Nous faisions la guerre pour établir la paix.

– C'est ce que disent tous les tyrans.

Altys soupira de nouveau.

– J'ai peur que nous ne parvenions pas à nous mettre d'accord, dit la chuchoteuse. Mais là n'était pas le but de votre visite.

– Je dois rejoindre Alaric au plus vite.

– Les routes qui mènent à Alaric ne sont pas sûres. Entre les patrouilles de dragons impériaux et les attaques de bandits qui se multiplient, gagner Alaric n'est pas envisageable. Et je ne parle même pas du Mal, qui se répand partout. De toute façon, Alaric est le premier endroit où Iratus te cherchera.

Ambre perdit aussitôt l'assurance qui l'habitait depuis le début de la conversation.

– Mais mon oncle m'avait dit que...

– C'est impossible, Ambre, dit Altys d'un ton plus doux.

– Alors que vais-je devenir ? Je vais rester cachée ici, avec vous ?

– Non. Trop dangereux, là encore. La prime offerte pour ta capture est si élevée que cela pourrait faire tourner la tête du plus vertueux des hommes. Sur une simple dénonciation, un bataillon de dragons envahirait la forêt.

Altys s'interrompit et fit quelques pas. Elle semblait plongée dans une profonde réflexion.

– Il y a peut-être une solution... souffla-t-elle finalement.

– Laquelle ?

– Un endroit dont l'Empereur lui-même ignore jusqu'à l'existence...

– De quoi parlez-vous ? fit Ambre.

– C'est la seule issue possible, continua Altys, sans répondre à Ambre. Nous devons partir au plus vite.

– Très bien, fit Selim. Je suis prêt.

Altys plongea ses yeux d'émeraude dans ceux du jeune assassin.

– Cette fois, tu ne seras pas du voyage, je suis navrée.

– Quoi ? fit Ambre. Mais pourquoi ?

– Là où nous allons, Selim ne survivrait pas plus de quelques minutes. Tout comme moi d'ailleurs. Je te guiderai le plus loin possible, mais c'est un chemin que tu devras effectuer seule...

– Mais...

– Assez ! la coupa Altys d'un ton ne souffrant aucune contestation. J'ai pris ma décision. Nous partirons à l'aube.

Ambre baissa la tête, et tourna les talons. L'orage grondait de nouveau en elle. Pour qui se prenait cette Altys ? Hors de question qu'elle la suive ! Ambre était presque sortie de la cabane quand Altys l'interpella.

– Tu ne me demandes pas de nouvelles de ton père ?

Ambre s'immobilisa. Elle n'avait pas songé qu'Altys pût en savoir plus qu'elle à ce sujet. Elle aurait aimé pouvoir partir sans un regard, ne rien ressentir, et ignorer ce père qui lui avait accordé si peu de considération, mais quelque chose au fond d'elle l'empêchait de faire ces quelques pas... Elle se retourna.

– Vous avez des nouvelles ?

Altys la toisa avec sévérité.

– Armand de Volontas est en vie, pour le moment. L'Empereur n'a pas encore pu se résoudre à l'exécuter, malgré ce que sa toute nouvelle conseillère suprême lui murmure à l'oreille.

– Et cette conseillère, vous la connaissez ?

– Non. Cette femme est un mystère. J'ai sondé tous mes contacts, mais personne ne semble savoir d'où elle vient. Elle est apparue à la cour il y a quelques dizaines de lunes et s'est peu à peu attiré les bonnes grâces de l'Empereur. Je ne sais comment elle a fait, mais je suis prête à parier que son arrivée et la destitution de votre père sont liées.

– Vous savez où il se trouve ?

– Il est détenu à Tharanis. Dans les cachots de la citadelle. Hors de portée...

– D'autres que lui ont survécu ?

– Très peu. Tous ceux qui se sont élevés contre les dragons ont été passés par les armes. Mais certains cavaliers à la croix noire ont réussi à échapper au massacre. Nous nous efforçons de les rassembler, et de les protéger, en attendant des temps plus propices à une contre-offensive, dit Altys.

– Ce sera difficile, dit Selim. Les hommes de l'Empereur sont partout...

– C'est la raison pour laquelle nous avons besoin de toutes les bonnes volontés, Selim. J'aimerais que tu y penses, cette nuit... Puisque tu ne peux pas accompagner Ambre dans le voyage qui l'attend, peut-être peux-tu contribuer à l'aider d'une autre manière...

– En vous aidant... vous voulez dire ?

– Nous servons le même homme. Tiens, prends ce bracelet. J'en donne à tous ceux à qui j'accorde ma confiance. Mes amis aideront tous les porteurs de ce bijou, partout sur le continent...

– La nuit porte conseil, fit Selim en glissant le bracelet dans sa poche. Je vous donnerai une réponse demain.

22

Cette nuit-là, Ambre eut le plus grand mal à trouver le sommeil. Elle en avait assez d'être ballottée de duché en duché, au gré des envies de son oncle, de sire Rodrigue ou de cette Altys. Elle avait le sentiment d'être une plume prise dans un vent tourbillonnant, privée de tout contrôle sur les évènements. Sa vie n'était plus qu'un point d'interrogation, et les réponses tardaient à venir. Aussi loin que remontaient ses souvenirs, Ambre avait toujours senti au fond d'elle une grande colère, prête à surgir à tout moment. Caprices, mauvais caractère, besoin de rébellion, tels furent les mots posés sur sa tendance à perdre le contrôle de ses émotions. C'était ainsi, et en cet instant précis, à une centaine de pas au-dessus du sol, couchée dans un hamac tendu entre deux branches d'arbre, elle sentait cette colère affluer. Elle avait beau tenter de la contenir, la vague la submergeait peu à peu...

Les paroles d'Altys étaient restées gravées dans son esprit. Elle repensa à cette admiration béate qu'éprouvait l'Irandienne pour son père. C'était peut-être cela, en définitive, qui l'irritait tant chez cette femme. Plus Ambre y réfléchissait, plus elle était convaincue que suivre Altys était une erreur. Pourquoi voulait-elle tant la séparer de Selim ? Et pourquoi faire tant de mystère sur le lieu où elle souhaitait la cacher ? Avec l'aide de Selim, Ambre était persuadée de parvenir à atteindre Alaric. N'avaient-ils pas réussi à parcourir la moitié du chemin ? Demain, elle ferait part de sa décision à Altys.

Forte de cette décision, Ambre s'apaisa un peu et finit par s'endormir, bercée par les hululements des chouettes. La canopée et sa douce musique eurent peu à peu raison de sa colère...

Ambre fut réveillée par des sifflements aigus. Elle tendit l'oreille. Ils se répétèrent plusieurs fois. Le soleil n'avait pas encore sonné le début de la journée, mais un halo rose annonçait l'aube naissante, et nimbait le sommet de la forêt d'une lueur fantomatique. Des volutes de brume dansaient entre les branches, comme les vestiges d'un rêve brisé par une nuit trop courte. Ambre sauta du hamac. De toutes les petites habitations nichées dans les arbres, des soldats sortaient, les yeux engourdis de sommeil. Tous ajustaient leurs carquois, bandaient leurs arcs ou attachaient des épées à leurs ceintures.

– Que se passe-t-il ? demanda-t-elle à l'un d'entre eux.

– Ces coups de sifflet, ce sont les signaux d'alarme. Nous sommes attaqués…

Attaqués ? se dit Ambre. Mais par qui ? Qui serait capable de les atteindre, là où ils se trouvaient ?

Elle allait poser la question au soldat quand une fumée noire s'invita dans le paysage, apportant une odeur âcre qui piquait les yeux et brûlait les narines. Alors, elle comprit. La forteresse végétale dans laquelle ils avaient trouvé refuge avait une faiblesse de taille : elle pouvait être détruite par les flammes…

Ambre retrouva Selim, qui avait revêtu son attirail d'assassin. Le regard du jeune homme était dur, aussi dénué de chaleur que la peau d'un serpent. Ambre frissonna. Côte à côte, ils rejoignirent en hâte la grande plateforme, sur laquelle Sygalion passait ses troupes en revue. Altys était là, elle aussi, le poing fermé sur le pommeau d'une dague qui dépassait de sa ceinture.

– Ah, vous voilà, dit-elle en apercevant les deux jeunes gens.

– Qui sont les hommes qui nous attaquent ? demanda Ambre à brûle-pourpoint.

– Une bande de mercenaires. Bien équipée, silencieuse et rompue au déplacement en forêt. Ce ne sont pas de simples brigands, j'en ai peur…

– Ce qui veut dire…

– Qu'ils sont là pour toi, Ambre.

Ambre serra les poings. La rage qu'elle avait difficilement contenue la veille refaisait surface.

– Mais pourquoi déployer tant de forces pour me capturer ? rugit-elle. Je ne suis que la fille d'un général, après tout !

Altys tarda à répondre. Ambre n'avait pas tort. Quel danger une jeune femme sans troupes et sans fortune pouvait-elle représenter pour l'empereur Iratus ?

– La question n'est pas là, dit-elle. Du moins pas pour le moment. Il faut leur échapper. Tu vas me suivre, Ambre. Mes archers vont leur montrer ce qu'est un combattant irandien.

Ambre hésita.

– Tu viens, Selim ?

Une lueur sombre obscurcissait le regard du jeune homme.

– Non, dit-il. J'en ai assez de fuir. La dernière fois, ils nous ont surpris sur notre campement. Cette fois, c'est différent. Je suis prêt à leur montrer ce que vaut un assassin de la guilde de Kali…

– Alors jc mc battrai à tes côtés, dit Ambre.

– Non. Tu me ralentirais, et tu nous ferais courir à tous les deux un grand danger. Suis Altys, mets-toi à l'abri. Lorsque le temps sera venu, tu pourras compter sur moi, et sur la guilde. Je t'en fais le serment, déclara Selim en s'entaillant superficiellement la paume de la main. Que cette marque en soit le témoin.

Ambre avait les larmes aux yeux. Faisant fi de toutes les convenances, elle donna une accolade à Selim.

– Va, maintenant, fit Selim.

Altys la saisit par le bras et l'entraîna dans un dédale de passerelles, tandis que les premiers rayons de soleil perçaient la brume matinale. Les deux femmes empruntèrent plusieurs échelles, qui les menaient toujours plus haut. Derrière elle, les premiers cris de douleur résonnèrent dans la forêt, dont le ronronnement perpétuel s'était tu, supplanté par le fracas de la bataille. Ambre espéra que ces cris étaient ceux des assaillants. Quelques pas devant elle, Altys s'arrêta et lui tendit un curieux système de poulies, prolongé d'une cordelette.

– Tu vois la corde devant nous ? demanda-t-elle.

Ambre acquiesça. On ne pouvait manquer cette énorme corde, tendue presque à l'horizontale, qui se perdait dans la mer végétale.

– Tu vas poser la poulie sur la corde, et mettre ton pied dans la boucle de la cordelette. Ensuite, tu te laisses aller… Ce système permet de parcourir de grandes distances en très peu de temps.

Ambre était perplexe, mais Altys s'installait déjà. Elle se jeta dans le vide. La poulie se mit à tourner, et, le temps de cligner les yeux, elle avait été avalée par la forêt. Ambre se positionna à son tour et prit une grande inspiration. Elle commença à glisser le long de la corde, d'abord doucement, puis de plus en plus rapidement. La corde tremblait, les branches lui cinglaient les jambes et le visage, et les arbres défilaient à une vitesse ahurissante. Même sur le dos de Flamme, elle n'avait jamais atteint une telle allure… Son cœur battait à tout rompre. La descente vertigineuse se prolongea très longtemps, et elle perdit le compte des dizaines d'arbres dépassés à toute allure. Le sol approcha peu à peu, et Ambre se crispa davantage. Au loin, elle discerna une petite étendue d'eau, et se détendit un peu. Elle frappa la surface avec force et se retrouva dans une eau froide et boueuse, à hauteur de taille.

Altys, qui l'avait précédée, lui fit signe de rejoindre la berge. Ambre ne se fit pas prier. Les deux femmes se mirent à l'abri sous les grandes fougères. On n'entendait plus que les bruits de la forêt.

– Nous sommes à trois lieues de la bataille, dit Altys. Nous allons voyager dans les catacombes qui courent sous la forêt. Seuls quelques privilégiés en connaissent l'existence, et moins encore savent où se cachent les moyens d'y pénétrer.

– Mais vous faites partie de ceux-là...

– C'est pour ce genre de connaissances que me payait ton père. Viens, c'est par ici...

Altys s'enfonça dans une pluie de lianes peuplée d'insectes en tout genre, et entraîna Ambre dans son sillage. La barrière était large de plusieurs pas, et aucun homme normalement constitué n'aurait plongé dans cet entrelacs de branches. Pourtant, une petite ouverture taillée dans la roche était dissimulée derrière. Un escalier grossier permettait de s'enfoncer sous terre. Altys sortit un bocal de sa besace, et le secoua. Une lumière ténue naquit dans le récipient.

– Des vers des cimes, expliqua Altys. Il suffit de les agiter pour stimuler leur appendice luminescent.

Ambre s'avança dans ce monde obscur, silencieux et frais. Le bocal illuminait le conduit qui semblait se prolonger à l'infini. Des racines pendaient un peu partout, renforçant l'impression étrange qui se dégageait des lieux.

– Vous avez déjà emprunté ces souterrains ? demanda Ambre.

– Oui. C'est très pratique pour progresser rapidement sans être ralenti par la végétation. Ils ont été édifiés il y a des siècles, pour permettre aux cinq grandes cités d'Irandor d'être reliées entre elles en cas de guerre. Les villes assiégées pouvaient ainsi être ravitaillées en hommes et en vivres par leurs alliés, et résister presque indéfiniment à l'oppresseur. Ce système a fini par décourager les ennemis d'Irandor.

– Ils ont l'air... à l'abandon.

– Personne ne s'est attaqué à Irandor depuis près de trois cents ans. Les tunnels sont devenus inutiles, et ont été oubliés...

– Comment avez-vous découvert leur existence ?

– Les livres, ma chère, sont les plus précieux amis des gens avisés.

– Mais Irandor est l'allié ancestral de Tharanis. Pourquoi se renseigner sur ses propres alliés ?

– Ton père avait toujours un coup d'avance sur tout le monde. C'est ce qui lui a permis d'éviter tant de batailles, comme je te l'ai expliqué hier… En tous les cas, je me félicite de connaître cet endroit. Ainsi, nous atteindrons la rivière souterraine sans nous faire remarquer.

– La rivière souterraine ?

– Oui. Une merveille. Large de deux cents pas, puissante comme un torrent, elle est la mère nourricière de notre belle forêt. Les racines des plus grands arbres viennent puiser leur force dans ses eaux. Tu verras, c'est quelque chose d'assez exceptionnel…

– Si vous le dites. Et cette rivière, où nous conduira-t-elle ? Vous ne m'avez toujours pas révélé quelle est notre destination finale…

– Le trajet sera long. Il nous faudra prendre la mer. Je t'emmène sur l'île Sans Nom.

La phrase resta en suspens, piégée par les tonnes de terre et d'arbres qui surplombaient le conduit souterrain. Ambre se remémora ses nombreuses lectures. L'île Sans Nom… Aucun marin de l'Empire ne pouvait ignorer ce lieu, sorte d'immense barrière de roches qui jaillissait de l'océan, au nord-ouest de l'Empire. Aussi grande qu'un duché, bardée de falaises de deux mille pieds, et entourée d'un récif que nulle embarcation ne pouvait ne serait-ce qu'approcher, cette île restait un mystère… D'après ce qu'en savait Ambre, malgré de nombreuses tentatives, personne n'avait jamais réussi à franchir les falaises qui entouraient l'île, et rien ne garantissait que l'endroit ne soit qu'un immense rocher désertique. Altys marchait d'un pas décidé et ne semblait pas prête à livrer d'autres informations. Ambre, de son côté, était plongée dans le noir, au sens propre comme au sens figuré.

Comment Altys espérait-elle approcher de l'île aux mille récifs sans sombrer dans les eaux glacées de l'océan ? Si tant est que ce soit possible d'escalader des falaises infranchissables, qu'y avait-il sur l'île Sans Nom ? Et surtout, pourquoi Ambre pouvait-elle y aller, alors que Selim et Altys ne pouvaient la suivre ?

Selim... Avait-il survécu ?

Ambre pressa le pas, autant pour ne pas se laisser distancer que pour fuir l'obscurité qui s'installait dès qu'elle s'éloignait du bocal de vers luminescents.

23

La rivière souterraine était à la hauteur de la description d'Altys. Le conduit avait débouché sur les berges d'une immense masse d'eau sombre et tourmentée, qui courait sous la forêt comme un monstre pressé de gagner l'océan. Au-dessus des flots tumultueux, une voûte de roche parsemée de cristaux phosphorescents offrait un écrin presque irréel à la rivière, rendant inutile le bocal de vers des cimes.

– C'est magnifique, n'est-ce pas ? demanda Altys.

– Impressionnant.

– Je t'avais prévenue.

– Nous allons grimper dans une de ces embarcations... ajouta Altys.

Une dizaine de longues barques à fond plat attendaient sagement sur la berge, dans un des méandres de la rivière.

– Dans une de ces vieilles coquilles de noix ? s'inquiéta Ambre.

– C'est le moyen le plus rapide de gagner l'océan. Grâce au courant, nous y serons en quelques heures. Si tu préfères marcher, il nous suffit de suivre le cours d'eau à pied. Nous mettrons environ trois jours...

– Va pour la barque.

Une fois à bord, Ambre se félicita d'avoir accepté. Si le débit de la rivière était impressionnant, le fait de naviguer avec le courant atténuait les remous, et le voyage ne nécessitait aucun effort. Altys dirigeait la barque à l'aide d'un gouvernail, et se laissait porter par les flots.

– Il y a quoi, sur l'île Sans Nom ? demanda Ambre, longtemps après leur départ, quand la question fut devenue si impérieuse qu'elle ne parvenait plus à la contenir.

– Rien. C'est d'ailleurs pourquoi je t'y conduis. Qui viendrait chercher la fille du général Volontas dans un tel lieu ?

– S'il n'y a rien, pourquoi Selim ne pouvait-il pas nous accompagner ?

– Un point pour toi, jeune fille...

– J'estime être en droit de savoir ce qui m'attend là-bas.

– Je t'emmène voir de tes yeux que ton père n'est pas l'homme que tu crois, c'est tout ce que tu dois savoir.

La réponse n'était pas celle qu'Ambre espérait. Elle considéra Altys avec circonspection, puis soupira. Son guide ne lui dirait rien de plus. Elle s'installa une couche au fond de la barque, qui heureusement était bien étanche, et s'étendit. Bercée par le courant et le scintillement des cristaux qui la surplombaient, elle aurait presque pu se croire à bord d'un chariot, les yeux rivés sur les étoiles. Presque. Car l'odeur de moisi et de terre qui imprégnait le lit de la rivière souterraine s'insinuait dans ses narines, pour bien lui rappeler qu'elle avait entrepris un voyage dans les entrailles d'Irandor.

Lorsqu'elle se réveilla, Ambre eut la surprise de sentir la chaleur du soleil sur sa peau. Mieux encore, les effluves nauséabonds des souterrains avaient disparu, remplacés par les senteurs iodées apportées par la brise marine. Les cris des mouettes retentissaient, couvrant parfois le ballet incessant des vagues qui s'écrasaient sur la plage. Ambre se redressa. La barque était amarrée à un petit ponton. Altys dormait profondément. En arrière-plan, Ambre distinguait l'énorme grotte par laquelle se déversaient les flots noirs de la rivière souterraine dans l'océan, avec, en surplomb, une haute falaise au sommet de laquelle naissait la forêt d'Irandor.

Retrouver un endroit où l'on pouvait voir l'horizon était un réel bonheur pour Ambre. Involontairement, elle avait dû réveiller Altys, car cette dernière s'était redressée et s'étirait en gémissant.

– Fichu bateau, dit-elle. Ça ne vaut pas un bon hamac !

– Comme vous dites.

Altys lui lança un petit sac.

– Quelques gâteaux et un peu de miel, si tu as faim...

Ambre dévora le contenu du sac.

– Et maintenant ?

– Maintenant on va jusqu'à Isnos, un village de pêcheurs situé à une lieue au nord, et on trouve Digmar.

– Digmar ?

– Le seul marin capable de s'approcher de l'île Sans Nom et de revenir à bon port...

24

En arrivant au village de pêcheurs, Altys se dirigea vers un rude gaillard qui réparait un filet de pêche. Altys se posa devant lui, et il s'inclina.

– Dame Altys…

– Bonjour Digmar. Comment vont les affaires ?

Le dénommé Digmar avait de longs cheveux bruns, le teint hâlé et un visage strié de rides. Une barbe fournie lui mangeait les joues, et on distinguait à peine ses petits yeux noirs.

– La pêche n'est pas très bonne en ce moment. Trop de vent, fit-il avant de cracher sur le sol.

– Ton bateau est toujours aussi solide ?

– Toujours. On part quand ?

– Hier…

Je prépare les vivres. Nous prendrons la mer en début d'après-midi. En attendant, n'hésitez pas à aller voir ma femme. Elle vous fera à manger.

Ambre assista à l'échange sans intervenir. Visiblement, ces deux-là se connaissaient bien.

Lorsque Altys et Ambre entrèrent dans le hameau, tous les habitants qu'ils croisèrent penchèrent la tête en signe de respect.

– Qu'avez-vous donc fait pour que tous ces gens vous vénèrent à ce point ?

– Lors des guerres de pacification, Irandor a été à deux doigts d'entrer en conflit avec Tharanis. J'avais été envoyée en éclaireur par ton père, des mois auparavant. J'ai appris à connaître les habitants de ces forêts, leurs forces, leurs faiblesses. Ces investigations ont permis de faire comprendre à l'Empereur que livrer bataille au cœur de la forêt aurait été très compliqué, et très coûteux. J'ai mené les négociations. Des milliers de morts ont été évitées, et la forêt a été préservée. Les Irandiens ont de la mémoire.

Plus Ambre côtoyait Altys, plus cette femme l'impressionnait...

Un repas à base de poisson séché leur fut servi, et Digmar fut bientôt de retour.

– Il faut partir, dit-il sans tergiverser. La marée n'attend pas.

Altys et Ambre montèrent à bord de son bateau de pêche. D'une quinzaine de pas de long, l'embarcation ne payait pas de mine, mais Altys semblait confiante. Les deux femmes prirent place sous une toile que le marin avait tendue de sorte à former une cabine de fortune, qui protégerait ses passagères du mauvais temps et des regards inopportuns.

Digmar parlait peu et restait la plupart du temps près du gouvernail, guidant son voilier sans jamais se départir de son air renfrogné. Pour passer le temps, Ambre observait souvent le marin ajuster la voilure, tirer sur les cordages, ou tout simplement fixer les vagues pour mieux les dompter.

– C'est un homme fiable, précisa Altys, en surprenant le regard d'Ambre. Et son bateau n'attire pas l'attention. Exactement ce dont nous avons besoin.

– Je n'en suis pas si sûre...

– Comment ça ?

– Vais-je devoir me cacher indéfiniment ? Quel genre de vie est-ce là ? Je n'ai pas eu le temps de vous le dire, mais avant l'attaque, je n'avais pas l'intention de vous suivre.

– Et qu'aurais-tu fait ?

– J'aurais rejoint mon oncle, avec l'aide de Selim.

Altys grimaça.

– Ta fougue et ton courage t'honorent. Mais tant que nous ne savons pas exactement qui sont nos ennemis, mieux vaut courber l'échine... Trop d'évènements se sont produits sur un laps de temps trop court. Les attaques de pillards qui se multiplient dans tout l'Empire, le Mal qui se répand, et puis cette femme qui sort de nulle part et pousse l'Empereur à s'en prendre à son plus fidèle ami...

– Vous pensez que tout peut être lié ? Cela me paraît un peu tiré par les cheveux.

– Je ne suis sûre de rien. J'ai appris à me méfier des coïncidences, voilà tout.

– Dites-m'en plus sur cette femme...

– Il se murmure des tas de choses à son sujet, mais rien de concret.

– Je veux savoir.

– On dit qu'elle viendrait des marécages du Vent. Qu'elle est apparue avec une troupe de deux mille hommes aux portes de Tharanis, en se présentant en tant que grande prêtresse du Vent. Elle a dit avoir des informations à livrer à l'Empereur. Iratus l'a reçue, et depuis, elle ne le quitte plus.

– Mais tout le monde sait que les marécages du Vent ne sont qu'un cloaque immonde où rien ne pousse, et où il n'existe aucune ville...

– C'est ce que je pensais également...

– Elle a sûrement menti. Je n'ai jamais lu aucun manuscrit qui parle de cités pouvant abriter deux mille soldats dans cette région du monde.

– Je te rapporte simplement ce que l'on m'a dit, s'agaça Altys. Mais je n'aurai de cesse de découvrir la vérité. De la même manière que je m'assurerai que les pouvoirs magiques que certains lui attribuent ne sont que rumeurs...

– Des pouvoirs magiques ? Vous ne croyez tout de même pas à ces fariboles ?

– Mesure tes paroles, Ambre de Volontas. J'ai déjà été témoin d'évènements qui dépassent l'entendement. Et peut-être changeras-tu aussi d'avis d'ici à quelques semaines...

Ambre aurait aimé poursuivre la conversation, mais les traits d'Altys s'étaient de nouveau figés. Elle n'avait plus envie de parler.

À l'extérieur, les vagues se faisaient plus agressives et la houle imprimait au bateau un roulis désagréable. Une pluie froide fit son apparition, et le ciel et l'océan se confondirent bientôt en un dégradé de gris menaçants. Ambre écarta la toile et essaya de distinguer la côte, en vain. Pour la première fois de sa vie, elle adressa une prière silencieuse à Zalos...

25

À la tempête succéda une mer apaisée, aussi lisse qu'un lac. Une brise à peine perceptible poussait le bateau toujours plus loin vers le nord. Poisson séché, eau saumâtre, attente, poisson séché, eau saumâtre, attente... Ambre avait l'impression que sa vie se résumait à ce morne triptyque, qui reléguait l'ennui éprouvé lors de sa punition auprès du frère Tork à un galop d'essai. Altys ou Digmar auraient pu être de bons remèdes à l'ennui si la première n'avait pas passé son temps à vomir, victime du mal de mer, et si le second n'avait pas été aussi silencieux qu'une pierre. De piètres compagnons de voyage...

Quand l'île Sans Nom apparut enfin à l'horizon, monolithe de roche tout droit sorti d'une gravure, Ambre prit conscience de l'immensité du site. L'île était énorme, et les falaises d'un gris tirant sur le noir qui l'entouraient lui donnaient un air sinistre. On aurait dit un gigantesque vaisseau de pierre. Tout autour de l'île, des centaines d'éperons rocheux dardaient leurs langues acérées à la surface de l'eau chargée d'écume, comme autant de pieux prêts à éventrer les coques des bateaux qui oseraient approcher. Malgré sa curiosité grandissante, Ambre se surprit à éprouver une envie furieuse de faire demi-tour. Digmar, imperturbable, dirigeait son frêle esquif vers les dents rocheuses du monstre...

Lorsque le bateau fut encore plus proche, l'ombre de l'île les enveloppa, et l'écho des vagues se fracassant contre les écueils se fit plus insistant. Pourquoi Altys l'avait-elle conduite dans cet enfer liquide ? Digmar et Altys avaient les yeux rivés sur les falaises. Ambre les imita, mais la verticalité monotone de la roche la découragea rapidement.

– Là, fit Altys.

Digmar hocha la tête, réduisit la voilure, et jeta l'ancre.

Ambre les observa, perplexe. Avaient-ils navigué tant de jours pour s'arrêter à cinq cents pieds de l'île, et contempler un mur gigantesque ?

Lorsqu'elle en fit la remarque à Altys, cette dernière haussa les épaules et alla s'allonger sur sa couche. Ambre sentit affluer la colère. Altys ne s'en tirerait pas comme ça, cette fois...

– Viens te reposer, dit son aînée. Et ravale les méchancetés que tu t'apprêtes à me lancer. Tu auras besoin de toute ta verve, sur l'île...

Ambre resta silencieuse et se tourna de nouveau vers l'île. Elle avait beau faire travailler son imagination, elle ne voyait absolument pas comment ils allaient s'approcher.

Digmar sortit une canne à pêche, et Altys se mit à aiguiser son épée. Ambre bouillait d'impatience. Encore une fois, elle allait devoir attendre. Ce furent les deux jours les plus longs de sa vie.

– La lune est favorable...

Ambre releva la tête.

Altys avait rejoint le marin à la proue du bateau.

– C'est pour ce soir, dit Altys.

– Quoi ? s'insurgea Ambre. Vous allez enfin vous décider à me dire ce qu'il se passe ?

– Les marées fluctuent en fonction de la lune, expliqua Altys. Franchir les falaises qui entourent l'île est impossible. Mais une fois par lune, à un moment bien précis, une grotte apparaît à marée basse et un bon marin peut s'y engouffrer.

– Et ce moment, c'est maintenant ?

– Oui. Prie pour que les dieux soient avec nous...

– Je croyais que Digmar était doué.

– C'est le meilleur. Et un des rares à connaître le secret de l'île...

– Mais... ?

– Mais cette île ne se livre pas facilement. Il y a des récifs partout, et la moindre erreur peut être fatale.

L'ancre fut remontée, et le bateau vogua vers les falaises sous la lumière blafarde de la lune. Digmar était tendu et jouait habilement avec le gouvernail. Il se faufila entre les rochers qui affleuraient. Toute la difficulté était d'anticiper le mouvement suivant, ni trop lent, ni trop rapide, pour que le bateau franchisse le labyrinthe que la nature avait érigé. Des gouttes de sueur perlaient sur ses tempes, et pour une fois, Ambre n'éprouva pas le besoin de parler. À deux reprises, ils frôlèrent la roche, et la coque grinça fortement. Ils n'étaient plus qu'à une dizaine de pas de la falaise quand Ambre distingua la bouche noire de la grotte. Ils allaient être avalés par le monstre...

Une série de frissons courut sur l'échine de la jeune femme. Le bateau pénétra dans l'ouverture. Son mât touchait presque le haut de la cavité rocheuse. Dans cette anfractuosité, la houle était nettement amoindrie, et, sur sa lancée, le petit navire fila dans le silence.

Un cri rauque fit sursauter les voyageurs.

– Qui va là ? Stoppez votre embarcation et faites demi-tour. Il n'y aura pas d'autre avertissement.

Le bateau perdit sa vitesse, et s'immobilisa.

– Je suis Altys, envoyée du général Volontas, et je suis avec sa fille.

– Il n'a jamais été question que vous reveniez ici...

– C'est vrai, je le concède, dit Altys. Mais la situation est grave. Le général vous supplie d'accueillir et de protéger sa fille Ambre de Volontas. Elle court un terrible danger en restant sur le continent.

Ambre assistait à cette étrange conversation, en tentant de deviner à quoi pouvait ressembler l'homme qui s'adressait à eux.

Des murmures étouffés lui parvenaient, preuve qu'il n'était pas seul et qu'il échangeait avec quelqu'un sur la marche à suivre. Après quelques instants, il reprit la parole.

– Nous allons vous lancer une corde. Puis nous vous tirerons jusqu'à la berge. Seule la fille du général Volontas est autorisée à descendre. Les autres repartiront immédiatement, avant que le passage ne se referme.

– Nous avons bien compris. Nous sommes d'accord, dit Altys.

Ambre la dévisagea, affolée. Elle allait encore se retrouver seule, perdue sur une île censée être inhabitée, livrée à des gens dont elle ignorait tout.

– Je suis désolée, dit Altys, sentant le poids de son regard. Il n'y a pas d'alternative.

Le bateau fila doucement, et s'immobilisa près d'un ponton en bois. Une passerelle fut posée. Des torches tenues par deux hommes illuminaient la caverne, qui s'élargissait nettement vers l'intérieur de l'île. Ils l'invitèrent à traverser.

Ambre hésita.

Altys la poussa sans brusquerie.

– Je te promets que je reviendrai dès que la situation le permettra...

Ambre fit un pas, puis deux. Elle fut bientôt sur la berge, entourée de deux colosses. L'un d'entre eux retira la passerelle et donna une impulsion pour faire repartir le bateau en sens inverse.

– Poussez sur les parois pour atteindre la sortie ! cria-t-il. Que les vents vous soient favorables...

Ambre observa le bateau jusqu'à ce qu'il disparaisse, totalement avalé par l'obscurité, tout comme la silhouette d'Altys.

Des émotions contradictoires lui déchiraient le cœur. D'un côté, cette séparation était presque insupportable, et d'un autre, la haine qui l'habitait d'avoir été abandonnée ainsi l'empêchait de se laisser aller. Pourquoi Altys ne lui avait-elle rien dit au sujet de ces hommes ? Ambre fut soudain prise de vertige. Elle avait accordé sa confiance à Altys sur la simple recommandation de sire Rodrigue, mais elle ne savait rien de cette femme. Et si elle n'était pas l'alliée qu'elle prétendait être ? Et si ces hommes étaient des pirates, ou des esclavagistes, et que...

Quand Ambre s'aperçut que les deux colosses étaient agenouillés à ses pieds, ses préoccupations furent balayées par la surprise.

– Ambre de Volontas, fit l'un d'eux, nous vous présentons nos plus profonds respects.

Ambre ne sut que répondre. Elle prit enfin le temps de les observer. Leur tenue l'intriguait. Ces guerriers n'étaient pas d'Alaric, ni de Tharanis, et encore moins des Sept Baies. Elle avait l'impression que ces vêtements mêlant cuir et fourrure blanche lui étaient familiers, mais elle était certaine de n'avoir jamais croisé d'hommes vêtus de la sorte.

– Relevez-vous... souffla-t-elle.

– Nous allons vous conduire à notre conseiller suprême.

Elle hocha la tête. Conseiller suprême... Là encore, les termes ne lui étaient pas inconnus, mais elle ne parvenait pas à se souvenir où elle les avait entendus.

Elle suivit ses guides, à la lueur de la torche, dans un dédale de cavernes. Lorsqu'ils sortirent enfin à l'air libre, la surprise d'Ambre fut à la hauteur du spectacle qui s'offrait à elle. Éclairé par la lune, un véritable monde s'étendait devant elle, avec ses forêts, ses collines, ses routes. Comment imaginer que derrière les immenses falaises se cachait autre chose que d'autres rochers ? À perte de vue, elle discernait d'ailleurs l'ombre de ces interminables murs de pierre, qui entouraient toute l'île et protégeaient ce sanctuaire des assauts de l'océan.

– Incroyable, dit-elle.

– C'est ce que nous nous sommes dit, nous aussi, la première fois…

– Vous savez monter à cheval ? demanda le second guerrier.

– Oui, oui, bien sûr, fit Ambre, en découvrant une monture superbe, gigantesque, qui mesurait presque une tête de plus que son propre cheval.

Elle parvint à se hisser sur la selle, et se laissa guider. Le trajet dura jusqu'au petit matin.

26

Avec l'aube naissante, Ambre put mesurer à quel point l'endroit était beau. De vastes vallées herbeuses abritaient des moutons et des vaches, et de nombreuses habitations mêlant une pierre noire et de larges pieux en bois parsemaient la campagne. Quand Altys lui avait dit que l'île avait la taille d'un duché, Ambre se rappelait avoir souri tant cette idée lui semblait improbable, mais elle devait se résoudre à reconnaître son erreur. Cet endroit était gigantesque. Une forêt plus chétive que celle d'Irandor se jetait à l'assaut des falaises, et même si l'on apercevait au loin la bordure rocheuse qui encerclait ce petit monde, Ambre estima à au moins deux journées à cheval le temps nécessaire pour la traverser...

Le convoi grandit peu à peu à mesure que le trio passait dans des hameaux. À chaque fois, la même question : « Qui est cette étrangère ? » À chaque fois, la même réponse : « La fille du général Volontas... » Et à chaque fois, la même réaction : les gens s'agenouillaient et psalmodiaient quelque remerciement dans une langue gutturale. De nouveau, Ambre eut la sensation de connaître ce langage, mais les mots lui échappaient, comme un murmure lointain qui nécessite une concentration extrême pour ne pas se perdre dans le vent. En de rares occasions, certains insulaires lui jetaient un regard haineux, qu'ils ravalaient rapidement avant de disparaître dans leurs maisons. Ambre était perplexe devant ces réactions excessives.

Il fallut encore quelques lieues avant qu'elle ne comprenne enfin qui étaient ces gens. Devant elle se trouvait une femme massive, armée d'une hache et vêtue d'une armure de combat.

Sur le poitrail de cette armure, un lion rugissant était sculpté, et conférait à cette guerrière une aura effrayante. Un lion... Une femme guerrière... Des bijoux et des vêtements si particuliers... Cette langue aux intonations rugueuses...

C'était impossible. Et pourtant si évident.

Devant elle se tenaient des habitants des Cités Suspendues, ce peuple que son père avait exterminé, et qui lui avait permis de devenir une légende. Les réactions de mépris venaient de trouver leur explication. N'était-il pas normal de haïr la fille d'un homme qui avait fait tant de mal aux vôtres ? Ce qu'elle ne parvenait pas à comprendre, en revanche, c'était cette étrange dévotion qu'elle déclenchait sur son passage...

La femme guerrière s'effaça devant un autre géant, qui lui ressemblait comme deux gouttes d'eau. Un peu plus loin, juché sur un cheval, un jeune homme portant une armure similaire, mais plus légère, regardait Ambre avec intensité.

– Mon commandant, voici Ambre, la fille du général Volontas.

– Merci, Tanak. Avec ma phalange, je vais l'escorter jusqu'au conseiller suprême...

L'homme recula, visiblement impressionné par le jeune soldat en armure. Ce dernier fit signe à Ambre de le suivre.

– Bonjour, dit-elle.

Pas de réponse.

En silence, elle chemina au milieu de cinq cavaliers. Les deux géants, si massifs qu'elle se demandait comment des chevaux pouvaient supporter leur poids, deux archers, et le jeune guerrier qui devançait le groupe.

Une petite cité fut bientôt en vue. Ambre l'observa avec attention. Elle semblait avoir été érigée assez récemment, et comptait environ deux ou trois cents bâtiments, la plupart en bois. Une enceinte de troncs d'arbre défendait la ville, et des douves profondes offraient une seconde protection.

L'impression de paix et de quiétude qui se dégageait des campagnes trouvait une nuance avec ces fortifications. Ici, on se préparait à affronter un ennemi.

– Bienvenue dans notre capitale, dit le jeune homme.

Ambre perçut dans sa voix un brin d'ironie, mais ne sut pas quelle conclusion en tirer.

– Notre conseiller suprême va vous recevoir.

Une foule conséquente, mêlant soldats, paysans, femmes et enfants se massa autour d'eux, jusqu'au seul bâtiment entièrement construit en pierre. Ambre posa pied à terre. Une fois encore, des gens s'agenouillèrent, d'autres tentèrent de la toucher, sans animosité. Les cinq cavaliers qui l'avaient escortée dispersèrent la foule, et tous les six entrèrent dans le bâtiment.

EGON

27

Ambre fut conduite devant un vieil homme charismatique, qui avait dû en son temps être un redoutable guerrier, à en juger par les nombreuses cicatrices qui zébraient son visage. Sa chevelure et sa barbe blanche étaient soigneusement ornées de petites tresses retenues par des rubans de soie bleue, qui rappelaient la couleur de ses yeux. Il était assis sur un siège décoré d'une tête de lion, symbole des Cités Suspendues. De part et d'autre de ce trône, deux femmes et deux hommes se tenaient un peu en retrait. Ils étaient eux aussi richement vêtus.

– Nous sommes les conseillers du peuple des Cités Suspendues, déclara le vieil homme en la regardant avec curiosité. Je suis Yschion, le conseiller suprême. Nous sommes honorés de votre présence parmi nous.

Ambre entendit quelqu'un soupirer bruyamment derrière elle. Un coup d'œil lui permit de voir qu'il avait été poussé par le jeune guerrier qui l'avait accompagnée. Yschion le toisa avec sévérité, et le guerrier baissa la tête.

– Puis-je te demander ce qui t'amène sur notre île, Ambre de Volontas ? On m'a dit que tu avais besoin de te mettre à l'abri ?

– En effet, conseiller... Est-ce ainsi que je dois vous appeler ?

– Oui, ce sera très bien.

– Mon père a été fait prisonnier par l'empereur Iratus. Ses comptoirs commerciaux ont été pillés, et son armée éparpillée aux quatre coins de l'Empire. De nombreux cavaliers à la croix noire ont été passés par les armes.

– Et maintenant, l'Empereur vous pourchasse...

– Oui. Altys, l'amie de mon père, m'a conseillé de me réfugier ici.

– Ignorait-elle que notre accord avec le général ne prévoyait pas que nos chemins se croisent de nouveau ?

– Je ne puis vous en dire plus, malheureusement. Pour une raison qui m'échappe, Altys ne m'a rien expliqué au sujet de cet endroit...

– C'est commode, souffla le guerrier.

– Je ne crois pas t'avoir donné la parole, commandant Egon.

– Je vous assure que c'est la vérité, se défendit Ambre. Depuis que je suis arrivée ici, je vais de surprise en surprise. Il y a d'abord ce monde, caché au cœur d'une île dont personne n'est jamais revenu vivant... et puis tous ces gens, votre peuple, qui est censé avoir disparu, anéanti par l'armée de mon père. Je suis perdue, conseiller. D'autant que certaines personnes se comportent bizarrement avec moi. Elles me saluent, me touchent comme si j'étais une relique de Zalos...

– Votre père ne vous a jamais rien révélé à notre sujet ?

– Qu'y avait-il à dire ? Mon père est un tueur de masse, un homme sans morale, qui a traîné vos enfants dans les rues de Tharanis derrière un char, et les a laissés pourrir sur les remparts dans le seul but d'asseoir son pouvoir et de distiller la peur...

– La véritable valeur d'un homme ne se mesure pas aux exploits qu'il accomplit, mais à la gloire qu'il essaie d'en retirer.

– J'ai du mal à vous suivre, conseiller...

– Il y a une dizaine d'années, nous avons refusé de combattre pour l'Empereur et d'envoyer nos guerriers affronter les hommes du désert. L'Empereur, furieux, a exigé que nous soyons tous pendus, jusqu'au dernier, pour avoir osé le défier en refusant de le servir. Votre père a rassemblé la plus grande armée qu'on ait connue dans tout l'Empire, de mémoire d'homme. Et il a marché sur nos citadelles. On voyait la colonne de poussière soulevée par ses troupes des lieues à la ronde. Nous nous sommes préparés au combat, retranchés dans nos forteresses, perchées au sommet de collines, qui leur ont valu le surnom de Cités Suspendues. La bataille était perdue d'avance.

– Ça, c'est vous qui le dites, souffla le dénommé Egon.

– Il suffit ! s'écria Yschion. Un mot de plus et tu passeras les trois prochaines lunes dans un cachot !

– Pardonnez mon insolence, conseiller, fit Egon en se courbant.

– Je disais donc, reprit Yschion, que la bataille était perdue d'avance. Les troupes de ton père étaient dix fois plus nombreuses, et il avait fait en sorte de couper toutes nos voies d'approvisionnement en vivres. Notre habileté légendaire au combat et le caractère inexpugnable de nos cités lui auraient coûté beaucoup d'hommes, c'est une certitude, mais personne ici à l'exception d'Egon ne doute qu'il aurait fini par nous anéantir.

Les conseillers qui entouraient Yschion acquiescèrent.

– C'est alors que ton père nous fit une proposition à laquelle nul d'entre nous n'aurait pu s'attendre : à la tête de mille cavaliers à la croix noire, il se présenta aux portes de ma citadelle, et demanda à me voir. Nous parlâmes seuls, d'homme à homme. Il m'expliqua que l'empereur Iratus ne revenait jamais sur une décision, et le sort funeste qu'il réservait à mon peuple. Il me fit part ensuite d'une découverte qu'il avait faite concernant l'île Sans Nom, et que de ce sombre rocher pouvait venir la lumière qui assurerait le salut de mon peuple. Sa proposition était simple : si j'acceptais d'embarquer en silence avec tous mes sujets à bord des mille bateaux qu'il avait affrétés sur nos côtes pour venir habiter sur cette île, il n'y aurait aucune bataille. Pas une goutte de sang ne serait versée…

– Et vous l'avez cru ?

– Au début, non, je l'avoue. Mais lorsque mes éclaireurs m'ont confirmé la présence de la flotte, j'ai commencé à y croire. Pourquoi dépenser tant d'or s'il n'avait pas l'intention de tenir parole ?

– Il aurait pu faire cela dans le seul et unique but de vous faire quitter vos citadelles...

– J'y ai songé. Mais le gros de ses troupes état cantonné bien trop loin pour avoir le temps de fondre sur nous assez vite. Nous aurions eu le temps de regagner nos forteresses.

– Vous avez donc accepté d'abandonner vos terres...

– Un choix difficile, c'est vrai. Mais nous sommes tous en vie. Nous avons navigué des jours durant, passant loin des côtes et des zones de pêche pour ne pas attirer l'attention.

– Comment un tel secret a-t-il pu être gardé ?

– Les mille cavaliers à la croix noire avaient été triés sur le volet, parmi les plus méritants des soldats. Chacun d'entre eux a reçu plus d'or que ne peut en espérer un combattant en une vie, et ils sont devenus des chevaliers respectés. Leur foi en votre père a fait le reste...

– Mais qui étaient ces enfants que mon père a traînés dans les rues ?

– Des enfants qui avaient péri lors d'une épidémie, quelques jours auparavant. Le général avait soigneusement préparé sa mise en scène, cruelle, impitoyable. Il fallait que notre défaite paraisse crédible. Le peuple des Cités Suspendues et ses guerriers légendaires ne pouvaient ployer que face à une légende plus grande encore...

– Alors mon père vous a sauvés ?

– Oui. C'est pour cette raison que la plupart de mes concitoyens s'inclinent devant toi.

Ambre garda le silence. Chaque jour, elle découvrait une nouvelle facette de la personnalité de son père, qu'il avait pris soin de dissimuler. Armand de Volontas n'était pas l'homme qu'elle s'était imaginé, qu'elle avait haï durant toutes ces années... Pourquoi lui avait-il caché la vérité ?

– En tant que conseiller suprême, et au regard de ce que nous devons à ton père, je propose que tu sois accueillie comme une des nôtres, aussi longtemps qu'il te plaira. Quel est l'avis des autres conseillers ?

– Je partage votre avis.

– Moi aussi.

Après deux autres avis favorables, Yschion se tourna vers Egon.

– Et toi, commandant Egon, qu'en dis-tu ?

– Nous devrions la reconduire à la caverne, et la jeter à la mer.

Ambre se crispa. Les yeux du jeune guerrier lançaient des éclairs.

– Développe ton propos, fit Yschion.

– Vous savez tous ce que je pense du choix du conseiller Yschion, dit Egon. Nous aurions dû combattre jusqu'à la mort, et affronter Volontas et son armée. Le peuple des Cités Suspendues est un peuple de guerriers. Nous ne vivions que pour le combat. Le simple fait d'évoquer notre nom faisait dresser les poils sur les bras de n'importe quel guerrier de l'Empire. Aujourd'hui, que reste-t-il de notre gloire passée ? Nous sommes en passe de devenir de simples paysans, tout juste bons à nous terrer sur cette île maudite qui sera notre tombeau ! Volontas ne nous a pas exterminés comme le dit la légende qu'il a honteusement propagée, mais il nous a tout de même condamnés. Nous mourons à petit feu. C'est pourquoi je suis contre le fait d'accueillir sa fille au sein de notre communauté. Débarrassons-nous d'elle...

– Merci pour ta franchise, Egon, fit Yschion. Ton opinion m'éclaire sur les dangers que peut courir Ambre de Volontas sur cette île. D'autres individus qui partagent ton ressentiment à l'égard de son père pourraient s'en prendre à elle. C'est pourquoi je te charge officiellement, devant le conseil, d'assurer la sécurité de notre invitée. S'il lui arrive quelque chose, tu en seras tenu pour responsable. Il t'incombera également de lui enseigner les us et coutumes de notre île, et de lui narrer les dangers qui guettent autour de nous...

– Mais père, s'insurgea le jeune commandant, vous ne pouvez pas me...

– Assez ! Ma décision est prise. Et elle prend effet maintenant. Ambre, mon fils Egon va te conduire à ta nouvelle demeure...

Ambre remercia Yschion puis se tourna vers Egon. Ainsi, ils étaient père et fils... Elle lut dans les pupilles du jeune homme une colère sourde.

– Veuillez me suivre, dit finalement Egon, avant de quitter la salle du conseil.

Ambre hésita. Le sourire chaleureux des deux colosses qui accompagnaient Egon la rassura un peu, et elle emboîta le pas du commandant.

28

Egon ouvrait la marche. Ambre faisait de son mieux pour ne pas se laisser distancer. Les quatre autres guerriers formaient un cercle autour d'eux, et personne n'osa approcher. Ambre se mordit les lèvres. Est-ce à cela qu'allait ressembler sa vie ? Elle s'immobilisa. Egon poursuivit sa route, mais les autres guerriers s'arrêtèrent. Après une vingtaine de pas, le commandant se retourna.

– Quoi encore ? demanda-t-il.

– Je refuse d'être sous votre protection.

Egon observa ses camarades.

– J'ai reçu un ordre. J'applique cet ordre. Suivez-moi.

– Non. Je n'irai nulle part avec vous. Vous me détestez, et je vous comprends. Cela fait des jours que je ne suis plus maîtresse de mon destin, et j'en ai assez. Je sais me défendre. Je n'ai pas besoin de vous.

Egon échangea quelques paroles avec les autres guerriers, dans sa langue natale, qui claquait à un rythme régulier. Ambre se concentra. Elle avait étudié cette langue, mais la comprendre à l'oral était une tout autre chose... Elle perçut quelques mots : « princesse », « folle », « mourir »... C'était peu, mais suffisant pour en déduire la teneur de la conversation.

– Montrez-moi l'endroit où je peux m'installer, et laissez-moi...

– C'est juste ici, droit devant, la petite maison avec la porte rouge, indiqua Egon. Vous autres, vous êtes tous témoins qu'elle refuse notre protection ? demanda-t-il aux quelques passants qui se trouvaient là.

Quelques hochements de tête fusèrent. Egon, satisfait, regarda Ambre.

– Je te souhaite un excellent séjour, dit-il en tournant les talons.

Ambre sentit un poids quitter ses épaules.

Elle était enfin libre d'aller où bon lui semblait, ou presque, songea-t-elle en observant les falaises qui barraient l'horizon.

D'un pas décidé, elle se dirigea vers la petite habitation. Elle était morte de fatigue, et une vraie nuit de sommeil lui ferait le plus grand bien. Demain, elle retournerait voir le conseiller suprême et négocierait son départ. Sa vie n'était pas ici, dans cette prison qui ne disait pas son nom, n'en déplaise à Altys. Une fois sur le continent, peut-être parviendrait-elle à retrouver Selim. S'il avait survécu à l'affrontement dans la forêt, il avait dû rentrer à Kali...

Ambre poussa la porte de la maisonnette. Une construction simple, en bois, mais chaleureuse. Bien suffisant, après des nuits passées dans le fond d'un bateau inconfortable. Il y avait deux pièces : une cuisine, avec une table et quelques tabourets, et une chambre, avec un lit et un matelas. Les draps semblaient propres. Ambre se laissa tomber sur la couche, et très vite, elle sombra dans un sommeil sans rêves. Lorsqu'elle se réveilla, il faisait jour. Elle avait dû dormir pendant une éternité... Elle sortit de l'habitation, et trouva devant sa porte un plateau avec du pain et du lait. En se redressant, elle tomba nez à nez avec la guerrière colossale qui accompagnait Egon la veille.

– Bien dormi ? demanda-t-elle.

– Oui, merci. Mais je croyais avoir été claire... Je n'ai besoin d'aucune protection.

– J'ai entendu. Je souhaitais simplement que tu saches que ta décision coûtera à Egon dix coups de fouet, pour désobéissance à un ordre direct.

– Comment ? Mais c'est injuste, c'est moi qui...

– Ce sont nos lois. Et Egon en est conscient. Il peut être un peu têtu, parfois, mais c'est un homme bien. Tu devrais lui laisser une chance, et à moi aussi par la même occasion…

Ambre soupira.

– Je te rappelle qu'il voulait me jeter à la mer…

– Façon de parler. Egon est un guerrier, pas un politicien.

– J'ai besoin de me sentir libre. Marcher au milieu d'une troupe de soldats ne m'intéresse pas.

– Nous nous ferons discrets…

Ambre ne put s'empêcher de regarder la femme avec circonspection.

– Tu penses que j'en suis incapable ? À cause de ma taille et de ma corpulence ?

Ambre s'empourpra.

– Non, non, ce n'est pas ce que je…

– Laisse tomber, fit la femme. Chez nous, c'est un compliment… Je m'appelle Hilda. Je suis heureuse de faire ta connaissance, dit-elle en tendant à Ambre une main large comme un battoir à linge.

Ambre glissa ses doigts dans ceux d'Hilda, en espérant les récupérer avant qu'ils ne soient broyés.

– Puis-je dire à Egon que notre mission se poursuit ?

Ambre rendit les armes. Elle ne voulait pas être responsable d'une séance de torture…

Hilda fit signe au second mastodonte qui attendait plus loin.

– Tu peux aller chercher Egon et les autres ! cria-t-elle.

Elle se tourna à nouveau vers Ambre.

– Tu m'offres un peu de lait et de pain ?

– Oui, entre…

– Le costaud à qui je viens de parler, c'est Urf, mon petit frère. Nous sommes nés le même jour.

Ambre ne fut pas vraiment surprise. La ressemblance entre les deux était frappante.

– Les deux autres que tu as vus hier, Han et Kachik, sont nos archers. Ils parlent peu, mais ce sont de bons camarades et de redoutables combattants. À nous cinq, nous formons ce que nous appelons une phalange.

– Une phalange ?

– Notre armée ne fonctionne pas comme toutes celles de l'Empire. Nos phalanges sont autonomes au combat. Elles frappent indépendamment les unes des autres. Depuis notre plus jeune âge, nous nous entraînons ensemble, jusqu'à ne former plus qu'un... mais nous aurons l'occasion d'en reparler. J'imagine que tu as des tas de questions à poser sur cet endroit...

– À vrai dire, je ne compte pas m'éterniser ici.

Hilda émit un petit rire.

– Tu me plais bien, Ambre de Volontas... Mais au risque de te décevoir, tu es la première étrangère à entrer sur l'île depuis une dizaine d'années, et le passage vers l'océan ne s'ouvre que toutes les trois lunes, lorsque la marée atteint son point le plus bas. Dans le meilleur des cas, tu devras donc rester quelques journées à nos côtés.

– Ah... fit Ambre, sans cacher sa déception.

– Tu verras, notre compagnie n'est pas si pénible. On va bien s'amuser. Je te montrerai comment tenir une hache, et toi, tu m'apprendras...

– À manger sans répandre de la nourriture partout, plaisanta Ambre.

Hilda rit à nouveau, avant d'enfourner une autre tranche de pain.

– Mais je ne suis pas sûre que ton commandant soit du même avis. N'est-il pas un peu jeune, d'ailleurs, pour être commandant ? À moins que le titre ne soit automatiquement accordé au fils du conseiller suprême...

Hilda s'arrêta de mâcher et pâlit brusquement.

– Ne dis jamais une telle chose en présence d'Egon. Pour nous, rien n'est plus important que l'honneur, et tu viens de proférer la pire insulte qui soit pour un commandant. Ne te fie pas à son âge, ni à sa corpulence. Egon est le plus dangereux d'entre nous.

– Si tu le dis.

– Allez viens, en attendant qu'il arrive, nous allons te choisir un oiseau...

– Un oiseau ? demanda Ambre.

– Oui. Il y a des choses que tu vas devoir apprendre sur cette île...

29

– Voici la boutique la plus bruyante de toute l'île, annonça Hilda.

Il s'agissait d'une cabane, édifiée contre les remparts de la ville, qui abritait des centaines de tout petits oiseaux au plumage coloré. Il n'y en avait pas deux identiques. Certains étaient sagement posés sur des perchoirs, d'autres voletaient dans de grandes cages en chantant.

– Chaque habitant possède son oiseau, dit Hilda. Tu dois choisir le tien.

– Bonjour, madame, fit un homme replet. Je suis Rondar, le meilleur chasseur d'oiseaux de toute l'île.

– C'est aussi le seul, précisa Hilda, un sourire aux lèvres.

– N'écoutez pas cette grosse brute ! fit mine de s'énerver le vendeur. Il n'y a que de la qualité ici...

Ambre observa la réaction d'Hilda face à la remarque lancée par Rondar, mais la géante ne semblait pas offusquée. Ambre se rappela alors que dans la culture du peuple des Cités Suspendues, la corpulence et la force prévalaient sur toute autre qualité, à commencer par la beauté.

Elle tendit la main à travers les barreaux d'une cage, pour tenter de caresser un volatile.

– Stop ! fit le vendeur. Si vous touchez l'un d'entre eux, il s'imprégnera de votre odeur et vous ne pourrez plus choisir un autre oiseau.

– De quelle espèce s'agit-il ? Je n'en ai jamais vu, sur le continent.

– Nous les avons appelés « siffleurs ». Pas besoin de vous expliquer pourquoi. Ils sont endémiques de cette île. Je pense qu'ils étaient là bien avant notre arrivée.

– Et pourquoi chaque habitant doit-il en posséder un ?

Rondar parut surpris par la question.

– Je ne lui ai pas encore tout raconté, fit Hilda. Laissons-la d'abord choisir…

Rondar s'effaça pour permettre à Ambre d'observer les oiseaux.

Certains étaient splendides, avec leurs ailes bleues striées de rouge. D'autres affichaient des couleurs moins éclatantes, dans les tons pastel. Le regard d'Ambre passait de l'un à l'autre, mais aucun ne sortait vraiment du lot. C'est alors qu'elle aperçut un oiseau plus chétif, entièrement blanc, à l'exception de son bec violet. Il était calme, et légèrement à l'écart.

– Le blanc, tout au fond, dit-elle. Ce serait possible ?

Rondar fronça les sourcils.

– Celui-là ? Il est un peu rabougri. Pas sûr qu'il fasse de vieux os…

– Il mc plaît.

Rondar soupira.

– Le client est roi… abdiqua-t-il.

Il enfila un gant épais et plongea la main dans la cage. Étonnamment, les oiseaux ne cherchaient pas à s'enfuir, et il se saisit sans difficulté du petit volatile blanc.

– Vous êtes certaine de votre choix ? fit le marchand, dubitatif.

– Oui.

– Alors prenez-le dans votre paume, et caressez-le quelques instants. Il va s'imprégner de votre odeur et vous suivra partout.

Ambre écarquilla les yeux. Une telle chose était-elle possible ?

Hilda l'encouragea à faire ce que demandait Rondar. Ambre passa délicatement son doigt sur la tête de l'oiseau, qui frétilla de plaisir. Il émit quelques pépiements joyeux, s'envola, et se posa sur l'épaule de la jeune femme.

– Incroyable ! dit-elle.

Soudain, une question lui vint à l'esprit.

– Si vous possédez tous un oiseau, comment se fait-il que je n'en aie vu aucun, jusqu'ici ?

Hilda l'éclaira :

– Cette partie de l'île ne présente aucun danger. Ce n'est pas le cas de certains lieux reculés. Lorsque nous sommes arrivés ici, nous étions tellement reconnaissants que notre peuple ait pu échapper à l'extermination que nous n'avons pas fait les difficiles. L'endroit était magnifique, suffisamment étendu pour que nous nous y installions, et même pour que notre population croisse encore pendant des décennies.

– Et puis on a commencé à explorer l'île… dit Rondar, songeur. Et on a vite compris que nous n'étions pas au paradis.

– Comment ça ? fit Ambre.

– Cette île est un endroit étrange, dit Hilda. Différent de tout ce que tu as pu voir sur le continent. Tu devras oublier tes habitudes et te fier à nous, pour ne pas être affectée par la magie qui hante ces terres.

Ambre était perplexe. Le discours d'Hilda sentait la superstition à plein nez. Elle écouta toutefois la suite sans interrompre la grande guerrière.

– À l'autre extrémité de l'île se trouve une ville. Une ville comme personne n'en a jamais vu, construite avec des matériaux inconnus de nos charpentiers. Lorsque nous avons essayé de l'explorer, nos hommes sont subitement devenus fous et ont commencé à s'entretuer…

– Un véritable massacre, commenta Rondar, les yeux dans le vague.

– Les guerriers des Cités Suspendues ne sont pas des couards, s'enorgueillit Hilda, et nous avons fait plusieurs autres tentatives, qui se sont toutes soldées par un échec. Impossible d'approcher certaines zones de l'île sans être frappé par cette étrange magie.

Ambre était tout ouïe. La description d'Hilda correspondait en tout point à ce qu'elle savait du Mal...

– Il se passe des choses similaires sur le continent, dit-elle. Des gens deviennent fous, et tuent leurs proches... Nous appelons ça le « Mal », et nous pensons qu'il s'agit plutôt d'une maladie.

– Non, fit Hilda, d'un ton qui ne souffrait nulle contestation. C'est magique, et malfaisant.

Elle cracha au sol et fit sur sa poitrine le signe de Zalos.

Ambre n'insista pas.

– Quel est le rapport avec les oiseaux ? demanda-t-elle.

– Nos petits oiseaux nous permettent d'approcher de ces zones sans courir de danger. Lorsque la magie commence à opérer, les oiseaux sont atteints avant nous et se mettent à s'agiter, à nous donner des coups de bec, à voler dans toutes les directions. Quand cela se produit, nous savons qu'il faut rebrousser chemin.

– J'espère que tu ne me donneras jamais de coups de bec, plaisanta Ambre en s'adressant à son oiseau.

La remarque avait aussi pour but de dissiper l'angoisse d'Hilda, mais elle n'eut pas l'effet escompté. Encore une fois, le mot « superstition » s'imposa dans les pensées d'Ambre. Aucune magie ne se cachait derrière le Mal. C'était une maladie terrible, mais une maladie, comme la grippe porcine ou le rhume.

– Ce n'est pas tout, fit Hilda, sans se départir de son masque de gravité. Tu ne dois jamais sortir seule la nuit...

– Je croyais que j'étais libre, riposta Ambre.

– Depuis quelques mois, des créatures rôdent sur l'île, quand le soleil se couche.

– Des animaux, tu veux dire ?

– Non, j'ai dit des créatures. Des monstres, si tu préfères. Nombre des nôtres sont morts en transgressant le couvre-feu. Et je peux te garantir que ces guerriers étaient autrement plus dangereux que toi.

– Ils ressemblent à quoi, tes monstres ?

– Nul ne le sait, intervint Rondar. Tous ceux qui les ont vus reposent dans le cimetière, de l'autre côté des fortifications. Mais on entend souvent leurs hurlements, portés par le vent…

Ambre lutta pour ne pas se laisser gagner par ces histoires qui ressemblaient à des contes pour enfants, mais elle avait du mal à se débarrasser de l'étreinte poisseuse de la peur qui tentait de s'insinuer en elle. Hilda et Rondar avaient l'air tellement sûrs de ce qu'ils avançaient.

La magie n'existait pas. De cela, Ambre était certaine. Elle avait lu suffisamment d'ouvrages à ce sujet dans la grande bibliothèque du château pour s'en convaincre. Toutes ces croyances n'étaient que des manières d'appréhender l'inconnu pour des petites gens sans éducation… Tout comme la religion, d'ailleurs, même si aucun copiste ayant encore la tête sur les épaules n'oserait écrire une telle chose.

Hilda avait dû sentir son trouble, car elle crut bon d'ajouter :

– Promets-moi de ne jamais enfreindre cette règle.

– Quelle règle ?

– Tu ne dois jamais sortir de la ville durant la nuit.

– Je n'ai jamais été très forte pour faire des promesses, et encore moins pour les tenir, mais si cela peut te rassurer, je ne vois pas pour quelle raison j'irais me balader sur l'île en pleine nuit.

Ce n'était pas l'engagement qu'Hilda espérait, mais elle s'en contenta.

– Viens, fit-elle, maintenant que tu as ton oiseau, nous allons lui trouver une cage.

Rondar leur en montra plusieurs, et Ambre jeta son dévolu sur un modèle finement ouvragé qui avait dû occuper un artisan pendant des jours. Hilda paya Rondar, et les deux femmes aussi bien assorties qu'un pinceau et une masse d'armes retournèrent à la maison d'Ambre pour installer l'oiseau.

– Tu vas l'appeler comment ? demanda Hilda.

Ambre réfléchit longuement.

– Kali, je crois.

– Comme la ville ?

– Oui. Ça me rappelle un ami que j'ai dû quitter au beau milieu d'une bataille, et dont je suis sans nouvelles.

– Mourir en combattant est la plus belle des choses.

– Si cela ne t'ennuie pas, j'aime autant penser qu'il a survécu...

Hilda rit bruyamment, et donna une tape dans le dos d'Ambre, qui avança d'un bon mètre.

– Quand nous aurons installé Kali, nous rejoindrons les autres sur le terrain d'entraînement. Ils doivent avoir terminé la session du matin. Je vais te les présenter.

30

Selim poussa un soupir de soulagement lorsqu'il aperçut enfin les contours de Kali. Après sa victoire aux côtés des soldats irandiens, il avait chevauché sans relâche, changeant de monture régulièrement pour ne pas que les trois chevaux qu'il avait emmenés s'épuisent. Pourtant, les bêtes étaient à bout de souffle. Même le fougueux Flamme donnait des signes de fatigue. Au début de son périple, accompagné d'une escorte fournie par Sygalion, Selim n'avait cessé de penser à Ambre. Avait-elle réussi à échapper aux mercenaires lancés à ses trousses ? Était-elle en sécurité, dans cet endroit mystérieux dont avait parlé Altys ? Ne rien savoir était parfois pire qu'une mauvaise nouvelle... Pour éviter de sombrer dans des réflexions aussi noires qu'inutiles, Selim s'était raccroché à la mission qu'il avait accepté de remplir. Regrouper les partisans de Volontas. Les aider à s'organiser, et comprendre pourquoi l'Empire était soudain devenu aussi chaotique qu'un océan battu par une tempête.

À la sortie de la forêt, les Irandiens l'avaient laissé poursuivre seul. Les dangers sylvestres s'étaient estompés, mais une fatigue grandissante les avait remplacés. Parfois, Selim s'endormait sur sa monture, et ses réveils en sursaut étaient souvent accompagnés de la crainte de se faire attaquer par des bandits. La chance avait été de son côté, mais le nombre de caravanes pillées et de villages ravagés par les flammes l'avait surpris. Les pillards n'étaient pas une nouveauté, mais autant d'exactions auraient dû entraîner l'intervention des troupes de l'Empereur... Pourquoi Iratus laissait-il un tel désordre s'installer dans les campagnes ?

Selim talonna les flancs de Flamme.

– Dernier effort, mon tout beau, murmura-t-il au cheval.

Les remparts de Kali s'affinaient au fil des pas. La ville était le lieu idéal pour commencer sa mission. Il la connaissait par cœur, de la plus étroite venelle aux palais les plus somptueux, et ses contacts l'aideraient à retrouver les cavaliers de la croix noire qui devaient se terrer dans les bas quartiers. Encore fallait-il convaincre les dirigeants de la guilde...

En pénétrant dans la cité, Selim fut surpris par l'ambiance morose qui suintait des murs. D'habitude, Kali n'était que couleurs, bruits et orgies de commerce. Mais sa ville semblait comme endormie. Il comprit rapidement la raison de cet engourdissement, en croisant les nombreuses patrouilles qui sillonnaient les rues. Les dragons de l'Empereur occupaient les lieux. Vêtus de leurs armures rutilantes, ils pénétraient dans les maisons, saccageaient les commerces et rudoyaient tous les habitants qui osaient s'opposer à eux. Étaient-ils à la recherche des cavaliers à la croix noire ? Selim plissa les lèvres. Sa mission s'annonçait bien plus complexe que prévu...

Il avança prudemment dans les rues, contournant les points de contrôle et évitant dans la mesure du possible de croiser les soldats. Enfin, il arriva devant le quartier général de la guilde. C'était un grand bâtiment en pierre, doté d'une entrée démesurée entourée de deux colonnes de marbre. Le côté ostentatoire du lieu était un moyen d'affirmer le pouvoir de la guilde, et Selim fut soulagé que la folie de l'Empereur ne soit pas allée jusqu'à investir ce palais dédié au meurtre. Les gardes postés à l'entrée avaient l'air nerveux, mais ils le reconnurent immédiatement et le laissèrent passer. Il leur confia les trois chevaux, en leur demandant d'en prendre grand soin.

Une fois à l'intérieur, Selim se fit annoncer, et fut bientôt reçu par Arn, le chef de la guilde. Il échangea une longue accolade avec cet homme massif, au regard de braise, qui était pour lui ce qui se rapprochait le plus d'un père. Un père tyrannique, autoritaire, volontiers violent, mais toujours fidèle au code d'honneur des assassins. Selim avisa les armoiries de la guilde, représentées sur une large tapisserie accrochée au mur : un scorpion prêt à piquer, sur lequel était inscrite une phrase qu'on lui avait mille fois répétée...

« L'assassinat est un art comme un autre. »

– Dis-moi que tu es porteur de bonnes nouvelles, Selim. As-tu réussi à protéger la fille de Volontas, comme tu t'y étais engagé ?

– Oui, maître. Nous avons été séparés, mais j'ai toutes les raisons de penser qu'elle est en sécurité.

– Je l'espère, Selim. En ces temps troublés, nous nous devons d'affirmer notre force, pour que personne ne puisse remettre en cause notre infaillibilité. Il en va de notre réputation.

– Et du volume de pièces d'or qui entrent dans nos coffres...

– Ah, Selim, aussi piquant qu'un dard de scorpion. J'ai toujours aimé cela en toi. Tu es donc disponible pour une nouvelle mission ? Les gens à tuer ne manquent pas, en ce moment. L'éradication du comptoir commercial des cavaliers à la croix noire a fait naître bien des ambitions...

– Je me suis engagé auprès d'Ambre de Volontas à continuer à la servir.

– Ah. Vu la somme que m'avait versée le général, il serait indécent de ne pas t'accorder cette requête. Même si la tête de cet homme est plus proche du gibet que de l'oreille attentive de l'Empereur...

– Vous avez des nouvelles ?

– Les informations affluent des quatre coins de l'Empire. Volontas a été emmené à la capitale. Il est accusé de haute trahison.

– Que lui reproche-t-on exactement ?

– D'avoir fomenté un coup d'État pour renverser l'Empereur grâce à son immense fortune.

– C'est absurde. Volontas n'a jamais eu cette ambition.

– Peu importe, fit Arn. Les bouleversements politiques font partie de la vie. À nous d'en tirer profit pour la guilde.

– Bien sûr, fit Selim en s'inclinant.

– Dis-moi que tu ne t'es pas engagé dans ce conflit sans réfléchir…

– J'ai promis de retrouver les cavaliers à la croix noire qui ont survécu et de les mettre à l'abri.

– Quelle folie ! As-tu oublié tout ce que l'on t'a enseigné ?

– Non, maître.

– C'est cette fille, qui t'a fait tourner la tête ?

– J'ai donné ma parole.

Arn se leva et fit quelques pas nerveux dans la pièce. Après un long soupir, il déclara :

– Les assassins de la guilde n'ont qu'une parole. Je ne te demanderai pas de la renier. Mais à partir de ce jour, tu ne fais plus partie de notre ordre. Je ne peux prendre le risque d'être associé à ta croisade puérile. Je ne m'opposerai pas à l'Empereur.

Selim accusa le coup. Il avait consacré sa vie à la guilde, et en être banni avec une telle violence, sans y avoir été préparé, le laissa sans voix. Comment Arn pouvait-il le traiter de la sorte ? Pour la première fois depuis des années, il eut envie de pleurer.

Arn se tourna vers lui. Au-delà du masque de dureté propre à un homme qui pouvait semer la mort d'un simple mot, Selim devina la souffrance qui habitait son père d'adoption. Ses yeux étaient embués de larmes. D'un signe discret, il désigna à Selim l'angle de la pièce.

Selim ne laissa rien paraître, mais utilisa l'enseignement qu'il avait reçu pendant tant d'années. Il fit le vide dans son esprit, écarta tous les sons habituels qui provenaient de la rue et s'insinuaient par les fenêtres ouvertes. Il se laissa gagner par un calme absolu, aussi fragile qu'un fil de toile d'araignée, et pourtant aussi puissant que la colère d'un volcan. Dans cet état méditatif, une certitude naquit : un homme était tapi dans l'ombre, exactement là où Arn l'avait indiqué. Selim pouvait entendre sa respiration, calme et régulière. On les espionnait. L'Empereur avait jeté ses filaments gluants jusque dans le cœur de la guilde... Arn n'avait d'autre choix que d'afficher publiquement son soutien à l'Empereur.

Avec un goût âcre dans la bouche, Selim s'inclina.

– À compter de ce jour, je ne fais plus partie de la guilde.

– Cela te laissera du temps pour aller rendre visite à ta sœur. Je te souhaite une belle et longue existence.

Selim acquiesça et sortit de la pièce. Il descendit les marches du palais en prenant tout son temps. Il avait besoin de réfléchir. Arn lui avait permis de comprendre qu'il était démasqué. Ce qui signifiait que dès sa sortie dans les rues de la ville, il serait suivi, et peut-être même tué par les soldats de l'Empereur. Il avait déjà quelques idées pour échapper à leur vigilance. Il était chez lui, après tout... Autre information à prendre en compte : Arn lui avait fait le plus beau des cadeaux. Si Selim n'avait jamais eu de véritable sœur, il en avait une de cœur, avec qui il avait partagé toutes ses années de formation, jusqu'à ce qu'Arn offre ses services à Volontas. Et le chef de la guilde venait de l'autoriser à demi-mot à reprendre contact avec Izia. Il se demandait où la trouver, quand la réponse s'imposa d'elle-même. Izia n'était pas un assassin comme les autres. Elle avait fait de la mort un véritable culte, et lorsqu'ils étaient plus jeunes, Selim s'amusait souvent à la taquiner sur sa future habitation, car la jeune fille jurait sur tous les dieux qu'elle se ferait construire une cabane au beau milieu d'un cimetière... La connaissant, Selim ne doutait pas un instant qu'elle eût tenu parole.

Dès son premier pas dans la rue, Selim sentit une présence. Il était suivi. Comme prévu. Il pria pour qu'on ne l'abatte pas d'un carreau ou d'une flèche dans le dos, et s'évertua à se faufiler habilement dans la foule pour rendre presque impossible une telle entreprise. Ce faisant, il prit la direction des bas quartiers, une succession de ruelles sombres et malodorantes, qui cumulaient tous les pires maux de la ville : insécurité, saleté, maladies en tout genre, et, par-dessus tout, tolérance à l'égard des étrangers proche de zéro. Il se déplaçait rapidement, sans bruit. Quelques hommes aux trognes peu avenantes se mirent en travers de son chemin. D'un geste, il sortit le pendentif accroché à une chaîne qui ornait sa poitrine. Le symbole de la guilde. Aussitôt, les autochtones s'effacèrent. Seul un fou se serait opposé à un membre de la guilde.

Derrière lui, Selim entendit du bruit. Ses poursuivants venaient de découvrir la chaleur humaine des habitants des bas quartiers. Un râle étouffé confirma le mauvais pressentiment de Selim. Ceux qui le suivaient étaient prêts à donner la mort. Fort de son avance, il se hissa sur un toit en utilisant une poutre qui dépassait dans la ruelle. Il arma ses deux arbalètes de poing. Trois hommes arrivèrent à petites foulées, épée à la main. Première erreur, songea Selim. Dans ces allées étroites, manipuler une longue épée était difficile. Les hommes progressaient rapidement, tout en s'assurant que leur proie ne les attendait pas tapie derrière l'angle d'une maison. Pas une fois ils ne levèrent les yeux. Seconde erreur, pensa Selim en les regardant dépasser sa cachette. Il actionna simultanément ses deux arbalètes. Les carreaux se fichèrent dans la nuque de deux imprudents. Selim sauta dans la ruelle pour finir le travail. Comme il s'y attendait, son adversaire était un peu pataud. Le jeune assassin ne perdit pas de temps. Après avoir évité un coup d'estoc grossier, il planta son poignard jusqu'à la garde dans la gorge du tueur.

– Quand on veut chasser un loup, on n'envoie pas des moutons, souffla-t-il.

L'homme s'écroula sur le sol. Quelques visages apparurent aux fenêtres, mais personne ne mit un pied dehors. Dans les bas quartiers, on vivait plus vieux en s'occupant de ses affaires...

Selim disparut dans les rues, releva sa capuche pour masquer ses traits, et prit la direction du cimetière.

31

Ambre découvrit le terrain d'entraînement. Il était situé à l'extérieur des fortifications, dans une carrière de sable gigantesque. Elle était entourée de gradins en bois, qui suggéraient que des combats devaient avoir lieu devant un public nombreux.

– Ce n'est rien en comparaison des arènes que nous avions bâties sur le continent, mais nous devons faire avec les maigres ressources disponibles sur l'île, s'excusa presque Hilda.

Ambre était pourtant impressionnée. Des centaines d'hommes s'exerçaient au maniement de différentes armes, sous la direction de formateurs. Ambre fut épatée par la discipline qui régnait dans les rangs, ainsi que par la diversité des protagonistes. Ici se côtoyaient des adolescents à peine sortis de l'enfance, des hommes dans la force de l'âge, et des guerriers grisonnants. Mais ce qui déroutait vraiment Ambre, c'était la présence massive de femmes. Ce n'était pas vraiment une surprise, puisqu'elle avait étudié le fonctionnement social des Cités Suspendues à travers ses lectures, mais constater cette mixité de ses propres yeux était presque une révélation : une telle chose était impensable dans le reste de l'Empire, et cela semblait pourtant si évident, si naturel, dans cet espace où hommes et femmes s'affrontaient, discutaient et riaient ensemble... Il y avait beaucoup à apprendre de ce peuple qui avait failli disparaître.

Ambre songea à son père, cet homme qu'elle connaissait à peine, et qui était à l'origine de la survie miraculeuse de tous ces gens. Était-il bien traité, dans les geôles de Tharanis ? Avait-il pu plaider sa cause auprès de l'Empereur ? Pensait-il à elle, de temps en temps, comme elle était en train de le faire ? Qu'il était difficile de faire le deuil de toutes ces années durant lesquelles elle n'avait jamais cherché à établir le moindre lien avec lui, si ce n'était au travers de provocations qu'elle jugeait maintenant tellement ridicules. Impossible de revenir en arrière...

Des chocs sourds tirèrent Ambre de ses réflexions. Egon virevoltait au milieu de quatre guerriers, et parvenait à les tenir à distance. Il maniait deux épées en bois avec une dextérité peu commune, parant les attaques de ses adversaires avec une grâce presque féline. Ambre n'avait jamais eu de grande considération pour l'escrime, mais elle avait du mal à détacher son regard de ce ballet potentiellement mortel...

– Impressionnant, n'est-ce pas ? dit Hilda.

– Je ne suis pas sensible aux démonstrations de force. Tu ne t'entraînes pas avec eux ?

Hilda haussa les épaules.

– Je me suis cassé deux côtes lors d'un exercice, il y a quelques jours. Il me faudra encore un moment avant de pouvoir retourner dans l'arène.

– Deux côtes ? Ce doit être douloureux.

– Un berserker ne se plaint jamais...

– Un berserker ?

– Il y en a deux par...

– Qu'est-ce que tu fais avec cette fille ? lança Egon, qui avait cessé le combat et s'était invité dans la conversation.

Il fut bientôt rejoint par Urf, mais aussi par Han et Kachik, tous deux munis de leurs arcs.

– Justement, c'est ce que je venais t'expliquer, dit Hilda.

– Je te conseille d'être convaincante !

– La raison est simple : Ambre est revenue sur sa décision. Elle accepte notre protection à condition que nous n'entravions pas sa liberté.

À en juger par les veines qui palpitaient sur ses tempes, Egon fulminait.

– Il me semblait avoir déjà tranché la question !

– Il me semblait que dix coups de fouet étaient bien cher payés pour un excès d'orgueil, rétorqua Hilda.

– Je préfère le fouet à la servitude.

– Je soumets la décision au vote, déclara Hilda d'une voix forte. Que ceux qui pensent que nous devons protéger Ambre de Volontas lèvent la main.

– Tu n'as pas le droit de...

– Elle en a parfaitement le droit, trancha Kachik. Je vote pour.

– Moi aussi, fit Han.

– Pareil, ajouta Urf.

– Pas besoin que je donne mon avis, conclut Hilda.

Ambre assistait à cet étrange échange avec stupéfaction. Egon, en sus d'être le leader du petit groupe qu'ils appelaient phalange, était également le commandant en chef des armées des Cités Suspendues, et ses hommes se permettaient de remettre ouvertement en cause sa décision. Dans n'importe quelle armée, un tel affront leur aurait coûté la tête.

– Egon... dit Hilda plus doucement.

– Comme le veut notre code d'honneur, je me plie au choix de la phalange. Je protégerai Ambre de Volontas, dussé-je y laisser la vie.

Sa tirade terminée, Egon alla s'asseoir un peu à l'écart.

– Bien, fit Hilda, soulagée. Ce point étant réglé, je vais faire officiellement les présentations. Voici Han et Kachik, nos archers. Ils sont capables de couper les ailes d'un oiseau en vol. Et lui, c'est Urf, mon petit frère. Il est né quelques instants après moi. Comme j'essayais de te l'expliquer tout à l'heure, nous sommes les berserkers de la phalange. Notre peuple cultive depuis des siècles une plante appelée xandar, qui permet de décupler la fureur d'un guerrier, le rendant plus fort, plus rapide et quasiment insensible à la douleur. Lorsque nous mâchons la gomme issue de cette plante, nous devenons des machines de combat, des berserkers.

– Si cette plante a des effets si probants, pourquoi d'autres peuples ne l'ont-ils pas adoptée ?

– Le dosage est très important, et le secret de sa préparation bien gardé. Si tu mâchais la gomme de xandar, tu mourrais en quelques heures. Ce serait aussi le cas d'Egon, de Kachik et de Han. Dès le plus jeune âge, on donne de la gomme en petite quantité aux enfants destinés à devenir des berserkers, pour habituer leur organisme à tolérer les effets néfastes de la plante.

Ambre eut du mal à cacher son étonnement. Ce peuple était vraiment fascinant.

– Puis-je oser une autre question ?

– Bien sûr, fit Hilda.

– J'ai bien compris le principe de vos phalanges, qui associent des combattants aux profils différents, mais je n'en vois pas vraiment l'intérêt…

– Diriger des milliers d'hommes dans une bataille est une véritable gageure. Il faut réussir à faire passer les consignes dans le tumulte des combats, choisir le bon moment pour déployer tel ou tel type de troupes, et espérer que les choses vont se passer comme prévu. Notre philosophie est très différente. Chez nous, chaque phalange est autonome. Elle répond bien sûr à une stratégie d'ensemble, décidée par notre commandant, précisa Hilda en regardant Egon, mais chaque petit groupe est libre de s'adapter à la situation. Notre armée est comme une bogue de châtaigne géante, une sphère hérissée de pointes qui avance inéluctablement sur l'ennemi, dans laquelle chaque phalange est susceptible d'infliger de sévères blessures. Cela rend nos troupes imprévisibles et sème la terreur dans les rangs adverses.

– Hilda a toujours su trouver les mots pour expliquer les choses, fit Egon, aussi souriant qu'une masse d'armes. Ce qu'elle oublie de te dire, c'est que depuis que ton père nous a « sauvés », notre armée n'est plus qu'une coquille vide, qui s'entraîne sans but... À ce rythme, les fiers guerriers des Cités Suspendues ne seront bientôt plus qu'un souvenir, remplacés par des paysans et des éleveurs.

– Ne blâme pas nos amis qui ont dû se résoudre à nourrir la communauté, Egon, intervint Han. Tu sais très bien qu'ils n'ont pas eu le choix.

– Si tu le dis, fit Egon en se levant. Je vais faire un tour. Je prendrai ma garde devant sa maison cette nuit. D'ici là, chargez-vous d'elle...

Les autres membres de la phalange acquiescèrent.

Une fois Egon parti, Ambre posa une question qui lui brûlait les lèvres depuis un bon moment :

– Comment se fait-il que vous parliez de la sorte à votre commandant ? Vous ne risquez pas d'être sanctionnés ?

– Non, dit Urf. Chez nous, un homme en vaut un autre, et cela s'applique à toutes les décisions. Chaque voix compte tout autant, et la majorité l'emporte.

– Alors à quoi bon avoir un chef ?

– Nous suivons Egon parce qu'il a fait ses preuves. Nous avons confiance en lui, et lors d'une bataille, je ne voudrais personne d'autre que lui pour prendre les décisions qui s'imposent. Mais ça ne signifie pas qu'il ne se trompe jamais... Dans ces moments-là, c'est à nous de le guider.

Tout au long de la journée, Ambre se laissa entraîner dans tous les recoins de la ville par ses protecteurs, découvrant un peu plus à chaque rencontre les traditions du peuple des Cités Suspendues. Le soir venu, elle regagna sa maisonnette. Egon était là, comme promis, assis sur un tabouret près de la cabane. Son épée était plantée dans le sol, juste devant lui. Ambre opta pour un regard amical, mais celui d'Egon était aussi glacial que les vents balayant les montagnes d'Alaric au cœur de l'hiver.

32

Les jours passaient, et même si Ambre découvrait avec intérêt les coutumes du peuple des Cités Suspendues, elle commençait à ressentir de plus en plus fortement une sensation d'enfermement, liée à la double protection à la fois géographique et humaine dont elle faisait l'objet. Le fait d'être sans nouvelles de ce qui se passait sur le continent, et de ne pas avoir de perspectives d'en recevoir, ajoutait à son malaise. Elle avait déjà commencé à réfléchir au moyen de se soustraire au regard bienveillant d'Hilda et de ses amis...

Aussi, quand une femme visiblement épuisée et en pleurs se jeta aux pieds d'Egon en réclamant son aide, Ambre fut presque heureuse de cette touche d'imprévu. Egon se tenait sur son tabouret, en face de la maison d'Ambre, droit comme une lance, quand la femme était arrivée. Deux hommes tentaient vainement de l'empêcher de déranger leur commandant, mais il ne faut jamais sous-estimer la force d'une mère en détresse. Alertée par les cris, Ambre s'était penchée à la fenêtre.

– S'il vous plaît, Egon, je vous implore de sauver mon fils !

– Nous sommes désolés, s'excusèrent les guerriers. Nous lui avons dit de ne pas vous importuner, mais elle était comme folle...

Egon leva la main. Les hommes se turent.

– Quel est le problème ? demanda-t-il.

– C'est mon tout-petit. Il s'appelle Ishar. Il n'a que quatre ans, et il a échappé à notre vigilance. Il est parti vers la ville...

– La ville interdite ?

– Oui. Je viens d'Ascaris.

Ambre apprendrait par la suite qu'Ascaris était un petit village situé à l'autre bout de l'île, tout près de l'endroit prétendument magique dont lui avait parlé Hilda.

– Pourquoi n'avez-vous pas demandé de l'aide aux hommes de votre village ? s'enquit Egon.

– Ils sont terrifiés. Les attaques nocturnes se sont multipliées, ces derniers temps, et le périmètre de folie qui entoure la ville s'est nettement étendu...

Egon assimila les informations données par la femme.

– Vous êtes le seul capable de retrouver mon fils ! Votre courage est légendaire ! Je vous supplie à genoux.

– Relevez-vous. Je vais voir ce que je peux faire. Depuis combien de temps le petit a-t-il disparu ?

– Une journée et demie.

– Vous avez conscience que nous risquons de vous rapporter un cadavre ?

Ambre sortit de sa maison, outrée par tant de brutalité.

– Comment osez-vous lui parler ainsi ? Il s'agit de son enfant !

– La vérité est une alliée précieuse. Je ne mens jamais.

Ambre raccompagna la femme auprès des deux guerriers, qui la prirent en charge. Ensuite, elle se dirigea d'un pas décidé vers Egon.

– Alors, dit-elle, on fait quoi ?

– « On » ne fait rien. Je vais aller à la recherche de l'enfant, avec l'aide d'Urf, Han et Kachik. Hilda restera ici pour veiller sur vous.

– Hors de question.

– Je ne vous demande pas votre avis.

– Moi non plus. Je suis libre d'aller et venir où bon me semble. Je vais à Ascaris. Hilda sera bien obligée de me suivre, si elle veut me protéger.

– Vous êtes insupportable !

– Laissez-moi vous accompagner, reprit Ambre, plus doucement. Je suis bonne cavalière, et je ne vous gênerai pas. De plus, Hilda m'a dit qu'il ne fallait jamais envoyer une phalange incomplète au combat...

– C'est trop dangereux.

– Plus dangereux que de mourir d'ennui en vous regardant vous entraîner ?

Egon se frotta la nuque.

– J'aurais dû choisir les dix coups de fouet. Préparez-vous. Je passe prévenir les autres, et nous partirons sur-le-champ.

– Merci, Egon.

– Une dernière chose... N'oubliez pas votre oiseau.

33

Selim s'arrêta aux portes du cimetière. C'était un endroit hétéroclite, bâti à flanc de colline, où chaque famille rivalisait d'audace pour construire le caveau qui abritait ses ancêtres. Kali était une ville cosmopolite, et la diversité architecturale qu'offraient les tombeaux du cimetière en était le reflet. On y trouvait aussi bien les cubes de pierre brute qu'affectionnaient les Alariciens, que les mausolées des hommes du désert, dont les façades sculptées évoquaient une dentelle élaborée. Ici et là, on voyait même quelques édifices abritant des familles des Cités Suspendues, qui avaient échappé à la fureur de l'Empereur. Même les dragons de Tharanis hésitaient à mettre les pieds dans le cimetière de Kali, sur lequel couraient les pires rumeurs.

Après avoir pris quelques renseignements discrets auprès de camelots, Selim avait appris que ces derniers mois, plusieurs hommes avaient trouvé la mort en s'y promenant la nuit. Izia n'était certainement pas étrangère à ces « accidents »...

Il progressa dans le dédale hétéroclite de tombes, cherchant des indices de la présence de sa consœur. Quelques familles illustres possédaient des caveaux immenses, presque assez grands pour abriter une petite troupe. C'est vers ces bâtiments que Selim dirigeait son attention, car ils étaient susceptibles de fournir une habitation tout à fait convenable, une fois débarrassés de leurs « occupants ». Le soleil était déjà haut dans le ciel quand Selim s'autorisa une pause, et quelques gorgées d'eau. Assis négligemment sur la tombe d'un Tharanien, il laissa la brise marine lui fouetter le visage. Un crissement attira son attention. Dix pas derrière lui, légèrement sur la gauche. Selim se prépara. On n'approchait pas un homme par-derrière lorsqu'on avait de bonnes intentions. Il resserra sa prise sur son couteau de lancer.

– Un geste, et tu es mort… souffla une voix féminine.

Selim se mit à sourire. Il connaissait cette voix.

– En êtes-vous certaine ? dit-il d'un ton assuré.

– J'aurais pu vous tuer dix fois, pendant votre promenade dans ce cimetière. Que cherchez-vous ?

Selim se tourna doucement en direction de la voix, puis ôta la capuche qui masquait son visage.

– La question est plutôt *qui* cherchez-vous ?

– Selim ? Quelle surprise !

– Content de te revoir, Izia.

– Et moi donc ! répondit-elle. C'est Arn qui t'envoie ?

– Oui. Et non. J'ai bien peur que notre guilde ne doive rendre des comptes à l'Empereur.

– Comme tout le monde en ce moment ! cracha Izia. Cet idiot d'Empereur se doute-t-il que la colère gronde de plus en plus fort parmi les gens du peuple ?

– Il faudrait lui poser la question.

– Ne me dis pas qu'Arn nous a chargés de tuer Iratus ?

Selim ne put s'empêcher de rire.

– Non, rassure-toi. Arn m'a simplement suggéré de venir te trouver, après m'avoir banni de la guilde.

– Il t'a banni, toi ?

– Oui. Il n'a pas eu le choix. Je lui ai fait part ouvertement de ma volonté de contrecarrer les plans de l'Empereur, sans savoir qu'un espion d'Iratus se dissimulait dans la pièce. Arn a réussi à me prévenir, mais il était déjà trop tard. Lorsque je suis reparti, trois tristes sires me suivaient.

– Dis-moi que tu les as fait souffrir…

– Leur mort a été rapide. Mon style a toujours été plus... discret que le tien.

– Chacun ses goûts. Tu comptes faire quoi, maintenant ?

– J'ai promis à Ambre de Volontas, la fille du général que je servais, de rassembler les partisans de son père.

– Les cavaliers à la croix noire ?

– Oui.

– Et qui te dit que je vais t'aider ?

– C'est une entreprise quasiment vouée à l'échec. Les dragons de Tharanis quadrillent les rues, les cavaliers noirs sont aux abois. Ça va être dangereux. On va devoir se battre. Tuer des gens. Des tas de gens...

Un sourire sadique déforma les traits d'Izia.

– Alors tu peux compter sur moi... Viens, on va poursuivre cette discussion dans ma maison.

Selim la suivit, et fut surpris lorsqu'elle s'arrêta devant une vieille tombe fissurée, composée d'une simple plaque de pierre. Izia s'assura que personne ne les observait, puis poussa le couvercle. Un minuscule escalier descendait dans les entrailles du cimetière. Ils s'y engouffrèrent, dans le noir le plus complet. Une trentaine de marches plus loin, Izia enflamma une petite torche, puis fit le tour de la pièce pour allumer une dizaine de bougies. Selim balaya l'endroit du regard. On aurait dit l'antre d'une sorcière. Izia s'était amusée à installer les squelettes sur des sièges de bois, en les fixant avec de la ficelle, comme si ces tas d'ossements étaient encore en vie. Dans les alcôves qui avaient dû abriter des urnes funéraires, elle avait déposé des chouettes et des hiboux empaillés, qui semblaient les fixer de leurs yeux ronds. Dans un coin, un lit spartiate, et quelques provisions. Sur le mur principal, une collection d'armes digne de la salle d'entraînement de la guilde reposait sur des étagères construites avec des fémurs et des tibias...

– Tu aimes ? demanda Izia.

– Chacun ses goûts, fit Selim.

Malgré les années de séparation, il était heureux de retrouver Izia telle qu'il l'avait quittée : elle était toujours aussi excentrique !

– On commence quand ? demanda-t-elle.

– Dès que possible. Tu sais où on pourrait trouver des partisans de Volontas ?

– Bien sûr que oui... Une vingtaine d'entre eux ont trouvé refuge dans les égouts, près de la grande cathédrale. Un ami à moi leur apporte des vivres tous les deux jours.

– Dès que la nuit tombe, on va les chercher.

Izia hocha la tête.

– Tu sais où on pourra les cacher ? demanda le jeune homme.

– Les catacombes qui courent sous le cimetière sont bien plus étendues que ce que l'on pourrait penser... murmura-t-elle. Et ces souterrains, c'est mon domaine. Si les dragons veulent nous suivre, je leur réserve quelques surprises...

34

Dès les premières lueurs de l'aube, la phalange se mit en route, suivie d'Ambre, qui n'en menait pas large. L'inquiétude de ses camarades était contagieuse, et c'est en silence que la colonne prit la direction de la ville fantôme, comme l'appelaient les habitants d'Ascaris. Malgré la distance, Ambre ne pouvait détacher le regard de cet ensemble imposant, accroché à la falaise, qui titillait son imaginaire. Jamais de sa vie elle n'avait vu pareilles constructions... La veille, ils étaient arrivés à Ascaris juste avant la nuit, et les habitants les avaient rapidement abrités dans la demeure centrale, où tous dormaient, enfermés à double tour. L'ambiance était lourde, presque poisseuse. Quelques guerriers étaient venus saluer Egon et sa phalange, d'autres avaient balbutié quelques excuses, mais la peur se lisait dans leurs yeux. Egon ne les avait pas blâmés, ce qu'avait apprécié Ambre. Le jeune commandant remontait un peu dans son estime.

Toute la soirée, Ambre avait croulé sous les multiples recommandations d'Hilda, qui avait exceptionnellement perdu toute sa jovialité habituelle. Cette sollicitude était touchante, mais lui donnait le sentiment d'être une petite chose fragile, impression renforcée par les regards dubitatifs des habitants d'Ascaris. Mais Ambre en avait vu d'autres...

Les chevaux avançaient au pas, et les cavaliers s'intéressaient presque de façon exagérée au comportement de leurs oiseaux respectifs. Pour le moment, Kali se tenait tranquille, et ses gazouillis avaient au moins l'avantage de combler une conversation inexistante. Ambre observa à nouveau la mystérieuse ville. Elle était composée de bâtiments de taille variable, munis de nombreuses fenêtres, et construits avec d'étranges briques rouges. Des structures en acier donnaient ici et là un peu de fantaisie à l'ensemble. Ambre avait du mal à se décider si elle trouvait cela beau ou affreux. En tous les cas, c'était à mille lieues de tout ce qu'elle avait pu observer dans les livres traitant de toutes les régions de l'Empire. Qui diable avait bien pu vivre ici avant l'arrivée du peuple des Cités Suspendues ? Leurs constructeurs avaient une avance considérable sur les meilleurs artisans de l'Empire...

– Vous avez trouvé des habitants, lors de votre arrivée ici ?

– Non, chuchota Hilda. Il n'y avait personne. Mais nous n'étions pas les premiers à découvrir cette île. Je te rappelle que c'est ton père qui nous a conduits jusqu'ici. Il nous a dit que l'endroit était inhabité. Nous n'avons pas cherché plus loin.

– Tu penses que mon père a fait tuer les gens qui vivaient ici pour leur voler l'île ?

– Je n'en sais rien. Mais ce n'est pas le moment d'en discuter. Nous approchons de la zone de folie.

Comme pour confirmer les paroles d'Hilda, les chants des oiseaux cessèrent. Ceux-ci semblaient plus nerveux. Les chevaux réagissaient, eux aussi. Ambre resserra son étreinte sur les rênes. Malgré ces premiers indices, Egon fit signe de continuer. Le cœur d'Ambre tambourinait dans sa poitrine. Kali donna un premier coup de bec. Ambre sursauta. Elle constata que les autres oiseaux n'étaient pas en reste.

– Ça devient compliqué, dit Han. On ne va pas pouvoir aller beaucoup plus loin.

Egon avait les traits tendus. On sentait que l'échec qui se profilait ne lui convenait pas.

– Encore un peu, dit-il.

La ville se dessinait de plus en plus précisément. La végétation avait repris ses droits et des lianes couvertes de feuilles envahissaient les murs, peints avec des teintes inhabituelles. Ambre se demanda de quelle plante ou de quelle pierre on avait pu extraire une telle couleur. Elle mourait d'envie de pénétrer dans un de ces bâtiments pour l'étudier. Les civilisations exotiques l'avaient toujours passionnée...

– Je commence à ressentir les effets, prévint Urf, les mâchoires serrées.

– Moi aussi, pesta Egon.

– Nous ne devons pas nous laisser prendre, fit Kachik.

– Moi, je me sens bien, dit Ambre, étonnée.

Avec sa main, elle tentait d'empêcher Kali de lui arracher la peau du cou.

– Mettons les oiseaux dans leurs cages de voyage, suggéra Hilda.

Chacun fit rentrer son oiseau. Ambre savoura ce calme retrouvé. Pourtant la tension au sein de la phalange était palpable.

– Aucune trace de l'enfant, dit Han. Faisons demi-tour.

– Là-bas... dit alors Kachik, en tendant l'index. Au pied de l'étrange bâtisse rouge. Il y a du mouvement.

Ambre vit une petite forme, qui se déplaçait sans but apparent, tête basse. Plus elle l'observait, plus elle trouvait de similitudes avec les enfants victimes du Mal qui l'avaient attaquée, quelques semaines auparavant. Une crainte diffuse s'empara d'elle. Cet enfant était perdu.

– Il est trop loin, dit Hilda. En plein dans la zone de folie.

– Hilda a raison, dit Han. Ce gosse n'a plus aucune chance.

– C'est vous qui allez dire ça à sa mère ? rugit Egon.

– Egon, ne fais...

Sans tenir compte du conseil de Kachik, Egon lança son cheval au triple galop. Les sabots martelaient le sol, recouvert de pavés, et le bruit était assourdissant, comparé au silence qui avait précédé. Dans les cages, les oiseaux s'affolaient, se cognant contre les parois. Hilda suivait du regard la progression d'Egon. Elle était pétrifiée. À quoi bon risquer sa vie pour une cause perdue ?

Egon arriva près de l'enfant et lança sur lui un filet. Il sauta à terre, immobilisa le bambin sans ménagement en évitant ses coups de dent rageurs, et l'attacha solidement en travers de son cheval. D'un saut gracieux, il remonta en selle.

Il ne lui restait plus qu'à revenir vers eux. Un coup de talon dans les flancs du cheval et c'était chose faite... Pourtant, il demeurait immobile.

– Par Zalos ! pesta Han. Cet idiot est allé trop loin. Il est en train de changer...

Ambre regarda les quatre guerriers à tour de rôle.

– On ne peut rien pour lui, dit Hilda, la mine défaite. Si nous y allons, nous finirons tous comme lui...

– Mais on ne va tout de même pas l'abandonner ! s'écria Ambre.

– C'était suicidaire d'aller là-bas, grogna Urf. Egon s'est comporté comme un grand guerrier. Son courage ne sera jamais oublié...

– Je n'ai jamais fait partie d'une phalange, déclara Ambre, mais il ne sera pas dit que je suis restée à le regarder sombrer dans la folie !

Elle frappa la croupe de son cheval avec toute la force dont elle était capable, et se lança vers Egon. Le vent lui fouettait les joues, et le cheval allait toujours plus vite. Pour le moment, elle ne ressentait rien de spécial, à part une peur presque paralysante. Elle se concentra. La silhouette d'Egon grossissait à vue d'œil. Ambre ralentit l'allure. Le visage d'Egon était crispé, il tremblait de la tête aux pieds, et un filet de bave coulait sur son menton. Au fond de ses yeux, Ambre discerna un mélange d'espoir et d'impuissance. Il luttait pour conserver le contrôle de son esprit, mais était visiblement en train de perdre la partie. Ambre hésita. Un grognement guttural sortant de la bouche d'Egon balaya ses derniers doutes. Elle s'empara de l'épée du guerrier, et lui asséna un énorme coup de pommeau derrière la tête. Egon n'avait pas esquissé un geste pour l'en empêcher. Il s'écroula sur sa monture, assommé.

Ambre prit les rênes du cheval d'Egon et fit demi-tour aussi vite qu'elle le put. Les animaux semblaient soulagés de quitter la zone, et redoublèrent d'efforts. Lorsque Ambre rejoignit le reste de la phalange, Han et Kachik s'occupèrent de la monture d'Egon.

Ils foncèrent vers Ascaris à bride abattue.

Arrivés devant la bâtisse principale, Hilda et Urf chargèrent sur leurs épaules le corps inerte de leur commandant et le petit garçon gigotant. Ils les conduisirent à l'intérieur, dans de minuscules cellules dont les murs étaient recouverts de peaux de bête rembourrées avec du coton.

Ambre, qui avait suivi sans ouvrir la bouche, resta perplexe devant cette étrange installation. Hilda la prit dans ses bras et la fit décoller du sol, dans une longue étreinte amicale.

– Hilda, je ne peux plus respirer... souffla-t-elle.

La géante reposa Ambre au sol.

– Vous avez l'air heureux, tous les quatre ! pesta-t-elle. Ils sont tous les deux atteints par le Mal ! Je ne vois pas de quoi me réjouir !

– Tu les as sauvés ! dit Hilda.

– Sauvés ? Ils sont fous à lier ! Le mieux que l'on puisse faire pour eux, c'est d'abréger leurs souffrances !

– Tu ne sais donc pas que le Mal, comme tu l'appelles, est réversible ?

Ambre regarda Hilda avec des yeux ronds.

– Comment ?

– Il suffit de laisser les gens à l'isolement pendant quelques jours, quelques semaines si l'exposition a été très longue, et ils redeviennent eux-mêmes...

Ambre était stupéfaite. En songeant aux centaines de malheureux qui avaient été tués sur le continent, elle eut soudain envie de vomir. L'image des deux petits enfants que sire Rodrigue avait occis la frappa avec force. Sa tête se mit à tourner et elle s'écroula, en larmes.

Elle pleura, recroquevillée dans les bras puissants d'Hilda. La peur, la colère et toutes les craintes qui obscurcissaient son esprit depuis des jours se déversèrent. Il lui fallut du temps pour recouvrer son calme. Hilda s'écarta alors.

– Ça va mieux ?

Ambre hocha la tête.

– Eh bien, on peut dire que tu mets du cœur dans tout ce que tu fais...

– Je suis désolée.

– Il n'y a pas de quoi. Si tu le souhaites, tu peux venir te restaurer dans la salle commune... mais je te préviens, tes exploits sont déjà sur toutes les lèvres. Un tel courage vaut mille recommandations, dans notre culture. Et puis... personne avant toi n'avait jamais assommé Egon.

– Est-cc qu'il va bien ?

– Il n'est pas encore réveillé. Tu n'y es pas allée de main morte. Mais vu la faible durée d'exposition, je pense qu'il sera lui-même quand il ouvrira les yeux...

35

Après des heures passées à se retourner dans son lit, Ambre avait fini par sortir de sa chambre pour s'installer face à la cellule d'Egon. Elle était tellement préoccupée par son état qu'elle ne pouvait fermer l'œil. Et si le Mal ne se dissipait jamais ? De plus, elle ne cessait de se demander si elle n'avait pas frappé trop fort... Les heures passaient, et le jeune commandant était toujours inconscient. Il respirait doucement, régulièrement, ce qui était plutôt rassurant, mais l'angoisse ne quittait pas Ambre.

Elle finit par s'endormir, la tête posée sur l'accoudoir du fauteuil dans lequel elle s'était installée. Au petit matin, elle se réveilla. Egon était assis et la regardait fixement.

– Je suis en vie ? demanda-t-il.

– Apparemment.

– Je te remercie d'être venue me chercher.

– On se tutoie, maintenant ?

– Difficile de vouvoyer quelqu'un qui vient de vous sauver la vie...

– Tu te souviens de quoi ?

– De tout. J'ai attrapé le garçon, et je suis remonté sur mon cheval. Ensuite, c'était comme si mes muscles étaient devenus durs comme du bois. Je ne pouvais plus faire le moindre mouvement. J'étais comme pris dans un étau... Je luttais de toutes mes forces, mais la folie entrait en moi, comme un poison...

– J'ai vu dans tes yeux que tu te battais.

– Et moi je t'ai vue arriver sur ton cheval. J'ai cru que je délirais. Pourquoi as-tu fait une telle chose ? C'était complètement irresponsable.

– J'ai toujours été comme ça. Parfois, il arrive que mes émotions prennent le dessus. Je fais ce que me dicte mon instinct. Désolée pour le coup d'épée…

Egon passa la main sur sa nuque et grimaça.

– J'ai une bosse de la taille d'un œuf, mais tu as pris la bonne décision. Comment va le petit ?

– Il est dans la cellule, juste à côté de la tienne. Il tourne en rond, les yeux aussi vides que la nuit.

– Il faudra un peu plus de temps pour qu'il revienne… mais grâce à toi, il va pouvoir retrouver sa mère.

– Elle ne devrait pas tarder à arriver, on l'a envoyée chercher.

– C'est bien. Comment as-tu fait, pour résister ?

– Je… je n'en sais rien. J'imagine que j'ai passé moins de temps que toi dans la zone contaminée. J'ai juste fait l'aller-retour…

Ambre ne croyait pas un mot de ce qu'elle racontait. Pour une raison qui lui échappait, elle n'osait dire la vérité à Egon, mais elle était sûre d'une chose : à aucun moment son jugement n'avait été affecté par le Mal. Elle aurait pu en jurer. Était-ce dû au fait qu'elle venait d'arriver sur l'île ? Ou parce qu'elle avait déjà côtoyé le Mal ? Elle n'avait aucune réponse, mais durant les heures passées à veiller Egon, un projet fou avait émergé dans son esprit : il fallait absolument qu'elle retourne là-bas, pour vérifier si son intuition était bonne. Et si elle était tout simplement immunisée contre le Mal ?

– Les autres sont dans les parages ? demanda Egon.

Ambre sursauta.

– Oui. Ils dorment, je crois. Mais ils t'ont veillé de nombreuses heures, eux aussi.

– Tu peux me faire sortir ?

Ambre donna un tour de clé et ouvrit la porte de la cellule.

Egon la remercia, puis vint se placer devant le petit garçon.

– Mon geste était peut-être inconsidéré, dit Ambre doucement, mais guère plus que le tien. Il t'a fallu une sacrée dose de témérité, pour aller sauver cet enfant...

– Il faut croire que nous sommes aussi cinglés l'un que l'autre, dit Egon en fixant Ambre avec intensité.

36

Une journée de festivités s'ensuivit. Ambre était au centre de toutes les attentions. La mère de l'enfant avait dû les remercier mille fois, elle et Egon. Ambre n'avait pas l'impression de mériter toutes ces louanges, et elle se sentait un peu mal à l'aise. Et puis il y avait cette envie impérieuse, qui montait à mesure que la journée avançait. Elle était irrémédiablement attirée par la ville étrange. Il fallait qu'elle y retourne. Elle était convaincue que si elle prévenait Egon ou un autre membre de la phalange, elle se heurterait à un mur. Elle n'en parla donc à personne et attendit patiemment le soir. Elle espéra que les histoires d'Hilda au sujet de monstres rôdant la nuit n'étaient que superstitions puériles. Pouvait-il en être autrement ?

Le soleil tira sa révérence, plongeant l'île dans l'obscurité. On mangea, on but, et on raconta les exploits des ancêtres devant un feu crépitant jusqu'à une heure tardive. Un à un, les convives finirent par regagner leurs couches. Ambre feignit d'en faire de même, et attendit que la dernière bougie fût soufflée. Quand plus un bruit ne résonna dans la grande demeure, elle se releva, et, guidée par la faible lueur des braises rougeoyantes, elle gagna l'extérieur en silence. Elle sortit son cheval, emporta une épée, au cas où, et prit la direction de la ville mystérieuse. Kali bourdonnait autour de ses épaules. Ambre jouait avec l'oiseau, qui semblait apprécier cette excursion nocturne, sous les rayons blafards d'une lune avare.

Bientôt, Kali se montra moins enjoué. Comme la veille, l'oiseau finit par devenir agressif. Ambre stoppa sa monture. Elle arrivait à la frontière. Encore une fois, elle ne ressentit pas la moindre gêne... Elle décida d'avancer par tranches de vingt pas. À chaque fois, elle s'arrêtait, à l'écoute de son corps. Elle dépassa bientôt l'endroit où elle avait secouru Egon. Elle se sentait toujours aussi bien. Elle tendit l'oreille. Rien d'inquiétant. Si monstres il y avait, ils étaient bien silencieux...

Ambre décida d'entrer dans une des habitations. La porte grinça. Ambre détestait ce genre de bruit qui vous donnait la chair de poule. Après avoir refermé, elle examina la serrure, qui était très élaborée, puis poursuivit son exploration. Des tables, des chaises et des ustensiles en métal façonnés avec une grande précision. L'intérieur ressemblait à la demeure d'un noble, mais certains objets lui étaient inconnus. Ambre avait l'impression d'évoluer dans un autre monde... Ses recherches ne donnant rien de plus, elle ressortit dans la rue pavée, et décida de s'enfoncer plus loin encore dans la ville.

Plus elle avançait, plus les constructions l'intriguaient. Des vitres épaisses, totalement transparentes, étaient enchâssées dans des structures faites d'un métal finement ciselé. L'obscurité ne lui permettait pas de voir tout ce qu'elle aurait souhaité, mais approcher des bâtiments pour tenter d'en percer le mystère était déjà une victoire en soi... Rien ne l'empêcherait de revenir de jour. Avant de rentrer à Ascaris, elle s'autorisa une dernière visite, dans une des constructions les plus imposantes. Il s'agissait d'une structure en forme de croix, avec une haute tour au milieu. Elle entra à l'intérieur et fut ébahie par le spectacle des vitraux illuminés par la lune. Jamais elle n'avait vu de telles gravures... Les dessins étaient splendides, d'une précision extrême. Ils représentaient des hommes et des femmes qui tenaient entre leurs mains des boules enflammées. C'était étrange et magnifique.

Un cliquetis attira l'attention de la jeune curieuse. Elle tourna la tête. Un petit animal, sûrement. Elle avança doucement. La nuit ne lui avait jamais fait peur...

– Bonjour ma belle ! fit une voix aiguë.

La surprise était telle qu'Ambre recula brusquement, et tomba sur son séant en poussant un cri.

– Que… qui êtes-vous ? Je vous préviens, je suis armée…

Un petit rire lui répondit.

– J'suis pas dangereux, la mignonne. Viens plus près, j'ai besoin de ton aide.

Ambre se releva et avança avec prudence. La voix semblait proche, mais elle ne voyait rien à l'exception d'une cage posée sur une table. Les nuages qui obscurcissaient la nuit s'écartèrent, et l'éclat de la lune se renforça. Ambre put alors clairement voir ce qui se tenait dans la cage. Un furet. Sous la cage, un petit tas d'ossements formait un dôme. Ambre approcha encore, et examina les ossements. Des restes de rongeur, songea-t-elle. Mais elle s'en désintéressa rapidement.

– Des os de chauve-souris. Je les digère pas très bien…

Ambre sursauta de plus belle.

La voix provenait de la cage.

– J'ai pas grand-chose d'autre à me mettre sous la dent, alors…

Cette fois, pas de doute. C'était le furet qui lui parlait.

Une certitude la frappa de plein fouet. La folie était en train de la gagner ! Par chance, ses muscles n'étaient pas encore pris dans l'étau dont Egon avait parlé. Sans attendre un instant de plus, elle se mit à courir le plus vite possible en direction de la sortie.

– Reviens ! hurlait la petite bête. Tu peux pas me laisser là !

Ambre accéléra.

– S'te plaît ! Reviens ma beauté !

Ambre sentait les muscles de ses jambes chauffer, et son souffle se faisait plus court. Pourtant, elle ne ralentit pas sa course. Elle n'avait aucune envie de finir ses jours à errer dans les ruelles de cette ville fantôme.

Elle trouva son cheval là où elle l'avait laissé, et grimpa sur la selle. Puis elle partit au plus vite. Lorsque Kali se calma dans la cage, Ambre permit à sa monture de ralentir. Elle l'avait échappé belle !

Progressivement, son cœur retrouva un rythme normal. Au loin, les lumières rassurantes d'Ascaris la guidaient, comme un phare dans la nuit. Encore sous le coup de l'émotion, elle se demanda comment elle avait pu se lancer dans cette folle exploration.

Un craquement retentit sur sa droite. Elle tourna la tête, mais son regard se perdit dans l'obscurité. Le bruit était beaucoup plus fort que dans le bâtiment. Un autre animal, se dit-elle pour se rassurer. Mais un gros. Bien plus gros qu'un furet. Lorsqu'un hurlement terrifiant résonna dans la nuit, tous les poils d'Ambre se hérissèrent. C'était le genre de cri qu'un monstre aurait pu pousser...

Elle stimula son cheval pour rentrer plus vite, mais les craquements étaient de plus en plus proches. Ambre sortit l'épée de son fourreau. Les nuages étaient de retour, et elle ne voyait qu'à quelques pas... Une ombre fila devant elle. C'était grand. Et rapide. Le silence, à nouveau. Ambre longeait maintenant un petit promontoire rocheux, et au détour d'une courbe, la bête apparut. Elle marchait sur deux pattes, comme un homme, mais le haut de son corps était beaucoup plus trapu. Des muscles épais se dessinaient sur sa peau sombre. Ambre n'aurait su dire ce qui la terrifiait le plus, entre ses yeux jaunes et ses griffes aussi longues que des poignards. Elle est bien plus grande qu'un ours, songea-t-elle.

Son cheval se cabra, et Ambre tomba lourdement sur le dos. Le souffle coupé, elle lutta contre la panique et se redressa. Vu d'ici, la bête lui sembla encore plus impressionnante. Sans perdre un instant, la jeune femme se contorsionna pour reprendre l'épée qu'elle avait lâchée dans sa chute. Elle n'avait pas l'ombre d'une chance, mais elle se battrait jusqu'au bout...

La bête avançait vers elle. Une bave visqueuse coulait sur son menton, et elle poussait des grognements terrifiants.

Soudain, alors que tout semblait perdu, une flèche frappa le monstre en pleine tête. Ambre fut sidérée de voir que le métal n'avait pas réussi à percer sa carapace. C'est à peine si le choc l'avait ralentie. Plusieurs autres flèches jaillirent de l'obscurité, sans plus d'efficacité. La bête grognait et battait l'air avec ses griffes pour les éviter. À défaut de percer sa cuirasse, ces tirs avaient au moins l'intérêt de la distraire. Ambre en profita pour se relever et s'éloigner. Deux combattants sortirent alors de l'ombre en hurlant. Les coups de hache se mirent à pleuvoir sur le corps musculeux de la bête. Ambre reconnut Hilda et son frère. Voilà donc à quoi ressemblait le ballet mortel des berserkers. C'était impressionnant.

Ambre sentit une main la saisir par l'épaule.

– Viens avec moi, lui dit Egon. Les jumeaux vont occuper ce monstre.

Ambre suivit Egon, qui l'emmena à toute allure en direction du village. Ils avaient déjà couvert une bonne distance quand une ombre se dressa devant eux.

– Il y en a un autre ! dit Egon en la poussant sur le côté.

En un éclair, il avait sorti ses deux épées, et l'acier rencontrait les griffes dans un tintement effrayant. Au début, la bête recula devant la fureur du guerrier, mais encore une fois, les lames ne pénétraient pas les chairs du monstre.

– Fuis ! cria Egon.

Il avait à peine prononcé ce mot qu'un coup de patte le projeta sur le sol. La bête se jeta alors sur Ambre. La jeune femme hurla et tendit l'épée devant elle, incapable de faire mieux. Elle ferma les yeux. Une curieuse sensation la traversa. Était-ce cela, mourir ? Une substance chaude coula sur son visage, et un poids terrible lui compressa la poitrine.

– Ça va ?

C'était la voix d'Egon. Impossible de lui répondre.

Le jeune homme eut toutes les peines à dégager le cadavre de la bête qui écrasait Ambre.

– Tu l'as tuée, dit-il.

La surprise se lisait sur ses traits. Ambre reprenait peu à peu son souffle.

– Tu peux te lever ? demanda-t-il.

Elle essaya, et se redressa en grimaçant.

– Viens, allons nous mettre à l'abri. Tu sens cette odeur de brûlé ?

– Oui. Tu crois que ça vient de lui ?

Egon s'approcha du cadavre et huma l'air.

– Non, je ne pense pas.

Il se pencha.

– On dirait… on dirait que l'herbe de la prairie a brûlé. Et il y a plusieurs oiseaux morts sur le sol…

– Kali ?

– Non, Kali est sur ton épaule, bien vivant…

Ambre prit conscience de la présence du petit oiseau, et lui caressa la tête.

– Allons-y, l'encouragea Egon.

Ils regagnèrent le village en courant, et furent bientôt rejoints par le reste de la phalange.

– Tout le monde va bien ? demanda Egon.

– Oui, fit Hilda. Juste quelques égratignures. Nous avons réussi à faire tomber la bête dans la rivière et le courant l'a emportée, mais aucune de nos armes ne lui a infligé la moindre blessure. On a récupéré vos montures.

Egon et Ambre grimpèrent sur leurs chevaux, et le petit groupe regagna en silence la sécurité de l'enceinte fortifiée d'Ascaris.

Une fois à l'abri dans les écuries, Ambre dut affronter le regard des cinq guerriers.

– Qu'est-ce qui t'a pris ? demanda Hilda.

Avec ses yeux rouges et son souffle saccadé, elle était vraiment impressionnante.

– Ce sont les effets de la gomme de xandar, l'éclaira Egon. Mais ça n'empêche que tu nous dois des explications.

Cette fois, Ambre ne chercha pas à leur mentir. Ils avaient tous risqué leur vie pour la sauver. Elle leur avoua tout, en commençant par son apparente immunisation contre le Mal et son envie de la confirmer. Elle n'omit pas non plus la rencontre avec le furet qui parle.

– Un furet, tu en es certaine ? demanda Egon.

– Oui. Pour la suite, vous en savez autant que moi. Ces monstres griffus ont surgi de l'obscurité et nous ont attaqués.

– Comment ça, « ces monstres » ? demanda Urf. Il n'y en avait qu'un.

– Un deuxième nous est tombé dessus tandis que nous revenions vers le village, précisa Egon.

– Et vous vous en êtes sortis ?

– Ambre l'a transpercé avec son épée. Il est mort.

– Pardon ? demanda Hilda.

– Le sang de cette pourriture recouvre encore le visage d'Ambre, dit Egon. Quelle autre preuve te faut-il ?

– Excuse-moi, Egon, fit la guerrière. C'est que nous avons tapé sur cette chose de toutes nos forces, et que ça n'a eu aucun effet.

– Je n'ai pas d'explication, dit Ambre.

– Moi non plus, renchérit Egon. Mais plus je te côtoie, plus je suis certain que tu es une personne exceptionnelle, Ambre de Volontas...

– Tu crois que j'ai besoin de passer un moment en cellule, pour attendre que les effets du Mal se dissipent ?

– Je crois que si tu ne nous as pas menti, tu es bel et bien immunisée contre la folie, ou le Mal, comme tu l'appelles.

– Mais...

– Des tas de personnes ont été affectées, mais aucune n'a eu d'hallucinations. Ton histoire de furet qui parle ne ressemble à rien de ce que j'ai entendu.

– Alors qu'est-ce que ça signifie ?

– Que ton furet bavard n'est peut-être pas une illusion...

– Un animal doué de parole ? s'insurgea Ambre. Ça n'existe pas !

– Et des monstres grands comme deux hommes, qu'aucune lame ne parvient à transpercer, ça existe ? s'enquit Egon. Nous t'avions prévenue que cette île était différente de ton monde !

Ambre ne sut que répondre.

– Demain, dès que le soleil sera assez haut, nous retournerons là-bas. Tu tenteras à nouveau de pénétrer dans la zone de folie, mais nous équiperons ton cheval d'une corde, ce qui nous permettra de te ramener si tu perds la boule, dit Egon d'une voix qui ne souffrait aucune contestation. Si tu nous avais fait confiance, nous aurions pu faire cette expérience sans avoir à affronter deux monstres assoiffés de sang.

– C'est vrai. Je vous dois des excuses pour vous avoir tous mis en danger.

– Essayons de nous reposer un peu, tempéra Egon. J'ai envie de disposer de toutes mes facultés si je dois rencontrer un furet qui parle...

Quelques sourires illuminèrent enfin les visages.

– Une dernière chose, fit Urf. Avant d'aller dormir, je tenais juste à remercier Ambre.

La jeune femme écarquilla les yeux.

– Bah oui, ça faisait des lunes que je ne m'étais pas autant amusé ! Rien ne vaut un vrai combat !

– Bien dit, mon gros, fit Han en lui tapant dans le dos.

– Tu aimes risquer ta vie, l'archer, rétorqua Urf. Le dernier qui m'a traité de gros avant que les effets de la gomme de xandar se dissipent a fini au fond d'un lac...

Kachik éclata de rire et déposa un baiser sonore sur le front du mastodonte.

– Voilà, ça équilibre, dit-il. Et comme ça, Ambre saura que l'unique moyen de calmer la fureur d'un berserker est de lui faire des bisous...

– La seule chose qui peut être plus stupide qu'un archer, c'est un deuxième archer, lâcha Urf en guise de représailles. Bonne nuit à tous !

Ambre regagna sa chambre dans un état second. Les évènements récents venaient bouleverser toutes ses certitudes, et c'est dans une totale confusion qu'elle sombra dans un sommeil peuplé de rêves étranges et de monstres.

37

Armand de Volontas observait les gouttes de condensation se former au plafond, jusqu'à ce que leur poids les fasse tomber. Une musique discrète, mais entêtante, que rien n'arrêtait jamais. Au début, il avait cru devenir fou. Les gouttes l'empêchaient de dormir, en tombant sur son visage, ou tout simplement par leur incessante mélodie. Les jours passant, il avait fini par s'habituer, en plongeant dans un état à mi-chemin entre sommeil et réalité, ne sortant de sa transe que pour engloutir le pain rassis et l'écuelle d'eau qu'on lui apportait chaque matin. Il avait bien tenté de communiquer avec ses geôliers, mais aucun ne lui avait adressé la parole. Le cachot dans lequel on l'avait jeté baignait dans la pénombre toute la journée, le privant de tous ses repères.

La situation était désespérée. L'Empereur n'avait pas pris la peine de lui dire, ou même de lui faire dire pourquoi il croupissait dans cette geôle. Volontas avait beau envisager mille façons de se défendre si on lui en donnait l'occasion, il était maintenant convaincu que cela ne mènerait nulle part. L'Empereur avait décidé de le faire disparaître... Souvent, le général pensait à Ambre. Était-elle en sécurité à Alaric ? Sire Rodrigue avait-il réussi à passer à travers les mailles du filet tendu par l'Empereur ? Et Selim ? Avait-il été obligé d'user de ses talents particuliers ? Autant de questions auxquelles il n'aurait peut-être jamais de réponse...

Volontas tendit l'oreille. Des bruits de pas. Ce n'était pas l'horaire habituel. Il se concentra. Il y avait plusieurs personnes, vêtues d'armure, à entendre les cliquetis métalliques qui résonnaient dans le souterrain dans lequel on l'avait enfermé. Les reflets mouvants de la flamme d'une torche donnèrent vie aux murs de la prison. Les soldats, des dragons de Tharanis, s'étaient arrêtés devant sa cellule. Le général plissa les yeux, ébloui par cette lumière qui semblait décidée à transpercer ses pupilles. Peu à peu, il s'habitua. La porte de son cachot s'ouvrit, et deux gardes le saisirent sans ménagement. Il se redressa et se dégagea de l'étreinte poisseuse. Son regard suffit à repousser les deux hommes. Même affamé, diminué et crasseux comme un gueux, il n'en restait pas moins Armand de Volontas, le général légendaire, et il avait bien l'intention de le rappeler à ces sous-fifres...

– Suivez-nous, fit le chef de l'escouade. L'Empereur vous accorde une audience.

Volontas feignit l'indifférence. Derrière cette carapace, un tourbillon d'émotions l'avait envahi. Colère, espoir, incompréhension, tout s'entremêlait. Il allait pourtant devoir faire usage de toute son habileté pour tenter de se sortir de cette situation.

Ses jambes avaient du mal à le porter, et l'ascension pour retrouver la lumière fut éprouvante. Il ralentit volontairement le pas pour ne pas arriver si affaibli face à l'Empereur. Les soldats qui l'accompagnaient n'osèrent pas le molester pour le forcer à avancer plus vite. Quelques années auparavant, ces hommes faisaient peut-être partie des troupes qu'il avait dirigées à travers tout l'Empire...

Volontas reconnut les lieux. Il se trouvait dans la grande cité fortifiée de Tharanis, une imposante citadelle creusée à même la roche, qu'aucune armée n'avait jamais réussi à prendre. Les murs étaient épais comme trois hommes, et la roche si dure que la construction de l'édifice avait duré cinq siècles. Les crêtes dentelées des remparts étaient irrégulières, épousant la forme naturelle de la pierre, et l'ensemble donnait l'impression d'une immense mâchoire ouverte prête à se refermer. Sur la partie la plus haute des remparts s'élevait le palais impérial, une flèche rocheuse qui se perdait parfois dans les nuages, tant elle tutoyait le ciel. Par beau temps, on la voyait à des lieues à la ronde. Comme à chaque fois, Volontas ne put s'empêcher d'être impressionné par les milliers de sculptures qui ornaient la façade du palais. Toutes représentaient des scènes de bataille plus vraies que nature, et rappelaient à quiconque l'aurait oublié que les Tharaniens étaient issus d'une longue lignée de guerriers redoutables.

On amena Volontas dans la grande salle, où étaient réunis tous les nobles de la cour. Leur présence était un mauvais présage... Pourquoi convoquer tous ces seigneurs, si l'intention de l'Empereur était de discuter ? Volontas observa son vieil ami. Il était assis sur son trône, un siège à sept pieds dont chacun représentait un des duchés de l'Empire. Iratus était un homme au physique quelconque, plutôt petit, au teint blafard. S'il n'avait disposé de tant de pouvoir, il aurait été aisé de se moquer de cet homme engoncé dans un habit si étincelant que l'on avait l'impression de contempler une rivière de diamants. Mais les rares inconscients qui avaient tenté l'expérience n'avaient jamais eu l'occasion de s'en vanter. Iratus était aussi terne qu'il était impitoyable, et malgré cette apparence outrancière, l'Empereur était un homme très intelligent et retors.

– Armand de Volontas, annonça le crieur.

Armand s'inclina devant Iratus.

– Ainsi, le traître se présente devant moi, déclara Iratus d'une voix forte.

Le ton était donné. Volontas prit une grande inspiration.

– J'avoue ne pas comprendre pourquoi je me trouve dans cette fâcheuse posture, votre altesse...

Des murmures indignés s'élevèrent dans la foule amassée pour assister au spectacle.

Iratus leva la main. Tous se turent.

– J'ai eu vent du complot que vous ourdissiez, général Volontas. Par chance, on m'a prévenu de ce que vous projetiez de faire pour me voler le trône. Jamais je n'ai été aussi déçu par un homme.

– Vous vous trompez, Iratus, je...

– Je vous interdis de me parler ainsi ! Le temps de l'amitié et de la familiarité entre nous est révolu. Vous vous adressez à votre Empereur !

– Pardon, votre altesse. Je jure sur Zalos qu'il n'y a aucun complot, ni aujourd'hui, ni hier. Je vous ai toujours servi loyalement.

– Avec le concours de dame Elyxia ici présente, mes dragons ont réussi à appréhender plusieurs troupes de malandrins qui mettaient les campagnes à feu et à sang. Et savez-vous ce que j'ai découvert ? Tous ces hommes portaient une croix noire tatouée dans le dos. N'est-ce pas là le signe de votre félonie ?

Volontas n'abandonna pas.

– N'importe qui peut se faire tatouer une croix noire dans le dos, votre altesse.

– Reconnaissez-vous cet homme ? aboya l'Empereur.

Dans un concert de gémissements, deux gardes traînèrent un colosse au centre de la pièce. L'angle anormal des os de ses jambes ne faisait aucun doute sur le traitement qu'il avait subi. On les lui avait brisées en mille morceaux. Le malheureux était incapable de tenir debout. Lorsque les gardes le lâchèrent, il tomba à plat ventre sur le sol en gémissant. Un garde attrapa ses cheveux et souleva sa tête pour que l'on puisse voir son visage tuméfié.

– Alors ? s'impatienta Iratus.

– C'est Téodos, mon bras droit, fit Volontas d'une voix tremblante.

– Il a reconnu les faits. Il a avoué être à la tête d'une troupe d'assassins qui sur votre ordre devait semer la terreur dans tout l'Empire pour que l'on conteste mon autorité.

– Mensonges ! cria Volontas. Téodos était avec moi lorsque vos dragons ont envahi mon château !

– J'ai ici des dizaines de témoins qui peuvent attester le contraire ! explosa Iratus. Et j'ai entendu les aveux de la bouche même de Téodos !

– Donnez-moi n'importe quel noble de cette assemblée, laissez-moi lui briser les jambes, comme vous l'avez fait à mon ami, laissez-moi le torturer, et je lui ferai avouer n'importe quel crime !

Un nouveau murmure indigné parcourut la foule.

– C'est un scandale ! cria quelqu'un. Qu'on le pende !

– On a trouvé des milliers d'armes dans vos entrepôts de Kali, reprit Iratus. Ces armes n'étaient-elles pas destinées à alimenter l'armée que vous alliez constituer avec les sommes d'or considérables que vous rapportaient vos comptoirs commerciaux ?

– Je n'ai jamais eu de tels projets.

– Vous n'imaginez pas ma déception, général. Heureusement qu'Elyxia m'a prévenu de vos intentions...

– Je n'ai jamais entendu parler de vous, madame, dit Volontas. Puis-je vous demander d'où vous tenez ces prétendues informations ?

– Je suis la grande prêtresse des marécages du Vent. Je suis à la tête de deux mille hommes, que j'ai mis au service de l'Empereur, et chaque jour mes fidèles sont plus nombreux. Les gens me parlent parce que je les aime...

– Dame Elyxia est porteuse d'un message de paix, et d'une nouvelle religion qui prône la simplicité et l'amour. Elle ne possède rien, et ne souhaite rien obtenir. Ses ambitions sont aussi pures que le cristal. Ses prêtres du Vent parcourent déjà le pays et diffusent la bonne parole.

– Je croyais que les marécages du Vent n'étaient qu'un immense cloaque bourbeux où rien ne pousse.

– Nous nous contentons de peu de choses, contrairement à d'autres…

Volontas plongea le regard dans celui de cette inconnue qui lui avait ravi l'oreille de l'Empereur. Il ne savait pas quelles étaient ses intentions, mais sous son apparente affabilité, le général discernait sans peine une cruauté et une fourberie comme il en avait rarement croisé.

– Au regard de toutes ces preuves accablantes, dit l'Empereur, je vous déclare coupable de haute trahison. Par là même, je vous déleste de tous vos biens, et j'ordonne que les cavaliers à la croix noire soient pourchassés et tués jusqu'au dernier. En souvenir des services que vous avez autrefois rendus à l'Empire, j'ai décidé d'être clément et de ne pas vous écarteler sur la place publique, châtiment habituellement réservé aux traîtres. Vous finirez votre vie dans une prison, et chaque jour vous pourrez vous repentir en repensant à votre plan machiavélique pour me dérober le trône.

Volontas resta de marbre. L'Empereur ne revenait jamais sur une décision.

– Qu'en est-il de ma fille, Ambre ?

– Vous me connaissez, général. Je n'ai pas l'habitude de faire preuve de complaisance envers mes ennemis. Votre fille sera traquée et tuée.

Volontas aurait voulu hurler, répéter en boucle à l'Empereur qu'il commettait la plus grande erreur de son règne, mais cela n'aurait servi à rien. Dans les yeux de cet homme à qui il avait voué sa vie, la noirceur avait remplacé les bribes d'humanité qu'il y décelait parfois… Le général avait échoué. Le fragile équilibre qu'il avait mis des années à construire venait de voler en éclats, et des années sombres se profilaient pour les peuples de l'Empire... En quittant la salle sous les quolibets, Armand de Volontas regretta presque de ne pas avoir tué Ambre de ses propres mains lors de la prise du château. Qui savait ce que les soudards de l'Empereur allaient lui faire subir avant de la mettre à mort ?

38

Altys accosta enfin à Luxuria, après un voyage qu'elle avait trouvé interminable. Le bateau n'avait jamais été son fort, mais il offrait un avantage indéniable en ces temps troublés : les risques de croiser les dragons de Tharanis au beau milieu de l'océan étaient infimes. Après tant de jours passés en tête à tête avec Digmar, qui n'était guère plus bavard qu'elle, la perspective de se fondre dans le tumulte de Luxuria n'était pas pour lui déplaire. Même si la ville était la plus malfamée de tout l'Empire.

Ici se terraient les pires scélérats des Sept Duchés. Voleurs, pilleurs, violeurs et crapules en tout genre avaient pour habitude de venir dépenser le produit de leurs forfaits dans ce port où tout ou presque était permis. Coincé entre les marécages du Vent et les plaines de Tiare, l'endroit n'offrait guère d'intérêt pour les puissants seigneurs, qui laissaient exister cette zone de non-droit, sorte d'exutoire à la rigueur qui régnait partout ailleurs. La proximité de la ville portuaire avec les îles Féroces y était peut-être pour quelque chose. Ce chapelet d'îlots offrait aux impitoyables pirates qui y avaient élu domicile une multitude de cachettes, et nul n'avait jamais réussi à les dompter.

Altys mit pied à terre, toujours vêtue de son armure de cuir. À l'exception des forêts d'Irandor, Luxuria était un des rares endroits où sa tenue ne soulèverait guère plus que quelques regards surpris. Ici, on se mêlait de ses affaires, à moins d'avoir envie de croiser le fer. Altys se laissa happer par l'ambiance festive, presque brutale, qui animait la ville de jour comme de nuit. Le rhum coulait à flots, des musiciens déversaient leurs notes à chaque coin de rue. Elle avait toujours su s'approprier les codes d'une cité, prendre son pouls, pour mieux se faire accepter.

– Eh, la donzelle ! la héla un gros Tharanien, parfaitement reconnaissable à sa coiffure raffinée. Ça te dirait de prendre un peu de bon temps ?

Altys le toisa, un sourire de façade sur les lèvres. Un noble venu s'encanailler, jugea-t-elle au premier coup d'œil. Une bourse bien remplie pendait à sa ceinture. Tout cet or ne manquerait pas de finir dans les poches d'un voleur quand l'alcool diffuserait son venin...

– Pas sûr que vous ayez les moyens, monseigneur.

– Alexandre de Thurse n'a pas de limites, ma belle !

Altys se rapprocha. De près, l'homme était encore plus imposant. Il devait au bas mot peser trois cents livres. Une couverture parfaite pour pénétrer les secrets de la ville sans se faire remarquer, car tous les regards seraient attirés par ce pachyderme.

– Ma tenue ne sied guère à un gentilhomme de votre rang... Une robe contre ma compagnie, n'est-ce pas une belle affaire ?

– Vous voyez, les amis, se vanta le Tharanien, aucune femme ne peut résister à mon charme !

Altys entraîna son mécène dans la première boutique venue et troqua sa tenue de combat contre une robe de circonstance. Ainsi parée, elle était magnifique et dut presque refermer la mâchoire du Tharanien pour empêcher sa bave de couler.

– Et maintenant, j'ai envie de boire ! scanda-t-elle. Emmenez-moi dans les plus belles tavernes de la ville !

L'homme ne se fit pas prier, tant il était émoustillé par cette femme si entreprenante.

Altys le guida vers les bas-fonds, les lieux où les touristes comme son gros ami s'aventuraient rarement. Elle sentit son hésitation lorsqu'elle s'engagea dans des venelles sombres, mais sut attiser son désir. Elle savait d'expérience que les informations qu'elle recherchait ne se trouvaient pas dans la lumière, mais dans les entrailles des villes, à l'endroit où se rencontraient leurs véritables habitants.

La bourse du Tharanien leur permit de se faire une place dans une taverne au nom évocateur : Le Gosier de feu. L'endroit accueillait une panoplie de buveurs aux trognes parcheminées, couvertes de cicatrices. Un vrai repaire de brigands ! Altys s'étonna de ne pas trouver plus de pirates des îles Féroces, facilement reconnaissables à leur tenue. Elle mit cette observation de côté et s'imprégna des conversations tandis que les pichets de bière vides s'accumulaient sur la table. Il fallait concéder au Tharanien une certaine capacité à ingurgiter de l'alcool...

La plupart des discussions mixaient vantardises et blagues salaces, mais de l'autre côté de la table quelques hommes moins saouls que les autres semblaient préoccupés. Altys s'éloigna discrètement de son ami, qui pour l'heure était plus intéressé par le contenu du pichet qui venait d'arriver, et s'installa avec les hommes qu'elle avait remarqués. Ils lui jetèrent un coup d'œil appréciateur, puis se détournèrent d'elle. Ce n'était qu'une femme de joie comme une autre... Presque un élément de décor, à leurs yeux. Altys se servit une bière, et tendit l'oreille.

– Samuel n'est toujours pas revenu ? fit le premier.

– Non. Je l'avais prévenu, pourtant, de ne pas aller là-bas ! dit le second en crachant une glaire verdâtre sur le sol de la taverne.

– Chaloperie de maladie ! dit un troisième, à qui il manquait pas mal de dents.

– Vous croyez qu'on devrait aller voir s'il va bien ?

– Pour devenir un mort qui marche ? Non merci. Samuel aurait dû nous écouter.

– Le Mal frappe aussi vos contrées ? intervint Altys. Je viens d'arriver avec mon protecteur.

– Protecteur ? Che gros porc ? fit l'homme sans dents.

Altys haussa les épaules.

– Faut bien vivre... dit-elle.

– Tu l'as dit, fit celui qui avait pris la parole en premier. Trinquons à cette bonne parole.

Les verres s'entrechoquèrent.

– Pour répondre à ta question, reprit l'homme, oui, le Mal s'est installé ici, et bien plus encore que dans le reste du pays... Il y a quelques lunes, nous avons trouvé par hasard une flotte complète de navires pirates, amarrés dans une baie à quelques lieues à l'ouest. On a tout de suite pensé à une invasion, mais personne n'a entendu parler d'attaque sur la côte.

– Deux chents bateaux abandonnés, tu te doutes bien que cha a attiré des convoitises, fit l'édenté. Mais tous cheux qui che chont approchés des bateaux ne chont jamais revenus. Les rares qu'on a revus erraient sans but, en grognant comme des bêtes furieuses. Ils avaient attrapé le Mal. On a dû les tuer...

– Et un de vos amis a tout de même essayé d'y retourner ?

– Ouais. Samuel. Paix à son âme !

– Paix à son âme, renchérit Altys en leur servant un autre verre. Mon protecteur voudrait faire une excursion dans les marécages du Vent. Vous connaissez quelqu'un qui pourrait nous y conduire ?

– Les marécages du Vent ? Quelle drôle d'idée... Y a rien, là-bas, à part des mares puantes et des moustiques.

– Il doit bien y avoir quelques personnes à y vivre, non ?

– Ouais, peut-être. J'ai entendu dire que des lépreux y avaient trouvé refuge...

– Il n'y a pas une ville, un château, quelque chose à visiter ?

– Elle est bien bonne celle-là ! Une ville dans les marécages... Non, pas que je sache, ma belle. Des ruines, au mieux, qui datent des temps anciens, avant la montée des eaux. Faudrait que tu parles à Zarl le boiteux.

– Le pêcheur ? demanda l'édenté.

– Ouais, je crois qu'il braconne dans ce coin-là, de temps en temps. Si on supporte les piqûres d'insecte, y paraît que c'est bourré d'anguilles.

– Beurk, fit l'édenté. J'ai horreur de ces bestioles. Ça a goût de vase...

– On peut le trouver où, ce Zarl ?

– La plupart du temps, il vend ses poissons près des quais.

– Merci pour l'information.

– Tu poses beaucoup de questions, pour une courtisane...

– Moi, che que j'en dis, fit l'édenté, ch'est que tant qu'elle remplit nos verres, je veux bien discuter toute la nuit !

Altys fit signe à la serveuse pour commander un autre pichet de bière.

Les sourires de ses interlocuteurs s'élargirent.

– Je n'ai pas vu beaucoup de pirates, dans le coin, par rapport à mes précédents voyages...

– M'est avis que les bateaux qui croupissent dans la baie ne devaient pas être vides quand ils ont accosté.

– Mais ils sont passés où ces pirates ? Ça doit faire plusieurs centaines d'hommes...

– Ptêt même des milliers, vu le nombre de navires.

– Une véritable armée... dit Altys, songeuse.

– T'as dit quequ'chose ? demanda l'édenté.

– Non, rien. Je pensais à voix haute.

Altys laissa les hommes s'enivrer. Elle avait recueilli de précieuses informations. Il était peu probable que dame Elyxia, la fameuse conseillère de l'Empereur dont elle avait entendu parler, vienne bien comme elle le prétendait des marécages du Vent. Il faudrait qu'elle aille le confirmer de ses propres yeux, mais les certitudes de ses compagnons de table, plus proches voisins des Marécages, laissaient peu de place au doute. Quant à cette histoire de bateaux abandonnés, elle n'avait jamais entendu chose aussi bizarre... Un pirate n'abandonnait jamais son navire et ne se volatilisait pas sans laisser de traces.

– Eh, la gueuse ! cria le Tharanien à l'autre bout de la table. J'ai besoin de tes services. Montons dans la chambre.

Altys se retint de lui faire avaler le pichet, et offrit son plus beau sourire. Elle aida Alexandre de Thurse, sûrement un nom d'emprunt, à se mettre debout, et entreprit de grimper les marches de la taverne à ses côtés. Elle en profita pour sortir une petite fiole emplie de venin de grenouille dilué, et en fit tomber une goutte sur un mouchoir. Une fois dans la chambre, elle appliqua le mouchoir sur le front de son compagnon, qui s'écroula comme une masse. Par chance, il avait atterri sur le lit, qui ployait sous son poids. Altys prit le temps de rédiger un billet dans lequel elle le remerciait de la merveilleuse nuit qu'ils avaient passée ensemble. Petit mensonge qui suffirait à remplir le Tharanien d'orgueil, et surtout à éviter qu'il ne se mette à sa recherche le lendemain, car la note du tavernier risquait d'être salée.

Altys changea de tenue et s'échappa par la fenêtre. La chambre n'étant qu'au premier étage, elle n'eut aucun mal à descendre en utilisant les poutres de la bâtisse. Elle prit immédiatement la direction du port.

39

Ambre se trouvait à la limite de la zone de folie, accompagnée par Egon et sa phalange. Le commandant avait tenu parole et lui avait noué autour de la taille la corde la plus longue qu'il ait pu dénicher. Avant de se mettre en route vers la ville abandonnée, Ambre repensa à sa rencontre nocturne avec les monstres. Ils avaient tenté de retrouver le corps de celui qu'elle avait tué dès que la nuit avait tiré sa révérence, mais aucun cadavre ne se trouvait à l'endroit où l'affrontement avait eu lieu. S'il n'y avait eu les traces de sang noir sur sa robe, elle aurait presque pu avoir imaginé cette mauvaise rencontre. Déçue de ne pas pouvoir découvrir à quoi ressemblait le monstre à la lumière du jour, les six compagnons avaient pris la direction de la ville fantôme, et le moment tant attendu était arrivé : Ambre était-elle vraiment immunisée contre le Mal ?

D'un commun accord, il avait été décidé qu'elle irait à pied, ce qui faciliterait son retour s'il y avait besoin de la ramener en tirant sur la corde. D'un pas hésitant, elle se mit en route. De jour, et avec le soutien de ses amis, l'entreprise lui semblait moins dangereuse que la veille, et elle s'engagea dans les rues pavées avec confiance. Kali tressautait dans la cage, mais Ambre se sentait tout à fait sereine. Arrivée devant le bâtiment en forme de croix, elle fit une pause, pour dépasser la durée de son exploration de la veille. Elle attendit longtemps, indiquant par signes à Egon que tout allait bien. Pas la moindre hallucination. Elle se décida finalement à entrer.

Les rayons du soleil plongeaient par les vitraux, dans un kaléidoscope de couleurs du plus bel effet. Quelques poussières voletaient dans la pièce et scintillaient dans la lumière.

– Ah, enfin ! T'es revenue...

Ambre se tourna vers la cage. Elle était posée sur un autel qu'elle n'avait pas vu dans l'obscurité. Le tas d'ossements était toujours là. Et la bestiole prisonnière de la cage remuait dans tous les sens.

– Bon, tu restes là, hein ? Tu t'enfuis pas en courant comme hier.

– Qu'est-ce que tu... es ? demanda Ambre.

– Ça se voit pas ? J'suis ton prince charmant, ma beauté ! Viens me faire un bisou et je me transformerai ! Nan, c'est une blague. J'suis un furet.

Ambre approcha. L'odeur était infecte. Elle prenait aux narines. Elle se pinça le nez.

– Ouais, je refoule un peu, je te l'accorde. Mais ça fait dix ans que je suis coincé dans cette cage à moineaux, et la baignoire était en option.

– C'est quoi un moineau ?

– C'est un piaf, un oiseau, quoi... Un peu comme celui que tu as à la ceinture. Petit petit petit... Viens voir papa... Tu me le files ?

– Qui ?

– Ton oiseau. J'ai la dalle. Et j'en ai marre de bouffer des chauves-souris.

Ambre grimaça.

– Tu veux manger Kali ?

– Kali... Drôle de nom pour un piaf. M'enfin, ça change pas le goût. Et oui, pour répondre à ta question, je veux le manger. Tu ne manges pas de viande, toi ?

– Si, mais...

– Si ça se trouve, la dernière tranche de jambon que tu as avalée provenait d'un cochon qui avait un petit nom... Bon Kali, ça sonne encore moins bien pour un cochon.

– Tu es vraiment bizarre, dit-elle. Comment se fait-il que tu parles ? Un furet, ça ne parle pas...

– Oh, mon Dieu ! Dix ans que je croupis ici, et faut que je tombe sur un génie ! Non, un furet, ça parle pas, sauf que techniquement, je ne suis pas vraiment un furet.

– Alors tu es quoi ?

– Un humain, comme toi. Enfin, en un peu moins joli, quand même...

– Je ne comprends pas.

– Disons que j'ai fait quelques petites bêtises. Ça a un peu énervé Minerva, et elle m'a transformé en furet pour me donner une leçon. Le problème, c'est qu'il y a dix ans, tes congénères bas du front ont débarqué sur l'île, avec leurs épées et leurs gros boucliers. Tout le monde a fait ses valises, et *pffffut*, ils ont disparu. Sauf qu'ils m'ont un tantinet oublié ici...

– Quand tu dis « transformé », ça veut dire quoi ?

– Ouah. T'as vraiment du mal, toi ! La magicienne m'a lancé un sort, et hop ! La seconde d'avant j'étais un garçon, et d'un coup, je me suis retrouvé dans ce corps tout biscornu, avec cette fourrure qui pue. Le côté pratique, c'est pour se gratter... T'imagines pas comment c'est flexible, un furet, mais pour le reste...

– Donc tu as connu une magicienne ?

– Ouais, enfin des dizaines. Tous les gens d'ici étaient magiciens. À différents degrés. Moi aussi je suis magicien !

– Alors pourquoi tu ne te retransformes pas ?

La bestiole courut très vite autour de la cage.

– J'aimerais bien. Mais ça dépasse mes compétences. Faut que tu m'aides à trouver un magicien suffisamment puissant pour me redonner mon apparence...

– Je ne sais pas si c'est une bonne idée.

– Attends, attends, tu ne vas pas t'en aller, hein ? Parce que tu es la première depuis un bail à venir ici et à comprendre ce que je raconte. La plupart du temps, je vois passer des zombies qui se cognent la tête contre les murs, la bave aux lèvres.

– Ils sont atteints par le Mal, une sorte de barrière qui rend les gens fous dès qu'ils s'approchent de cet endroit.

– Je sais. C'est à cause des siwas.

– Les siwas ?

– Ta ta ta… Je ne dirai plus rien. Si tu veux en savoir plus, tu me fais sortir d'ici et m'aides à trouver Krigonius.

– Krigonius ?

– Ouaip. C'est un vieux magicien qui est resté prisonnier de l'île, tout comme moi. Je l'ai vu passer deux ou trois fois, mais il m'aime pas beaucoup, alors il m'a laissé moisir ici. Emmène-moi jusqu'à lui, et je te dis tout sur les siwas.

– Comment je fais pour te transporter ?

– Ouvre la cage, que je me jette dans tes bras, ma princesse !

– Dans tes rêves. Ton odeur est un peu trop forte à mon goût.

– Sinon, tu peux me mettre avec ton piaf. J'aimerais faire un brin de causette avec lui…

– Pauvre Kali ! Sûrement pas !

Ambre fit le tour de la pièce et trouva une boîte en cuir munie d'une poignée. Une sorte de malle miniature.

– Ça, ça te va ?

– N'importe quoi du moment que tu me sors d'ici !

– Tu ne mords pas, n'est-ce pas ?

– Juste quand je suis en rut…

– Quoi ?

– Nan, je mords pas. C'était une plaisanterie. T'as pas beaucoup d'humour, mignonne.

– Si tu m'appelles encore une fois mignonne, ou princesse, ou ma beauté, je te laisse croupir ici dix années de plus.

– T'as pas été livrée avec l'option humour, toi !

– Je ne comprends rien à ce que tu dis.

– Peu importe. Je promets que je n'utiliserai plus ces mots.

Ambre ouvrit la cage avec précaution.

– Yeeeeeeeepeeeeeeeeeeeeeee ! cria le furet en courant autour d'elle à une vitesse folle.

Elle désigna la boîte.

Le petit animal sauta à l'intérieur.

– Je vais te présenter à mes amis... dit Ambre.

– Ils ont des oiseaux ?

– Ça fait à peine dix minutes que je te connais, et tu me fatigues déjà !

40

Alors qu'Ambre revenait vers ses amis d'un pas victorieux, leurs yeux ne quittaient pas la boîte étrange qu'elle rapportait.

– Tu es donc immunisée contre le Mal, dit Egon, à la fois soulagé et incrédule.

– Et la bestiole qui parle ? demanda Hilda. Elle est là-dedans ?

Ambre acquiesça.

– Tu nous montres ? fit Urf.

Ambre ouvrit la boîte.

– C'est bien un furet, fit Han.

– Un peu décharné, jugea Kachik.

– Et qu'est-ce qu'il pue ! ajouta Egon. C'est une véritable infection !

– J'ai entendu dire que pour atténuer l'odeur, il fallait les castrer...

– Ça va, je vous dérange pas ? s'indigna le furet. Le premier qui touche à mes roubignoles, je lui bouffe le nez !

Les guerriers regardèrent l'animal, ébahis.

– Bon sang, il parle vraiment ! fit Egon.

– Bon sang, il parle vraiment... le singea le furet. Oui, je parle. Et oui, je pue. Mais je ne suis ni sourd, ni aveugle. Et j'aimerais bien que vous reculiez tous un peu, parce que ça me stresse d'avoir six paires d'yeux qui me dévisagent. Surtout ceux des deux gros moches. Ils me font flipper...

– C'est à nous qu'il fait allusion ? demanda Hilda en regardant son frère.

– Je crois bien, dit Urf. Tu l'écrabouilles, ou je m'en charge ?

– Ah voilà, voilà, une petite vanne, et tout de suite, ils deviennent violents. Pétez un coup, les gars, détendez-vous.

– Les gars ? Je suis une femme ! protesta Hilda. Et même que des tas de guerriers me trouvent très à leur goût !

– Ah, excuse, fit le furet. C'est qu'avec la hache, l'armure et tout ça... Et puis, moi, j'ai un faible pour les minces...

– En fait, je préférais quand il la fermait, déclara Hilda. Tu ne veux pas le remettre dans sa boîte ?

– Tu as un nom, furet ? demanda Egon.

– Vous avez un truc à béqueter ? Je meurs de faim.

– Réponds au commandant, fit Han.

– Le commandant ? Qui ça, lui ? fit le petit animal en sautillant sur place. Il est pas un peu petit ? Moi j'en aurais choisi un plus balaise...

– Dernière chance, fit Han en encochant une flèche dans son arc. Si tu ne veux pas finir à la broche, je te conseille de changer de ton.

– Purée, vous êtes pas des marrants. J'en viendrais presque à regretter la tranquillité de ma cage... Mon nom, c'est Antoine. Antoine Dalibert. Je peux avoir à manger, maintenant ?

Egon sortit une tranche de lard séché de sa besace.

– Ça, ça te convient ?

Le furet sautillait dans tous les sens.

– Après la... chauve... souris..., dit Antoine entre deux bonds, ce... sera... parfait...

Egon lui lança la viande séchée, et le furet y planta ses crocs acérés et commença à la dévorer.

– Il mange aussi goulûment que toi, fit Kachik en regardant Urf.

Le colosse lui donna un coup de poing dans l'épaule, qui le projeta à deux pas. L'archer frotta son muscle endolori, mais souriait encore de sa blague.

– Il a dit qu'il était humain, expliqua Ambre pendant le repas du furet. Il prétend qu'il a été transformé par une magicienne parce qu'il s'est mal comporté, et que seul un autre magicien pourra lui rendre son apparence humaine.

– Et toi, tu le crois ? fit Egon.

– Entre le fait qu'il parle et notre rencontre d'hier avec les monstres, j'avoue que je ne sais plus trop quoi penser.

– Il a demandé qu'on l'emmène voir Krigonius.

– Ouaip, c'est ça. Vous me conduisez jusqu'à lui et je vous dis pourquoi vous vous transformez en animal enragé dès que vous approchez des ruines de la ville.

– Et moi, tu sais pourquoi je suis immunisée ?

– Ouaip. Je te le dirai aussi. Mais pas aujourd'hui.

Egon interrogea Ambre du regard.

– Il m'a parlé de « siwas ». Ça vous évoque quelque chose ? Il prétend que le Mal a un rapport avec eux...

Egon secoua la tête, bientôt suivi de ses camarades.

– C'est quoi, ces siwas ? demanda-t-il au furet.

– Z'auriez pas une autre petite tranchette ? La première avait un goût de reviens-y.

Egon lui en lança une.

– Je t'ai posé une question.

– J'ai fait un marché avec la fille. La belle...

Hilda lui jeta un regard assassin.

– On a convenu que je raconterai tout ce que je sais quand vous m'aurez amené voir Krigonius.

Han saisit le furet par la queue.

– Et si on faisait un autre arrangement ? Tu nous dis tout où on te fait rôtir.

Une odeur terrible se répandit et tous durent reculer tant c'était infect.

Han tourna la tête, tentant d'échapper aux effluves insupportables. Le furet en profita pour se contorsionner et lui mordit la main.

– Aïe ! Cette saleté m'a mordu ! fit-il. Et quelle odeur abominable !

– Antoine un, archer aux yeux bridés, zéro, fit le furet. Quant à l'odeur, je tiens à m'excuser auprès de vous tous. On appelle ça un déglandage. Cela se produit en cas de stress intense, et c'est totalement incontrôlable. C'est le genre de chose qui arrive quand on menace de me faire rôtir...

Han sentit sa main, et grimaça.

– Je vais devoir laver mes vêtements ! se lamenta l'archer.

– Si tu veux mon avis, fit le furet, ce ne sera pas un mal, car ton odeur corporelle est assez forte.

– Moi, il commence à me plaire... dit Urf, un sourire aux lèvres.

– On va respecter la parole que t'a donnée Ambre, fit Egon. Mais je ne connais pas de Krigonius.

– C'est un sale type, très grand, toujours vêtu d'une longue robe bleue. Et puis il a de petits yeux vitreux, couleur marronnasse...

– Le portrait que tu dresses ne donne pas vraiment envie de le connaître, fit Ambre.

– Ça me rappelle un peu l'ermite, qui vit près de la forêt interdite... dit Kachik.

– Ce vieux fou ? dit Egon. Oui, la description pourrait correspondre.

– C'est quoi, la forêt interdite ? demanda Ambre.

– Un des autres lieux de l'île qu'il vaut mieux éviter, dit Hilda. Le Mal est très puissant, dans ces bois, et depuis quelque temps, les monstres y pullulent dès que le soleil se couche.

– Ça m'a l'air d'être un endroit agréable, non ? Qu'est-ce qu'on attend ? fit Ambre.

Le furet sauta dans sa boîte.

KRIGONIUS

41

Au terme d'une longue chevauchée, le petit groupe fit une pause au bord de la rivière qui traversait l'île Sans Nom et venait se jeter dans la baie intérieure où Ambre avait accosté lors de son arrivée. Le cours d'eau serpentait joyeusement entre les rochers, et ses rives étaient recouvertes d'une herbe grasse et bien verte, ce qui était loin d'être le cas sur le reste de l'île.

– Tu vois ce ruisseau ? demanda Egon.

Ambre hocha la tête.

– Il conduit tout droit à la forêt interdite.

Les yeux de la jeune femme suivirent les méandres du filet d'eau jusqu'à s'immobiliser sur une masse sombre, composée de sapins au feuillage terne. À intervalles réguliers, les silhouettes inquiétantes d'arbres morts se dressaient au-dessus de leurs congénères, comme une sorte de mauvais présage.

– Ne traînons pas, conseilla Urf. La nuit va bientôt tomber, et je préférerai être loin d'ici lorsque cela arrivera.

La phalange se mit en route, suivie d'Ambre et de sa boîte à furet.

Plus ils approchaient, plus Ambre était mal à l'aise. Les arbres étaient serrés comme une armée de soldats prête au combat. À l'idée de pénétrer dans ce fatras végétal, un frisson courut jusqu'à sa nuque. Elle se rassura en observant ses compagnons de voyage. Leur arrivait-il d'éprouver de la peur ? Leur calme et leur détermination étaient impressionnants.

Se rendant compte qu'elle s'était un peu laissée distancer, elle hâta sa monture pour recoller au groupe.

De près, la forêt était encore plus lugubre. Les branches basses des sapins s'entremêlaient, formant une barrière inextricable, et il était impossible de voir à plus de quelques mètres au-delà de la lisière.

– Il faut qu'on entre là-dedans ? demanda Hilda.

– Oui. Le vieux fou habite un peu plus loin. Mon père était venu le rencontrer, quand j'étais plus jeune, et je l'avais accompagné.

– Tu te souviens pourquoi ? s'enquit Han.

– Non. J'étais resté devant la hutte...

Les cavaliers longèrent la forêt, en quête d'un chemin praticable, mais il n'y en avait aucun.

– T'es sûr qu'il est encore vivant, ton Krigonius ? demanda Hilda au furet.

– Je sens sa présence, fit la petite bête. Il n'est pas très loin, mais il va falloir mettre pied à terre.

Avec son énorme hache, Urf entreprit de dégager un passage dans le roncier qui grimpait presque à hauteur des branches les plus basses.

– Sort de protection végétale, pesta le furet.

– Quoi ? fit Ambre.

– Cet enchevêtrement n'a rien de naturel. Krigonius a stimulé la croissance des plantes pour se prémunir des visiteurs indésirables, expliqua le furet.

– Tu veux dire que c'est magique ?

– Oui, c'est ça.

Ambre regarda autour d'elle, peu convaincue. Elle ne voyait qu'une forêt laissée à l'abandon, qui avait fini par se recroqueviller sur elle-même.

La progression était lente et éprouvante.

Kachik, qui fermait la marche, ne cessait de lancer des regards inquiets derrière lui, à l'affût du moindre danger.

– On va être pris par la nuit, si on n'avance pas plus rapidement, prévint Han.

– Peut-être qu'il faudrait faire demi-tour et revenir à l'aube, proposa Ambre.

– Ce n'est plus très loin, dit Egon.

Urf redoubla d'efforts, et ils arrivèrent bientôt en vue d'une clairière. Une hutte faite de troncs entrelacés et de branchages séchés apparut. Un petit filet de fumée s'échappait au-dessus de l'habitation.

– Au moins, il y a quelqu'un... dit Hilda.

Le furet sauta de sa boîte et prit les devants.

– Krigonius ! Krigonius, vieille fripouille, sors de ton trou à rat !

– Pas sûr que ce soit la meilleure approche pour obtenir quelque chose, dit Ambre.

Egon haussa les épaules.

– Laissons-le faire. J'ai l'impression que ces deux-là se connaissent bien...

La porte de la hutte s'écarta, laissant apparaître un vieil homme vêtu d'une robe longue, taillée dans un tissu soyeux aux reflets carmin. Les bras décharnés et le visage émacié de Krigonius étaient à l'image du lieu qu'il avait choisi pour vivre : austère et inquiétant. Lorsqu'il posa ses orbites creuses sur le furet, un sourire furtif lui échappa.

– Quelle bonne surprise... dit le vieil homme.

– Une bonne surprise ? pesta le furet. Ça fait des années que tu me laisses croupir dans cette fichue église ! J'aurais pu mourir cent fois !

– N'est-ce pas le châtiment réservé aux traîtres et aux voleurs ? demanda Krigonius.

Ambre et Egon échangèrent un regard étonné.

– Qui plus est, ne t'ai-je pas permis de survivre en lançant un sort pour que les chauves-souris soient irrémédiablement attirées vers ta cage ?

Le furet cracha à deux reprises.

– Je ne veux plus jamais entendre parler de chauve-souris ! Rends-moi ma forme humaine !

Krigonius leva les yeux vers Egon et ses compagnons.

– Sinon quoi ? dit l'ermite. Tu comptes m'impressionner en débarquant ici avec tes nouveaux amis ?

Egon avança d'un pas.

– Je suis le commandant Egon, et je vous présente mes respects, Krigonius. Nous ne sommes pas à proprement parler des amis de cette... chose. Et ne voyez dans notre armement aucune menace. Ces haches et ces flèches ne sont que des outils pour nous protéger de ce qui rôde la nuit dans nos contrées.

Krigonius toisa Egon, puis chacun des membres du groupe. Il s'attarda particulièrement sur Ambre.

– Eh, vieux bouc ! Quand t'auras fini de reluquer les demoiselles, tu pourrais envisager de dire les mots magiques ? intervint le furet.

– Egon, le fils d'Yschion, dit Krigonius en ignorant la bestiole. J'ai beaucoup entendu parler de toi...

Le furet se mit à sauter autour de Krigonius pour attirer son attention.

– Eh, oh ! Y a quelqu'un ? brailla-t-il.

Le vieil homme fit tourner son index en l'air à trois reprises et le pointa vers le petit animal. Aussitôt, le furet se figea dans une posture qui n'avait rien de naturelle.

– Aahh, ça va mieux, dit Krigonius. Antoine m'a toujours fait cet effet-là. J'ai du mal à le supporter plus de quelques minutes.

– Alors il dit vrai ? demanda Ambre. Il était humain, avant ?

– Oui. Tout ce qu'il y a de plus humain. Enfin... un humain aux aptitudes très limitées, et à l'éducation déplorable, mais...

– Et vous pouvez lui rendre son apparence ?

– Douteriez-vous de mes capacités, jeune fille ? L'immobilisation de cette boule de poils n'est pas une preuve suffisante ?

– Je ne voulais pas vous vexer, se défendit Ambre. C'est juste que je n'ai jamais vraiment cru à la magie.

– Mais aujourd'hui, vous avez des doutes...

– Entre ce furet doué de parole et les horreurs qui nous ont attaqués la nuit dernière, je dois avouer que mes certitudes sont quelque peu ébranlées.

Krigonius se mit à triturer la barbe naissante sur son menton.

– Vous avez donc survécu à une attaque nocturne... Impressionnant. Et qu'est-ce qu'un groupe de gens honorables fait avec un tel malandrin ? demanda-t-il.

– Nous sommes tombés sur lui par hasard, dit Egon, et il a réussi à nous convaincre de l'aider.

– Le hasard n'existe pas. J'imagine qu'il vous a promis quelque chose en échange ?

– En effet, dit Egon. Des informations...

– À quel sujet ?

– Il a parlé de siwas...

– Ah. Il est vraiment incorrigible. J'ai peur qu'il ne change jamais.

– Ça veut dire que vous n'allez pas l'aider ? demanda Ambre.

Krigonius soupira.

Puis il se tourna vers le furet immobile et se lança dans une série de gestes amples et déliés, qu'Ambre ne l'aurait pas jugé capable d'accomplir. Elle percevait également des phrases incompréhensibles, que le vieil homme psalmodiait en boucle. Lorsqu'il s'arrêta enfin, le furet tomba sur le dos et se contorsionna en émettant des cris aigus. La souffrance qu'il éprouvait faisait peine à voir et Ambre interrogea Krigonius du regard.

– Ce n'est pas sans douleur, se contenta-t-il de dire.

Les membres du furet s'allongèrent et perdirent peu à peu leur pilosité. Quelques soubresauts plus tard, le petit animal était redevenu un homme. Krigonius le couvrit d'une couverture, et Ambre vit pour la première fois Antoine sous sa véritable apparence.

Il devait avoir une bonne vingtaine d'années, était plutôt petit et chétif, mais on sentait dans son corps noueux une vivacité qui collait bien avec son double animal. Tout comme son visage allongé au menton pointu et ses petits yeux noirs.

Le teint pâle, les yeux hagards, Antoine déplia ses bras et observa ses mains comme s'il les voyait pour la première fois. Il se releva, et fit quelques pas hésitants. À plusieurs reprises, il se gratta la tête d'un geste nerveux, comme il avait coutume de le faire depuis des années... Ambre fut touchée par sa détresse et les difficultés qu'il éprouvait à reprendre possession de son corps.

– On se sent mieux ? demanda Krigonius.

Antoine se redressa un peu trop vivement et manqua perdre l'équilibre.

– Par les roubignoles de Napoléon, ça fait du bien d'avoir des narines dans lesquelles on peut enfoncer ses doigts !

– Qu'est-ce qu'il a dit ? fit Ambre.

Egon lui fit un clin d'œil.

– Le fait d'être redevenu humain ne lui a pas forcément rendu la raison, chuchota-t-il.

Un cri terrible déchira le silence. Tous sursautèrent, sauf Krigonius.

– C'était quoi ? s'inquiéta Hilda.

– L'appel de la nuit...

Ambre frissonna.

– Venez à l'intérieur, fit le vieil homme. Nous devons parler, et nous ne sommes plus en sécurité ici.

ANTOINE

42

À l'intérieur de la hutte régnait une douce tiédeur, apportée par le feu qui crépitait dans l'âtre d'une petite cheminée. Les murs étaient recouverts de tentures aux tons apaisants, et plusieurs sièges agencés avec soin conféraient au lieu un charme simple, loin de l'aspect rustique de l'extérieur. Ici et là, des objets étranges attirèrent l'attention d'Ambre. Elle fit aussitôt le rapprochement avec la ville fantôme dans laquelle elle avait trouvé Antoine.

À la dérobée, elle observa le jeune homme-furet, qui, à peine entré dans la hutte, s'était dirigé droit vers une marmite d'où s'échappait un agréable fumet.

– Si tu touches à quoi que ce soit ici, tu retrouves ta fourrure dans l'instant ! prévint Krigonius, avant d'inviter ses autres hôtes à prendre place dans les fauteuils. Urf et Hilda durent se contenter d'une banquette, car leur masse musculaire trop développée ne leur permettait pas de tenir dans les sièges.

Antoine, après un dernier regard au ragoût qui mijotait, finit par rejoindre le reste du groupe. Krigonius le toisa d'un air sévère.

– J'ai cru comprendre que tu avais promis à ton escorte une explication au sujet des siwas, dit le vieil homme.

Antoine s'emmitoufla dans sa couverture, tout en jetant des coups d'œil nerveux autour de lui.

– Est-ce la vérité ?

– Les choses sont parfois plus complexes qu'elles en ont l'air...

Krigonius soupira.

– La vérité d'un menteur est encore un mensonge, déclama-t-il. Aurais-tu oublié pourquoi tu t'es retrouvé dans une cage, Antoine ?

– Je... je n'avais pas respecté nos lois.

– Nos lois ? demanda Egon.

– Antoine et moi avons un point en commun, expliqua Krigonius. Nous faisons tous deux partie du même ordre. Tout comme moi, Antoine est ce que vous appelez un magicien. En d'autres temps, en d'autres lieux, on nous a donné bien des noms : mages, sorciers, enchanteurs, ensorceleurs...

Ambre se tourna vers Antoine.

Le jeune homme haussa les épaules.

– Montre-leur, Antoine, puisque tu les as conduits jusqu'ici, ordonna Krigonius en posant une bougie sur la table.

Antoine se concentra, et pointa le doigt vers la bougie. Comme sortie de nulle part, une flamme naquit et embrasa la mèche. Krigonius souffla la bougie par deux fois, et Antoine la ralluma.

– Pourquoi tu ne t'es pas retransformé toi-même en homme ? lui demanda Han.

– Les degrés de maîtrise de la magie sont aussi étendus que les plaines de Tiare, expliqua Krigonius. Antoine est ce que nous appelons un novice. Un novice pas très doué...

– Merci, Krigonius, dit Antoine. Je vois que tu n'as pas changé : tu es toujours le vieux professeur barbant et cruel de mon souvenir.

– Le plus grand problème d'Antoine, reprit le magicien, c'est son incapacité chronique à respecter les lois, ou tout ce qui s'approche de près ou de loin d'une règle.

Antoine se renfrogna, mais ne dit mot.

– Rien qu'en vous parlant des siwas, il a enfreint une de nos lois les plus sacrées : ne jamais évoquer les créatures du néant avec des « ordinaires ».

– Des ordinaires ? C'est ainsi que vous nous appelez ? demanda Egon. Je trouve le terme assez méprisant...

– Là n'est pas la question. Mais c'est en effet comme cela que nous désignons les êtres dépourvus de pouvoirs magiques. Rien qu'en vous révélant notre existence, Antoine se condamne à une nouvelle punition.

– Dix années dans une cage me semblent une sanction suffisante, suggéra Hilda, qui n'avait pas l'air d'apprécier la rudesse du magicien.

– Question de point de vue, répliqua Krigonius. Nous vivons bien plus longtemps que les ordinaires, et quelques années passées à réfléchir sont souvent bénéfiques, mais j'ai bien peur qu'Antoine soit incapable d'apprendre de ses erreurs.

Pour la première fois depuis qu'Ambre avait fait sa connaissance, Antoine ne semblait pas avoir trouvé de repartie adéquate. Il était pâle et gardait le silence. La perspective d'une nouvelle décennie à manger des chauves-souris lui avait visiblement fait passer l'envie de fanfaronner.

– Une bonne règle ne vaut parfois que par ses exceptions, plaida Ambre.

– Voilà une dangereuse philosophie, fit Krigonius. Vous êtes ?

– Ambre de Volontas...

– Volontas, comme le général ?

– Je suis sa fille.

– Et c'est votre père qui vous a inculqué ce goût pour le chaos ?

– Tout de suite les grands mots. « Petite entorse à la règle » et « chaos » sont aussi proches que le sont un furet et un ours, fit Ambre en souriant.

– Dans cette affaire, dit Krigonius, il y a un élément qui m'échappe. Je me demande comment vous avez fait pour libérer notre ami. Éclairez-moi, et exceptionnellement, il se pourrait que j'oublie qu'Antoine a encore enfreint les règles...

Ambre capta le regard d'Antoine, qui secoua la tête tout doucement.

La réaction du jeune homme était étrange. Qu'y avait-il de mal à révéler à Krigonius comment elle l'avait trouvé ?

– Alors que je me promenais dans la ville fantôme, je suis tombé par hasard sur Antoine, qui m'a fichu la frousse de ma vie. Je ne suis pas très habituée à être interpellée par un furet...

L'espace d'un instant, Ambre eut l'impression que le regard du magicien se durcissait, mais un large sourire vint démentir cette sensation.

– Alors vous l'avez délivré ! s'exclama-t-il finalement. Selon nos lois, Antoine vous est redevable. Il vous doit une vie et devra vous suivre jusqu'à ce qu'il ait payé sa dette...

Ambre comprit soudain les réticences d'Antoine. Ce gredin ne souhaitait pas se mettre à son service. À bien y réfléchir, elle non plus n'était pas certaine d'avoir envie de se coltiner l'homme-furet des jours durant...

– Peut-on dispenser un magicien de s'acquitter d'une telle dette ? suggéra-t-elle.

– Grands dieux, non ! s'offusqua Krigonius. Vous n'y pensez pas. Ce serait un déshonneur. N'est-ce pas Antoine ?

Le jeune mage soupira.

– Ce sera un plaisir de vous servir, madame, dit-il en esquissant une révérence.

Sa déclaration sonnait aussi creux qu'une coquille d'huître. Mais avait-il le choix ? Ambre sonda le regard de Krigonius. Son visage buriné restait impassible, et elle avait le plus grand mal à se forger une opinion à son sujet. Ami ou ennemi ? Homme d'honneur ou vil calculateur ?

– Maintenant que nous sommes tous d'accord, fit Krigonius, je pense qu'il est temps de t'acquitter de ta promesse, Antoine, et de leur raconter ce que tu sais sur les siwas...

Antoine se redressa. Egon et ses hommes, qui avaient suivi la conversation sans intervenir, étaient tout ouïe.

– Ce qu'il faut savoir avant tout, commença Antoine, c'est qu'avant l'arrivée du général Volontas sur cette île, nul habitant du continent n'y avait jamais mis les pieds, et ce, pour une bonne raison : la ceinture de falaises infranchissables qui l'entoure avait toujours découragé les plus téméraires explorateurs. Personne ne sait comment Volontas a découvert la grotte qui permet d'accéder à la baie intérieure. Son arrivée a déclenché une véritable panique sur l'île, car notre peuple vivait à l'écart du monde et ne désirait aucun contact avec l'extérieur.

– Quand vous dites votre peuple, de quelle population parlez-vous au juste ? intervint Egon.

– Des magiciens...

– Vous voulez dire que cette île était peuplée exclusivement de magiciens ?

– C'est cela, confirma Krigonius.

– Par Zalos ! souffla Han. Et ils viennent d'où, tous ces magiciens ?

– C'est là que ça va devenir un peu perturbant pour vous, prévint Antoine.

Il marqua une pause, avant de poursuivre :

– Nous ne venons pas de votre monde.

Pendant un long moment, seuls les crépitements du bois dans la cheminée brisèrent le silence. Antoine laissa le temps à son auditoire de se faire à cette idée.

– Vous voulez dire qu'il existe un autre continent, si lointain que nul bateau n'y a jamais accosté ? demanda Egon.

– Non. Antoine a bien dit un autre monde, au sens littéral du terme. Un monde différent de celui-ci, que l'on ne peut atteindre que grâce aux pouvoirs de certains magiciens très puissants…

– Fadaises ! grogna Urf. Ce vieux fou est resté trop longtemps isolé dans la forêt !

– Cette idée bouleverse vos certitudes, j'en ai conscience, dit Krigonius. Mais est-ce plus incroyable qu'un furet trop bavard ou qu'un monstre noir que vos lances ne peuvent percer ?

L'argument fit mouche, et Urf fronça les sourcils.

– Les gens capables de créer des portes entre les mondes sont appelés passeurs, ou chevaucheurs de mondes. Ils sont rares.

– Faites-vous partie de ceux-là ? s'enquit Ambre.

– Non. Malheureusement, je maîtrise mal ce genre de magie. Je ne suis pas capable d'ouvrir une porte vers le continent, et encore moins de trouver le chemin vers un autre monde.

– En admettant que tout ce que vous racontez soit vrai, reprit Ambre, quel est le rapport avec les siwas, et avec le Mal ?

Krigonius se tourna vers Antoine.

– À une époque, reprit le jeune homme, les passeurs ouvraient des chemins quotidiennement, explorant le champ des possibles, comme ils aiment à l'appeler. Jusqu'au triste jour où l'un d'entre eux découvrit un endroit terrifiant, peuplé de créatures aussi noires que la nuit, avides de chair fraîche et dépourvues de toute morale. Un monde froid, maudit, balayé par des vents cinglants, sur lequel aucune végétation ne poussait et qui ne connaissait jamais les bienfaits des rayons du soleil. Le chevaucheur de mondes ne revint pas, et on envoya d'autres magiciens à son secours. Mais ils disparurent à leur tour. Finalement, notre reine, Minerva, décida de fermer ce passage à tout jamais et interdit à quiconque d'explorer à nouveau le champ des possibles à la recherche de nouveaux mondes. Quelques mois plus tard, un des magiciens réapparut. Il était blessé et avait survécu par miracle dans le Sombre

Monde, comme il l'appela lui-même. Il avait réussi à se cacher grâce à de minuscules créatures, dont la proximité empêchait les monstres de percevoir sa présence. De temps à autre, ces créatures poussaient de petits cris : « Siwa... siwa... siwa... »

– Il décida alors de les appeler ainsi, et en rapporta plusieurs à son retour parmi nous, conclut Krigonius. Nous avons fait en sorte qu'elles se reproduisent, pour constituer une protection contre une éventuelle incursion des habitants de Sombre Monde.

– Elles ressemblent à quoi ? demanda Egon.

– Ce sont de petits êtres minuscules qui tiennent dans la paume d'une main. On dirait des humains en miniature, avec de frêles ailes qui leur permettent de voler sur quelques pas, et leur peau est entièrement noire. Les siwas empêchent les monstres de nous voir, mais nous avons découvert qu'ils ont également un effet inattendu sur les ordinaires : à leur contact, les gens deviennent fous.

– Vous voulez dire que le Mal est véhiculé par ces créatures ?

– En quelque sorte.

– Ça expliquerait nombre de choses, dit Egon.

– Il y a des siwas dans la ville fantôme ? demanda Hilda.

– Beaucoup, oui. Ils se sont échappés lors de la fuite de mon peuple.

– Et pourquoi le Mal frappe-t-il sur le continent ? intervint Ambre.

– Je pense que des gens qui connaissent leur existence utilisent les siwas pour disséminer le Mal dans l'Empire... déclara Krigonius d'un ton grave.

– Mais qui ? Et pourquoi ? fit Egon.

– Je ne saurais dire pourquoi, dit Krigonius. Mais pour ce qui est du « qui », il n'y a aucun doute. Seul un magicien peut approcher un siwa sans devenir fou, dit-il en se tournant vers Ambre.

Les paroles de Krigonius eurent l'effet d'un coup de poing. Pendant un temps, Ambre resta bouche bée, incapable de prononcer le moindre mot. Tous les regards étaient fixés sur elle.

– Mais c'est impossible, voyons ! se défendit-elle.

La surprise céda la place à la gêne, et une certitude lui apparut clairement : à partir de cet instant, plus jamais ses camarades ne la regarderaient de la même façon. Les mots de Krigonius l'avaient exclue du petit groupe de guerriers aussi sûrement et durablement que s'il avait construit un mur de pierre entre eux.

Seul Antoine l'observait avec une certaine compassion.

Il savait.

Depuis le début, il savait. Voilà pourquoi il lui avait déconseillé de dire la vérité, lorsque le vieux magicien avait demandé qui l'avait libéré de sa cage...

Krigonius se leva et arpenta la pièce. Il s'arrêta finalement devant Ambre.

– Je pense que vous n'êtes pour rien dans les évènements tragiques qui sont en train d'arriver, dit-il. Mais la magie coule en vous, c'est certain.

Il se détourna et s'adressa à Egon.

– Depuis quelques lunes, il se passe des choses étranges, sur cette île. Des abominations qui ressemblent beaucoup à celles décrites par le magicien qui est revenu de Sombre Monde parcourent les campagnes, chaque nuit, et contraignent les habitants à rester cloîtrés chez eux. Je pense que ce n'est pas sans rapport avec le fait que le Mal a fait son apparition sur le continent... J'ai bien tenté d'en savoir plus, mais seul, il m'était impossible d'affronter ce qui se promène dehors.

– Vous nous demandez notre aide ? fit Egon.

– Je vous propose de faire équipe. Je dois découvrir qui sont ces magiciens qui sèment la terreur, et vous devez protéger votre peuple. Cet objectif commun fait de nous des alliés, et qui sait, peut-être un jour, des amis...

– C'est bien gentil, tout ça, dit Urf, mais je ne vois pas bien en quoi nous vous serons utiles. Je vous rappelle que nous avons à peine égratigné les armures de ces bestioles noires. Enfin, à l'exception de celle qu'Ambre a tuée, évidemment...

La jeune femme s'empourpra, consciente que cet évènement ne faisait que confirmer les dires de Krigonius. Elle, une magicienne ? Jamais de sa vie elle n'avait accompli le moindre exploit... Comme elle aurait aimé pouvoir partager ses doutes avec quelqu'un. Selim lui manquait. Altys lui manquait. Même son père lui manquait. Était-il au courant ? Quels conseils lui aurait-il donnés ? Jamais Ambre ne s'était sentie aussi seule.

Loin de ce tourbillon émotionnel qui engloutissait Ambre, Krigonius demanda aux guerriers de poser leurs armes sur la table. Ils s'exécutèrent avec une certaine méfiance, à l'exception d'Hilda.

Krigonius se tourna vers elle.

– Je n'aime pas trop l'idée de me retrouver piégée dans la hutte d'un sorcier sans avoir de quoi me défendre, dit-elle.

– Je préfère le mot « magicien », si cela ne vous ennuie pas, répondit Krigonius en la regardant droit dans les yeux. Avec de telles mains, j'imagine qu'il ne vous faudrait pas longtemps pour m'estourbir...

Hilda ne semblait pas convaincue.

– Si j'avais voulu m'en prendre à vous, ce serait déjà fait.

– Allez, Hilda... fais pas ta tête de bois, l'encouragea Urf.

La géante prit un air renfrogné, presque comique, et posa sa hache sur la table. Deux couteaux l'y rejoignirent.

– Hilda... fit Urf.

– C'est bon, c'est bon, maugréa sa sœur, en sortant encore plusieurs lames des plis de son armure de cuir.

– Voilà, elles sont toutes là. Vous êtes satisfaits ?

– C'est parfait, dit Krigonius. Une fois vos armes ensorcelées, expliqua le magicien, je peux vous garantir que les monstres regretteront de s'être frottés à vous.

– Vous n'imaginez pas le pied que je vais prendre à tailler ces bestioles en morceaux ! grogna Urf. On y va bientôt ?

– Au regard de la quantité d'armes, j'ai peur de devoir travailler toute la nuit, s'excusa Krigonius. La magie est un art complexe, qui nécessite de canaliser les particules d'énergie qui sont présentes dans l'air pour les concentrer dans un sort, et cela prend du temps…

La déception d'Urf était presque palpable.

– Nous allons donc passer la nuit ici ? demanda Egon, pensif.

– Oui, c'est la seule solution. Et il faudra aussi patienter toute la journée, car ce que nous cherchons ne se produit qu'une fois le soleil couché.

– Très bien, fit Egon. Dans ce cas, dès l'aube, nous irons enquêter auprès des soldats qui gardent le passage vers l'océan. Si quoi que ce soit a quitté notre île, ils vont devoir m'expliquer pourquoi je n'en ai pas été informé.

Krigonius ouvrit la bouche, comme s'il s'apprêtait à répondre. Au dernier moment, il se retint.

– Et si ça ne dérange personne, intervint Antoine, j'aimerais bien faire un saut à la ville fantôme, histoire de ne pas me trimballer avec une couverture sur les épaules pendant des plombes. J'ai une armoire pleine de vêtements, là-bas. Ambre, tu veux bien m'accompagner ?

– J'ai juré de veiller sur elle, dit Egon. Hors de question de la laisser seule avec toi.

– Je suis encore capable de faire mes propres choix ! s'insurgea Ambre, des éclairs dans les yeux.

– Je les escorterai jusqu'aux abords de la ville, proposa Hilda pour apaiser les tensions. Et le sorcier dit vrai, ils ne risqueront rien. Les créatures ne sortent que la nuit, et personne ne peut approcher de la ville sans perdre la raison...

Egon soupira et hocha la tête pour marquer son approbation. Il alla ensuite se caler dans un fauteuil à l'autre bout de la pièce, tandis que Krigonius commençait ses incantations.

43

D'un coup de pied bien senti, Selim envoya valdinguer un rat contre le mur.

– Encore de mauvaise humeur ? le taquina Izia.

– J'ai horreur de ces bestioles. Et j'ai horreur de ces catacombes. Je ne sais pas comment tu fais pour t'y sentir bien... Ça fait des jours qu'on se cache. Je ne suis pas une taupe ! On ne sait même pas s'il fait jour ou s'il fait nuit !

– C'est la nuit, dit Izia.

– Comment tu le sais ?

– Parce que je n'entends pas les bruits d'une ville éveillée.

– Mais on n'entend rien !

– Ça m'étonne qu'un assassin aussi doué que toi ne discerne pas l'écho assourdi de la surface.

Vexé, Selim se concentra. Mais il ne perçut pas grand-chose, à part le grouillement de la vermine qui pullulait dans les souterrains. Des bruits de pas attirèrent finalement son attention. À la lueur d'une torche, le visage d'Hector apparut. Par son charisme et son impressionnante carrure, il s'était rapidement imposé comme chef des cavaliers à la croix noire que Selim et Izia avaient réussi à soustraire à la vigilance des dragons de Tharanis. Près de trois cents hommes les accompagnaient maintenant dans leur périple à travers l'Empire.

Ils ne quittaient leurs refuges souterrains que de nuit, voyageant par petits groupes, et progressaient vers l'est dans l'espoir d'atteindre le mirage que la rumeur soufflait dans les rues, lorsque les oreilles des dragons de Tharanis s'éloignaient... Il se murmurait que des partisans de Volontas se rassemblaient là où nul n'avait le droit de vivre : au cœur des Cités Suspendues, dans les ruines de ces forteresses autrefois imprenables qui étaient devenues les symboles de la cruauté d'Iratus, mais aussi de sa puissance…

Sans nouvelle d'Ambre ni d'Altys, Selim et Izia s'étaient laissé happer par cet écho lointain, presque inaudible, que les miséreux scandaient comme un ultime espoir. Car l'Empire connaissait sa plus grande période de crise depuis des années. Le Mal se répandait, semant le chaos dans les campagnes, et les soldats de l'Empereur s'aventuraient de moins en moins hors des villes, de peur de tomber sur des hordes de paysans rendus fous par la maladie, ou pire, d'être contaminés à leur tour. Pour ne rien arranger, des groupes de pillards s'étaient formés, et semaient la terreur du duché des Sept Baies jusqu'aux montagnes d'Alaric.

Aux yeux de Selim, ces terribles évènements avaient au moins un avantage : ils facilitaient la progression des rebelles qu'il menait à travers le pays aux côtés d'Izia.

Selim interrogea Hector du regard.

– On commence à manquer de vivres. Il va falloir faire une sortie…

Izia secoua la tête.

– Mauvaise idée. On s'en tient au plan. Viande séchée et racines. On attend que le ciel se voile, et on file vers la ville suivante, sous le couvert des nuages. Nous ne sommes pas en mesure de mener un combat avec un bataillon de Dragons. Tant qu'ils ignorent tout de notre présence, nous sommes en sécurité. Nous ferons le plein de nourriture d'ici à quelques jours, loin des villes.

– Sauf votre respect, dame Izia…

– Je ne suis pas une dame, vous le savez bien.

– Mes hommes sont de solides gaillards, taillés pour le champ de bataille. Sucer des racines ne leur suffit pas. Certains perdent patience et commencent à mettre en doute notre plan... Ils disent que nous sommes assez nombreux pour faire des dégâts.

– Et mourir en martyrs ? rugit Selim. C'est bien une réflexion de soldats !

– C'est ce que nous sommes !

Selim se calma.

– Bien sûr. Je ne voulais pas vous blesser. La mort ne me fait pas peur, mais je ne vois pas où réside la gloire à se sacrifier pour rien.

– J'ai l'habitude des campagnes militaires, insista Hector. Je sais jauger l'état de mes hommes. Il suffirait d'un peu d'alcool, histoire de les aider à oublier qu'ils partagent leur couche avec des rats depuis des jours.

– Qu'il en soit ainsi, fit Izia. Si vous estimez que c'est nécessaire, nous allons tenter une sortie. Il nous faudra cinq de vos hommes, les plus discrets. Et vous viendrez aussi. J'ai remarqué que vous étiez étonnamment silencieux malgré votre corpulence...

– J'ai grandi dans les forêts d'Irandor. Mieux vaut ne pas éveiller l'attention des prédateurs, dans ce genre d'endroit.

– Alors espérons que nous n'attirerons pas celle des Dragons, souffla Izia.

Quelques minutes plus tard, l'expédition était lancée. Selim savoura le plaisir de humer un air dépourvu d'odeur de moisi, et se fondit dans les pas d'Izia. La petite ville était aussi déserte que les plages des Sept Baies un jour de tempête. Quelques poules se dandinaient dans les ruelles, en quête d'un lombric assez téméraire pour pointer le bout de son nez. Izia surprit les regards affamés des chevaliers, et les découragea d'un signe de tête. Ces satanés volatiles risquaient d'ameuter tout le quartier si on les affolait. Se mouvant de recoin sombre en angle de mur obscur, elle guida la colonne de voleurs en silence, jusqu'à ce que ses yeux se posent sur l'objet de leur convoitise. L'enseigne d'une taverne, retenue par des chaînes, dansait doucement au gré du vent dans un léger grincement. Selim approcha en premier et risqua un œil à l'intérieur, par une fenêtre.

Tables, bancs, quelques braises mourantes dans l'âtre...

La taverne dormait profondément. Selim étira une gomme qu'il avait préalablement mâchée pour l'occasion, et l'appliqua sur le carreau de verre. D'un coup sec, il brisa la vitre, dont les morceaux furent retenus par la gomme. Les chevaliers se félicitèrent en silence de cet exploit. Jamais ils n'avaient entendu parler d'une telle prouesse, mais la guilde des assassins de Kali n'était pas réputée pour sa propension à livrer ses secrets. Selim passa un bras à l'intérieur et déverrouilla la fenêtre. Il se faufila dans la taverne et ouvrit la porte à ses acolytes, qui entrèrent sans un bruit. Prélever quelques tonnelets à la cave ne fut qu'une formalité, et lorsqu'ils croisèrent l'aubergiste en haut des marches, les yeux encore embués de sommeil, un simple coup de poing d'Hector suffit à renvoyer le malheureux au pays des rêves.

Les bras chargés, ils sortirent et se dirigèrent vers le cimetière, puis vers les catacombes dans lesquelles les attendait le reste de leur petite armée. Ils n'étaient plus qu'à quelques dizaines de pas lorsqu'une voix forte résonna dans le silence de la nuit.

– Qui va là ? Par ordre de l'Empereur, je vous somme de vous arrêter sur-le-champ !

Izia, qui fermait la marche, se retourna.

Ils étaient quatre. Quatre Dragons, vêtus de leur armure de combat et armés de lances surmontées d'une lame recourbée. Déjà, quelques bougies s'allumaient derrière les fenêtres... La jeune femme échangea un regard avec Selim. Nul besoin de se parler pour se comprendre, quand on a grandi ensemble.

– Venez, fit Selim, en entraînant les chevaliers dans l'obscurité.

– Mais, protesta Hector, on ne peut pas la laisser affronter ces soldats. C'est du suicide !

– La ferme ! chuchota Selim. Ordonnez à vos hommes d'avancer sans se retourner.

Hector obéit de mauvaise grâce, mais refusa de les suivre. Il posa la main sur le pommeau de son épée. Selim l'empêcha de continuer.

– Que verront les gens ? demanda le jeune assassin.

– Quoi ?

– Que voyez-vous ? insista Selim.

– Une femme. Seule, au milieu de quatre hommes formés pour tuer...

– C'est ça. Vous ne voyez donc pas une menace pour l'Empire. Il ne s'agit pas d'un groupe de chevaliers rebelles qui exigerait l'envoi de troupes.

– C'est vrai, mais elle va se faire massacrer. Je croyais que l'idée de mourir en martyrs vous rebutait.

Selim força le colosse à s'agenouiller derrière un muret, pour ne pas attirer l'attention.

– Qui a dit qu'Izia allait mourir ? dit-il.

Au bout de la rue, les soldats encerclaient la jeune femme. Quelques remarques fusèrent. Il était question de croupe, mais Hector et Selim étaient trop loin pour saisir la teneur exacte des paroles des Dragons. L'un d'entre eux se jeta sur Izia. Elle roula sur le sol, frôlant la jambe gauche du garde qui tomba à la renverse en hurlant. Son tendon d'Achille venait d'être sectionné. Izia profita de la stupeur des trois autres pour frapper à nouveau. Une nouvelle roulade, et un mouvement furtif, si rapide que le garde sentit à peine la perforation de son artère fémorale. En se relevant, Izia lança un poignard dans le cou d'un troisième soldat. La lame vint se ficher dans sa gorge, juste entre le haut de son armure et la sangle qui retenait son casque. Il tituba, avant de rejoindre ses camarades étendus sur le sol. Le dernier Dragon hésita. Se tenant à distance, il fit tournoyer sa lance dans l'espoir d'atteindre Izia sans s'approcher de ce démon sorti tout droit des enfers.

Izia recula. Elle lança en direction du garde un petit sachet de poudre qui explosa à l'impact. Le garde toussa. Il se décida finalement à charger, mais s'écroula deux pas avant d'atteindre sa cible, pris de convulsions.

– Par quelle magie a-t-elle pu faire cela ? demanda Hector.

– Il n'y a nulle magie là-dedans. Juste une poudre fabriquée à partir d'un champignon très toxique, que très peu de gens connaissent.

Tandis qu'Izia les rejoignait en courant, Hector déclara :

– Si un jour je fais quoi que ce soit qui pourrait la mettre en colère, faites-moi signe…

– Commencez par ne plus l'appeler « ma dame », conseilla Selim. Et ne vous placez jamais entre elle et sa cible.

Ils disparurent tous les trois dans la nuit.

Le lendemain, lorsqu'on demanda aux témoins qui avait perpétré ce massacre, tous furent d'accord. « C'était une femme, seule, et plutôt petite. Un vrai démon ! Elle était atteinte par le Mal, sans le moindre doute ! »

Personne ne songea à aller jeter un œil dans les catacombes fétides qui couraient sous la ville…

44

Altys avait trouvé sans mal Zarl le boiteux, à deux pas de la taverne qu'on lui avait indiquée. Il ronflait, allongé contre un mur crasseux, et tenait encore contre lui la bouteille qu'il avait bue jusqu'à la dernière goutte. Veste grise élimée, jambe de bois et cheveux blond filasse. La description correspondait. N'ayant guère le loisir d'attendre que le pêcheur cuve son rhum, Altys lui administra un petit coup de pied dans les côtes.

Gémissement léger, pause dans les ronflements, paupières toujours closes. Altys haussa les épaules, et frappa un peu plus fort. Cette fois, le pêcheur se redressa. Visiblement, il était encore englué dans les brumes de l'alcool, mais la vision d'une femme aussi belle qui daignait lui accorder son attention agit comme une brise dissipant le brouillard.

– Zarl le boiteux ?

– Lui-même. Que puis-je faire pour vous, m'dame ?

– J'ai entendu dire que tu étais l'un des rares à t'aventurer dans les marécages du Vent.

– Il fut un temps où c'était le cas...

Altys lui lança une pièce d'argent.

L'homme l'attrapa au vol, et l'observa avec attention.

– Du bon argent, commenta-t-il en faisant disparaître la pièce dans une de ses poches. Je disais donc que les marécages étaient devenus dangereux, et qu'il faudrait être un peu fou pour s'y aventurer.

– Tu préfères être fou et riche, ou raisonnable et pauvre ? demanda Altys.

– Tout dépend à combien on évalue cette richesse.

– Et si on disait dix pièces d'argent ?

– M'est avis que vingt pièces seraient plus appropriées...

– Quinze, et c'est mon dernier mot, trancha Altys.

– M'dame, dit Zarl en se relevant péniblement et en esquissant une révérence, vous avez loué les services du meilleur guide possible. Quand partons-nous ?

– Maintenant.

– En pleine nuit ?

– J'aime autant ne pas attirer l'attention. Mais si tu préfères que je donne mon argent à quelqu'un d'autre...

– Je retrouve ma canne, et nous sommes partis.

Zarl scruta les alentours.

– N'est-ce pas l'objet qui croupit dans cette flaque ? fit Altys en indiquant un liquide aux effluves nauséabonds.

Zarl approcha en boitillant et récupéra sa canne, ou plutôt sa béquille, et l'essuya avec le revers de sa veste. Altys grimaça de dégoût. Puis ils se mirent en route. Zarl progressait étonnamment vite, malgré son handicap, et Altys dut presser le pas pour le suivre. Une longue marche les conduisit loin de la ville, au cœur d'un réseau de lagunes et de marais qui préfigurait le paysage qui les attendait.

– Ici, c'est la partie civilisée, expliqua Zarl. Dans ces bassins, on élève les coquillages et on prélève le sel.

Altys opina, et se laissa gagner par l'ambiance paisible des lieux. Bruissement du vent dans les roseaux et coassements de grenouilles les accompagnaient. Zarl se repérait dans ce labyrinthe de canaux avec précision, et Altys se félicita de l'avoir choisi comme guide, malgré l'odeur infecte qu'il dégageait. Le boiteux la conduisit jusqu'à une barque, et l'invita à monter.

– Il sera plus aisé de se déplacer sur l'eau, à partir de maintenant. Vous cherchez quoi, dans les marais ?

– Je ne sais pas encore, souffla Altys. Une ville. Un palais...

Zarl pouffa.

– Je n'ai jamais rien entendu d'aussi farfelu, avec tout le respect que je vous dois...

– Vous n'avez rien remarqué d'étrange, ces derniers temps ?

– Ça fait un bail que je n'ai pas mis les pieds ici. Vous avez sûrement entendu parler de l'épidémie ?

– Le Mal ? Oui, bien sûr.

– Je suis boiteux, mais pas stupide... Je connais ces canaux comme ma poche, et je suis le meilleur pêcheur d'anguilles à des lieues à la ronde. Mais quelques anguilles ne valent pas la peine de se transformer en bête féroce. J'ai vu des gens atteints par le Mal, et je ne souhaiterais même pas cela à mon pire ennemi.

– Alors pourquoi m'accompagnez-vous ?

– Avec vos seize pièces d'argent, je pourrai m'acheter un vrai bateau et pêcher au large... alors je cours le risque.

– Vous avez une idée de l'endroit où un village aurait pu être bâti ?

– Les marécages sont piégeux, et bourrés de vermine en tout genre. Le sol est aussi mou que la panse d'un bourgeois, et on ne peut rien construire sans fondations. M'est avis que ceux qui vous ont parlé de cette ville se sont moqués de vous.

– Il faut que j'en aie le cœur net.

– S'il y a quelque chose dans mes marécages, je vous garantis qu'on va le trouver.

La barque poursuivit sa route au cœur du bourbier. Zarl n'avait pas menti. Des nuées de moustiques se jetèrent sur eux, et Altys perdit rapidement le compte des piqûres. Zarl s'arrêta sur une berge et pénétra dans une forêt de roseaux. Il en ressortit une poignée de longues feuilles à la main, qu'il tendit à Altys.

– Tenez. Frottez toutes les parties du corps qui dépassent avec ces feuilles, et les moustiques devraient vous laisser tranquille.

Altys accepta de bonne grâce. Elle huma le bouquet et plissa les narines. La plante dégageait une puissante fragrance d'ail. Odeur ou moustiques, il fallait choisir. Elle se frotta énergiquement, en priant pour que cela soit efficace.

La barque poursuivit son parcours dans les méandres des marais, et le soleil perça peu à peu le voile de brume qui s'élevait un peu partout autour d'eux. Altys plongea la main dans l'eau et l'ôta brusquement, surprise par sa température. L'eau était chaude. En regardant alentour, Altys avait l'impression de se tenir au cœur d'une immense marmite frémissante, d'où s'échappaient des volutes de vapeur.

– Peu de gens savent que l'eau des marécages est chaude, souffla le pêcheur. Les anciens disent qu'un volcan se cache en dessous. À certains endroits, l'air est presque irrespirable.

– Mais vous connaissez ces endroits ? s'inquiéta Altys.

– Bien sûr...

Les heures filèrent, mais rien ne venait briser la monotonie des lieux. Le plus pénible était d'être constamment entouré de roseaux aussi hauts qu'un homme, qui ne permettaient pas de voir à plus de quelques pieds. Altys sc demandait comment faisait Zarl pour se repérer. Elle était si désorientée que le pêcheur aurait tout aussi bien pu les faire tourner en rond pendant trois jours qu'elle ne s'en serait pas aperçue. Elle s'apprêtait à lui en faire la remarque quand Zarl leva l'index et le plaça sur sa bouche, pour lui demander de garder le silence. Zarl fit ralentir son embarcation et vint se cacher à l'abri des roseaux.

– Vous voyez ce large canal ? murmura-t-il.

Atlys observa la voie d'eau que lui indiquait Zarl.

– Oui. C'est un bras d'eau parmi tant d'autres.

– Non. Il n'est pas naturel. C'est trop large pour avoir été façonné par les courants. Je n'ai jamais rien vu de tel en trente années de navigation. On dirait qu'un convoi d'une centaine de barques est passé par ici.

– Alors suivons-le.

– Je ne suis pas sûr que ce soit une bonne idée...

– Je ne vous paie pas pour faire de telles remarques.

Zarl pesta dans un dialecte qu'Altys ne connaissait pas. À regret, il engagea sa barque dans le canal. De part et d'autre, des centaines de roseaux s'étaient couchés en raison du passage des bateaux qui les avaient précédés. Le pêcheur ne s'était pas trompé.

La nuit tombait quand ils entendirent les premiers échos d'une activité humaine. Des chocs répétés, sourds, qui venaient rompre le chant des marais et superposer leur martèlement agressif sur le pépiement des oiseaux.

Zarl cacha la barque dans un des multiples bras qui alimentaient le canal principal.

– On va devoir continuer à pied, dit-il. La dame n'a pas peur de se mouiller un peu ?

– La dame n'a pas peur de grand-chose, dit Altys d'une voix ferme.

Ils s'enfoncèrent dans les roseaux, sans un bruit. Le sol offrait une consistance fluctuante, tantôt solide, tantôt si fragile que l'on pouvait se retrouver coincé dans la boue jusqu'au genou. Altys s'habitua peu à peu à cette étrange progression, durant laquelle à chaque pas le sol pouvait se dérober. Lentement, mais sûrement, ils s'approchèrent de la source du bruit.

– Par les roustons de Zalos ! lâcha Zarl en écartant le dernier rideau de roseaux qui les séparait de leur objectif.

Devant eux se dressait une île, bâtie sur un plancher composé de dizaines de troncs énormes, qui offraient une base solide à une forge aux dimensions démesurées. Un foyer rougeoyant se tenait au centre, et des centaines de petites mains s'affairaient pour fabriquer des armes et des armures. Altys ne perdait pas une miette du spectacle étonnant qui se déroulait devant elle.

– Avec quoi alimentent-ils ce brasier ? demanda-t-elle doucement. Il n'y a que des roseaux, ici.

– Il y a aussi de la tourbe. C'est un combustible idéal.

– Ce sont des pirates des îles Féroces ?

– Sans aucun doute, confirma Zarl.

– Ils sont réputés pour leur savoir-faire de forgeron ?

– Absolument pas ! C'est à n'y rien comprendre. Ces pirates sont des brutes, qui prennent par la force ce dont ils ont besoin. Je ne les ai jamais vus travailler…

Altys observa la scène avec attention.

– Ils ont l'air étranges, chuchota-t-elle. Ils ne parlent pas, ne rient pas, ne se battent pas. On les croirait incapables de s'exprimer.

Zarl hocha la tête.

Altys se concentra ensuite sur plusieurs individus vêtus d'une robe noire, qui semblaient les seules personnes douées de conscience au sein de cet étrange tableau.

– Ceux avec les robes, vous connaissez ? demanda Altys.

– Oui. Des prêtres du Vent. On en voit de plus en plus ces temps-ci. Ils recrutent dans les villages avec une surprenante efficacité, et de nombreux habitants rejoignent leurs rangs. Étonnant, quand on sait que même les prêtres de Zalos peinent à mettre un pied à Luxuria…

– On dirait qu'ils commandent. Je ne vois aucune trace de soldats pour surveiller les pirates.

– Ce ne sont pourtant pas des bougres que l'on peut aisément contrôler.

– C'est curieux.

– C'est comme s'ils étaient sous l'emprise d'une drogue…

Absorbé par ses observations, Zarl n'entendit pas approcher la personne qui vint poser la pointe de son épée sur sa nuque.

Il sentit le froid de la lame sur sa peau.

– M'dame, nous avons un problème… souffla-t-il.

Altys se retourna doucement, pour faire face au nouveau venu. Ou plutôt à la nouvelle venue. Car il s'agissait d'une femme. Une pirate, à en croire le bandeau rouge qui couvrait sa tête et l'épée recourbée qu'elle tenait avec assurance.

– Je me demande comment deux lourdauds comme vous ont pu s'approcher si près de ce campement sans se faire repérer, dit la femme sans hausser le ton.

Altys prit un instant avant de répondre.

– Qui vous dit qu'on ne vous avait pas entendue ?

– La pointe de mon épée posée sur la gorge de votre ami malodorant, peut-être...

– Est-elle plus mortelle que le carreau fiché dans l'arbalète de poing qui est cachée dans ma manche, et qui à la moindre pression percera votre joli visage ? rétorqua Altys.

La pirate sembla hésiter.

– Un cri et mes amis vous tombent dessus, dit-elle.

– Si vous aviez eu à crier, vous l'auriez déjà fait. Je parie ma main droite que vous n'avez aucune envie que l'on vous remarque. Et si on baissait nos armes respectives ?

La lame de l'épée s'éloigna peu à peu de la gorge du pêcheur.

Altys dévoila son arbalète et la désarma.

– Qui êtes-vous ?

– Je me nomme Alizée, et je viens des îles Féroces. Plusieurs milliers de nos hommes manquent à l'appel, et j'ai été dépêchée sur le continent pour comprendre ce qui leur est arrivé. J'ai suivi leurs traces, depuis la baie où sont amarrés les bateaux, et je suis parvenue jusqu'ici.

– La zone n'est-elle pas contaminée par le Mal ? s'étonna Altys.

– Si. J'ai vu plusieurs hommes atteints errer près des bateaux. Mais ces malheureux n'avaient pas Ankou.

– Ankou ?

Alizée souffla dans une petite tige de métal. Le bruit n'était pas perceptible, mais un volatile blanc vint se poser sur son épaule.

– Ankou, mon perroquet. Pour une raison que j'ignore, il est capable de sentir le Mal et s'agite dès qu'il faut s'éloigner. Je me suis fiée à lui et j'ai pu arriver ici sans encombre. Et vous, qui êtes-vous donc ?

– Je me nomme Altys, et je mène également mon enquête pour comprendre ce qui se trame dans ces marais. Je suis une fidèle du général Volontas, qui a été fait prisonnier par l'Empereur sur les conseils de dame Elyxia, qui contrôle les prêtres du Vent.

À l'évocation des religieux, Alizée cracha par terre.

– J'ignore comment ils procèdent, mais ces pourritures ont transformé mes frères en vulgaires poupées de chiffon, qui obéissent à leurs ordres sans montrer le moindre signe de rébellion. Ce sont des démons ! Voilà ce que j'en dis.

– Je ne sais pas si ce sont des démons, et encore moins comment ils prennent le contrôle de ces hommes, mais il est clair que cela n'a rien de naturel. Et ces armes qu'ils forgent sans relâche… Cela dure depuis longtemps ?

Alizée réfléchit un instant.

– Je suis là depuis cinq jours. Et jamais les forges ne s'arrêtent. De temps à autre, des prêtres arrivent du nord par bateau, avec d'autres esclaves, et emportent les armes.

– Il faut absolument que l'Empereur soit prévenu de ce qui se trame ici, conclut Altys.

45

Au terme d'une longue chevauchée durant laquelle les chevaux n'avaient pas été ménagés, Ambre, Hilda et Antoine virent enfin se dessiner les contours de la ville fantôme. La guerrière s'arrêta à bonne distance et laissa ses deux compagnons pénétrer dans la cité en ruines.

Pour la première fois, Ambre put découvrir les étonnantes constructions sans ressentir la crainte diffuse que le Mal pouvait l'atteindre à tout moment. Le fait d'être immunisée, même si cela soulevait nombre de questions, avait au moins l'avantage de lui permettre de satisfaire sa curiosité. Elle prit le temps d'aller toucher les étranges matériaux qui composaient les habitations, à la fois si proches et si différents de ce qu'elle avait toujours connu.

– Ma maison est un peu plus haut, près des falaises, indiqua Antoine.

Il la devançait, encore vêtu de sa toge improvisée, savant entrelacement de couvertures. Ambre flânait derrière, s'arrêtant régulièrement près des éléments qui attiraient son attention. Elle avait espéré qu'Antoine jouerait le rôle de guide, mais le jeune homme l'attendait à peine.

Ils entrèrent dans une maison munie de larges fenêtres. À l'intérieur, tout semblait en ordre, comme si les habitants étaient partis la veille. Seules l'épaisse couche de poussière et les nombreuses toiles d'araignée indiquaient qu'elle était vide depuis des années. Ambre s'intéressa à un étrange tableau, posé juste au-dessus de la cheminée. Antoine y figurait, en compagnie d'une femme très charismatique. Jamais Ambre n'avait vu une telle finesse dans le trait.

– Quel est donc l'artiste qui a réussi l'exploit de te peindre avec tant de précision ? demanda-t-elle.

– Tu peux reposer ça, s'il te plaît, répondit Antoine. Tu es chez moi, ici.

Ambre s'empourpra et respecta la volonté du jeune homme.

– Pardonne-moi...

– Non, non, ce n'est rien. Ça fait longtemps que je ne suis pas revenu, et cela fait remonter tout un tas d'émotions... Cette femme que tu vois sur la photo, c'est Minerva, notre chef.

– Je pensais que c'était ta mère.

– Non. Je n'ai pas vraiment eu de mère. Et le peu de souvenirs qui me reste d'elle ne me donne pas vraiment envie de la serrer dans mes bras, fût-elle encore en vie.

– Comment peux-tu dire ça ! s'emporta Ambre. La mienne est morte en me mettant au monde, et j'aurais donné cher pour pouvoir la connaître.

– Ma mère m'a vendu.

Ambre s'immobilisa, silencieuse.

– Quand j'avais quatre ou cinq ans. Elle m'a vendu à un sale type qui nous faisait travailler dans son usine quinze heures par jour... Minerva m'a recueilli à l'âge de huit ans, lorsqu'elle a découvert que j'avais le don.

– Je suis désolé, Antoine.

– Cesse de t'excuser. Je vais finir par croire que tu es sincère...

Antoine monta les marches quatre à quatre. Ambre le suivit prudemment.

– Ça, c'est ma chambre, dit-il.

La pièce était de taille réduite, mais agréable. Ambre s'assit sur le lit.

– Très confortable ! Je ferais bien une petite sieste.

Elle s'allongea et ferma les yeux. Quand elle les rouvrit, elle s'aperçut qu'Antoine s'était débarrassé de sa couverture et déambulait dans la chambre dans le plus simple appareil. Le visage d'Ambre vira au cramoisi. Elle se leva aussi vite qu'elle le put et sortit de la chambre.

– Tu m'appelleras quand tu seras habillé ! lança-t-elle.

– Allez, ne fais pas ta prude. Tu as déjà vu un garçon, non ?

Ambre enrageait. Antoine pouvait être si énervant, par moments ! Lorsqu'il réapparut, la jeune femme oublia les reparties cinglantes qu'elle avait préparées. Son accoutrement était différent de tout ce qu'elle avait pu voir auparavant. Il avait notamment un chapeau étrange, arrondi.

Antoine fit la grimace en découvrant l'expression d'Ambre.

– Ouais, c'est bien ce que je me disais. Le chapeau, c'est un peu trop…

Il envoya le couvre-chef valdinguer sur le lit.

– Pour le reste, je sais que ce n'est pas trop couleur locale, mais il faudra s'en contenter.

– C'est ainsi que les hommes sont habillés dans votre monde ?

– Oui. Élégant, n'est-ce pas ?

– Ce n'est pas le mot que j'aurais utilisé.

– Et tu aurais dit ?

– Étrange.

Antoine pouffa.

– J'aime bien ta franchise. Étrange ou pas, je me sens mieux que dans cette vieille couverture pleine de mites. Viens, il faut que je te montre quelque chose.

Ambre le suivit à l'extérieur de la maison, jusqu'à un bâtiment un peu plus imposant.

– Voici notre bibliothèque, dit-il fièrement. Tu trouveras ici les chefs-d'œuvre de mon monde.

Ambre entra, et resta bouche bée. Il y avait dans ce petit bâtiment autant d'ouvrages que dans la grande bibliothèque du palais de son père. Elle saisit un volume au hasard. Les écritures lui étaient inconnues.

– Les enluminures sont absolument magnifiques ! dit-elle. C'est le même artiste que dans ta maison ?

– Si on veut. On appelle ça des photographies.

– Des quoi ?

– Peu importe.

– Et ça, c'est quoi ? s'enquit Ambre en découvrant une immense fresque peinte sur tout un pan de mur.

– La grande prophétie.

– Tu m'expliques ?

– Parmi les magiciens, il existe différents types de maîtrise... Certains peuvent contrôler les éléments, comme le feu, l'eau ou le vent, d'autres sont des passeurs, comme te l'a appris Krigonius, et il arrive parfois que d'autres soient capables de voir l'avenir et le passé. On les appelle des divinateurs. La plus illustre d'entre eux, Ursula, a consacré sa vie à tenter de comprendre ses rêves. Ainsi est née la grande prophétie.

– Et que raconte-t-elle ?

– Comme tu peux le voir sur les dessins, elle parle d'un grand danger, d'une voleuse de flux qui nous détruira presque tous.

– Une voleuse de flux ?

– C'est un mythe. Le principe de la magie est toujours le même. Le sorcier capte l'énergie qui flotte autour de lui, et la concentre pour lancer des sortilèges. Selon la légende, il existerait des sorciers capables de puiser au sein même des êtres vivants. En volant cette énergie vitale, on dit qu'ils pourraient déchaîner des forces inimaginables.

– Et tu n'y crois pas.

– Ce ne sont que des balivernes pour faire peur aux jeunes mages qui font des bêtises. Ursula m'a toujours donné le sentiment d'être une vieille femme sénile. Les rêves prémonitoires sont comme des miroirs déformants. Ils livrent une image tronquée de la réalité.

Ambre observa la fresque avec attention.

Une sorcière vêtue de noir projetait sur un champ de bataille une pluie de rayons brûlants, tuant tout sur son passage. Elle se tenait au cœur d'une étrange machine. Autour d'elle, des dizaines d'enfants étaient enfermés dans des cages. Les tirs des sorciers qui s'opposaient à elle rebondissaient sur une sorte de bouclier transparent. Loin au-dessus de la mêlée, une vieille femme au visage parcheminé lançait sur la sorcière noire un rayon d'énergie d'une blancheur éclatante.

– Et ça, c'est qui ? demanda Ambre en désignant la vieille femme.

– La seule qui pourra nous sauver, dit Antoine avec emphase. La victoire du bien contre le mal, et patati et patata... Je t'ai dit que c'étaient des idioties pour enfants. Si tu veux vraiment savoir ce que je crois, c'est qu'Ursula s'imagine en sauveuse de l'humanité, alors qu'elle est à peine capable de retrouver le chemin des toilettes.

– Tes paroles ont une rare puissance d'évocation...

– Je ne suis pas vraiment un adepte des religions, d'une manière générale. Et cette prophétie est ce qui s'en rapproche le plus, pour nous, les magiciens. Libre à toi de croire à ces fadaises...

À la sortie de la bibliothèque, Antoine scruta le ciel.

– Si nous ne voulons pas manquer la petite excursion de ce soir, il est temps de reprendre la route.

Ambre observa à regret cette ville qui cachait tant de mystères.

– Si tu préfères rester, je suis volontaire, fit Antoine. Ils se marièrent et eurent beaucoup d'enfants...

– Quoi ? Qu'est-ce que tu racontes encore ?

– Rien, laisse tomber. On appelle ça un conte pour enfants.

– Comme la prophétie ?

– Non, ça n'a rien à voir. Je plaisantais, c'est tout.

– Tu as peur, c'est ça ? Tu as peur d'affronter ces monstres noirs.

– Bien sûr que j'ai peur. Il faudrait être fou pour ne pas avoir peur...

Ambre ouvrit la bouche, puis la referma.

Que pouvait-elle répondre ? Qu'elle éprouvait une excitation telle qu'à aucun moment elle n'avait réfléchi aux risques que pouvait présenter l'affrontement à venir ? Pourquoi était-elle si différente des autres ? Était-ce à cause de la magie qui courait en elle ? Dans ce cas, pourquoi Antoine ne ressentait-il pas le même attrait pour le danger ?

46

– Nom d'une hache émoussée ! s'écria Hilda en découvrant la tenue d'Antoine. Tu es encore plus vilain que lorsque tu avais une fourrure. Tu aurais pu lui dire, Ambre...

Les deux femmes rirent de bon cœur.

– C'est bon ? Vous avez fini ? fit Antoine.

Il sauta à cheval et partit sans attendre.

Hilda et Ambre le rattrapèrent rapidement. À mi-chemin, ils retrouvèrent le reste de la phalange au point de rendez-vous qui avait été convenu à l'avance.

– Quelles sont les nouvelles de la baie ? demanda Hilda.

– Les gardes jurent sur tout ce qu'ils ont de plus cher que personne n'est entré ou sorti de l'île depuis l'arrivée d'Ambre.

– Et tu les crois ?

– Je connais ces hommes depuis que je suis tout petit, dit Egon. Ils ont été choisis parmi les plus valeureux guerriers de notre peuple. Alors, oui, je les crois.

– Et si on avait acheté leur silence ? demanda Ambre.

– Que feraient-ils de leur argent, sur cette île ?

– C'est une bonne question.

Egon jeta un regard vers Antoine, qui conversait avec Han et Kachik.

– Il s'est déguisé ? fit le commandant.

– Sujet sensible, dit Hilda. Mieux vaut éviter d'en rajouter.

Egon se contenta de cette réponse, et la troupe poursuivit son chemin jusqu'à l'antre de Krigonius.

Le magicien les fit entrer, et leur rendit leurs armes. Il semblait épuisé.

– Elles n'ont pas l'air d'avoir changé, dit Urf, en faisant quelques mouvements circulaires avec sa hache.

– Vous verrez la différence, promit Krigonius. J'ai œuvré toute la nuit et une bonne partie de la journée. Mettons-nous en route. L'obscurité sera bientôt là, et j'aimerais autant que l'effet de surprise joue en notre faveur. J'ai repéré des traces cet après-midi, de l'autre côté de la forêt.

Chaque respiration les rapprochait du coucher de soleil, et à mesure que l'astre déclinait, une tension palpable grandissait au sein de la troupe. Les plaisanteries s'espacèrent, pour finalement disparaître, et la gravité qui s'affichait sur les visages préfigurait les combats à venir. Ambre s'assura que le poignard que lui avait confié Egon était bien à sa place. Une fois la forêt contournée, ils attachèrent leurs montures à l'écart et approchèrent de l'endroit indiqué par Krigonius. Sur l'épaule d'Ambre, Kali se mit à s'agiter. Ambre constata qu'il en était de même pour les autres oiseaux. Celui d'Urf paraissait encore plus affolé. Des regards inquiets furent échangés.

– Krigonius, dit Egon, nous ne pouvons vous suivre. Le Mal règne ici.

– Je vous rappelle que ce ne sont que des siwas... fit le magicien.

Il donna à chaque guerrier une petite fiole.

– Tenez. Avalez ça, et ils n'auront aucun effet sur vous.

Egon semblait perplexe. Il déboucha la fiole et la porta à ses narines.

– Faites-moi confiance, dit Krigonius.

Après une brève hésitation, Egon avala le breuvage d'une traite. Ses amis l'imitèrent.

– Il vaudrait mieux laisser vos oiseaux avec les chevaux, conseilla le magicien.

Une fois les volatiles en sécurité dans leurs cages, Krigonius ouvrit la voie, suivi de près par Antoine et Ambre. Les cinq guerriers fermaient la marche. Ambre se retourna plusieurs fois pour vérifier que la potion du vieil homme était efficace. Egon lui fit signe que tout allait bien.

Les derniers rayons de soleil disparurent derrière les hautes falaises, plongeant la forêt dans un clair-obscur inquiétant. Les premiers cris résonnèrent au loin.

– Les monstres se réveillent, souffla le magicien.

L'attente fut longue, épuisante. Chaque craquement pouvait être synonyme de danger, et Ambre découvrit à quel point une forêt pouvait être bruyante, dans le noir... Lorsque le chant du vent dans les arbres laissa la place à des éclats de voix, leurs ultimes doutes s'estompèrent. Des humains arpentaient la forêt.

– Il y en a un par là ! entendit Ambre.

– C'est bon, on arrive, répondit une voix plus grave.

Dans la pénombre, Ambre discerna trois silhouettes, vêtues de longues robes sombres. À leur taille pendaient de petites cages en osier. Sûrement pour transporter les siwas capturés, songea-t-elle.

C'est le moment que choisit Krigonius pour sortir de sa cachette. Il fit naître une flamme dans la paume de sa main, qui éclairait maintenant à plusieurs pas autour de lui.

– Bonjour, dit-il d'une voix forte. Puis-je vous demander ce que vous faites dans ma forêt ?

Les trois silhouettes s'immobilisèrent. La lumière sur la paume de Krigonius révéla leurs visages surpris. L'un d'entre eux était une femme. C'est elle qui prit la parole.

– J'avoue que je ne m'attendais pas à trouver l'un des nôtres dans les parages. Que veux-tu, magicien ?

– Que vous quittiez immédiatement les lieux, et repartiez dire à votre chef que cette île m'appartient.

Le rire de la femme résonna dans la forêt.

– Tu es bien présomptueux, l'ami. Nous sommes à la recherche de siwas. Nous ne te voulons pas de mal, mais si tu te mets en travers de notre route, tu le regretteras...

– Pourquoi avez-vous besoin des siwas ?

– Cela ne te regarde en rien.

– Et ces créatures qui parcourent l'île chaque nuit, elles viennent de Sombre Monde, n'est-ce pas ?

La magicienne ne répondit pas.

– Pourquoi venir chercher des siwas ici si vous avez accès à Sombre Monde ? poursuivit Krigonius.

– Parce que les siwas de Sombre Monde ont tous été exterminés, fit la femme. Pourquoi conserver une espèce qui donnait l'avantage à l'ennemi ?

– Tu parles trop, Zafi, la sermonna un homme d'une cinquantaine d'années, dont le crâne rasé luisait à la lumière de la flamme. Finissons-en, ajouta-t-il en ouvrant ses paumes vers le ciel.

Quatre chiens noirs se matérialisèrent devant lui. Ils étaient aussi gros que des petits chevaux, et de leurs crocs d'ébène coulait unc bave répugnante. Le mage claqua des doigts, et la meute se rua sur Krigonius.

Ce dernier les ignora et lança sa boule de feu vers le troisième mage, dont la cape s'enflamma instantanément. Ses hurlements commençaient à se faire entendre quand les chiens arrivèrent sur Krigonius. Han et Kachik décochèrent leurs flèches, qui coupèrent deux créatures dans leur élan. Urf et Hilda neutralisèrent les deux bêtes restantes, tandis qu'Egon achevait celles touchées par les archers. La phalange venait de prouver son efficacité dans un enchaînement parfaitement maîtrisé.

La femme et le mage encore debout échangèrent un regard affolé. La peur avait changé de camp. L'homme se mit à courir, tandis que sa comparse usait à son tour de magie. Krigonius tenta d'interrompre son incantation avec une seconde boule de feu, mais elle la fit dévier d'un geste. Le projectile embrasa un arbre un peu plus loin. Dans le même temps, un grondement sourd monta du sol, et un immense combattant sortit du néant, bouclier et épée large à la main. Il faisait trois fois la taille d'un homme et son rugissement terrible fit trembler les arbres, à tel point qu'une pluie de feuilles tomba sur les combattants.

Antoine profita de ce léger moment d'inattention pour lancer un sort de glace sur la magicienne. Celle-ci, surprise de découvrir un second adversaire dans ce jeune homme chétif, n'eut pas le temps d'esquiver, et se trouva prise dans une gangue de plusieurs centimètres d'épaisseur.

L'immense guerrier noir se mit à balayer l'espace autour de lui avec son épée. Urf et Hilda se baissèrent, et la lame démesurée frappa les pins juste derrière eux. Les arbres furent tranchés net et les troncs tombèrent dans un fracas assourdissant. Han et Kachik multipliaient les tirs et faisaient mouche à chaque fois. Leur adversaire fut bientôt criblé de flèches, mais cela ne semblait pas affecter la fureur du monstre qui accordait autant d'attention aux flèches qu'à des piqûres d'insecte.

Hilda et Urf utilisèrent la gomme de xandar, et leurs hurlements gutturaux s'ajoutèrent au vacarme de la bataille. Ils se jetèrent dans les jambes du géant et frappèrent de toutes leurs forces. Le monstre lança un coup de pied, qui heurta Urf de plein fouet et le fit décoller du sol. Il retomba à plusieurs dizaines de pas, et resta sur le dos. Hilda redoubla d'efforts et au bout de plusieurs coups portés au même endroit, parvint à sectionner une des chevilles du chevalier noir, qui bascula sur le côté. À ce moment précis, Egon sauta vers le géant et utilisa son bouclier comme point d'appui pour atterrir sur ses épaules. D'un geste bien ajusté, il lui trancha la gorge. Le monstre s'écroula en déversant un sang noir et malodorant.

Egon se releva après une roulade, et jeta un regard à Han, qui se tenait près d'Urf. Signe de tête furtif, signifiant que le berserker était en vie. Sans attendre, Egon se lança à la poursuite de Krigonius et du dernier mage, qui l'avaient devancé de quelques instants. Hilda et Kachik lui emboîtèrent le pas. Ambre hésita. Elle retint Antoine par la main et lui indiqua les chevaux. Le garçon acquiesça. Étant donné l'avance du fuyard, l'aide d'une monture ne serait pas superflue... Le temps de sauter en selle, ils se joignirent à la poursuite.

Pour son âge, Krigonius se déplaçait à une vitesse étonnante. Mais un cheval au galop était infiniment plus rapide. Ambre et Antoine le dépassèrent bientôt. Au loin, ils apercevaient leur proie. Le mage semblait s'être immobilisé. Une lumière intense illumina la plaine.

– Un portail ! cria Krigonius derrière eux. C'est un passeur ! Il faut l'empêcher de l'emprunter !

Ambre donna du talon, et son cheval accéléra encore. Elle arriva au niveau du portail juste au moment où l'homme disparaissait à l'intérieur. Elle mit pied à terre, bientôt suivie d'Antoine. Elle hésitait sur la conduite à tenir. Fallait-il plonger dans l'inconnu ? Krigonius, lui, n'hésita pas. Il sauta à travers le portail qui commençait à se refermer. Ambre échangea un regard avec Antoine, qui haussa les épaules. Tous deux se jetèrent à la suite de Krigonius. Un clignement de paupières plus tard, la porte n'existait plus.

Egon arriva près des chevaux, à bout de souffle, et ne put que constater l'évidence : Ambre, Antoine et Krigonius avaient disparu.

47

Ambre eut l'impression d'être sur un cheval au galop avec les yeux bandés et les mains attachées dans le dos. Lorsqu'elle fut enfin propulsée de l'autre côté du portail, il lui fallut plusieurs secondes pour reprendre son souffle. Antoine et Krigonius se trouvaient juste à côté d'elle, dans un état similaire. Le vieux magicien se releva en premier. Ambre leva les yeux et comprit immédiatement l'ampleur de leur erreur. Autour d'eux, une vingtaine de soldats armés et deux autres mages formaient un cercle. Le fuyard, encore essoufflé de sa longue course, les scrutait avec colère.

– Ces scélérats ont tué deux des nôtres ! Méfiez-vous, les deux hommes sont magiciens !

– Qui êtes-vous donc pour oser vous en prendre aux prêtres de Vent ? les interrogea celui qui semblait être le chef.

– C'est vous qui répandez le Mal dans tout l'Empire, en utilisant les siwas, déclara Ambre.

– C'est juste, fit le prêtre. Mais vous emporterez ce secret dans la tombe.

Krigonius tenta de lancer un sort, mais un soldat le frappa immédiatement à la tête, et il s'écroula, le crâne en sang. Antoine hésita. Les armes pointées vers lui le dissuadèrent de passer à l'offensive.

– Où sommes-nous ? demanda Ambre.

– Vous êtes de retour sur le continent. Nous sommes au beau milieu du désert du Phan Jab, un endroit très peu fréquenté et idéal pour organiser le transport des siwas vers leur destination finale. Ici ne vivent que quelques nomades, et des esclavagistes qui nous fournissent la main-d'œuvre dont nous avons besoin.

Antoine et Krigonius furent ligotés en premier, bientôt suivis d'Ambre.

– Puis-je choisir la façon dont ils vont mourir ? demanda le passeur.

– Ils ont tué ta compagne. C'est le moins que je puisse faire pour toi.

– Alors ils seront ensevelis dans le sable jusqu'au cou, et les vautours viendront les dévorer vivants, dit l'homme avec un sourire sadique.

– Dis-moi ton nom, car je vais te tuer, murmura Ambre.

– Quoi ? Tu peux répéter ? Je crois que je n'ai pas bien entendu, fit le passeur, narquois.

– DIS-MOI TON NOM, CAR JE VAIS TE TUER ! cria Ambre.

Une colère irrépressible montait en elle, et elle ne pouvait s'empêcher de l'exprimer.

Quelques rires fusèrent, timides. Le ton de la jeune femme arracha même quelques frissons aux soldats présents.

Ambre commença à trembler, les jointures de ses mains blanchirent et ses mâchoires devinrent aussi dures que des étaux. Ses yeux changèrent de teinte, pour virer presque au violet. Dans la pénombre, nul ne s'en aperçut.

C'était une erreur.

À cent pas à la ronde, des volutes de sable commencèrent à s'élever et à tourner doucement en montant vers le ciel. Le sol se mit à trembler et les nuages obscurcirent l'horizon.

– Que se passe-t-il ? demanda un soldat affolé.

– Rien, le rassura le chef des prêtres du Vent. Sûrement une tempête qui se lève.

Pourtant, il n'en était pas certain. Sa gorge commença à le piquer, et une violente migraine naquit au niveau de ses tempes. Autour de lui, tous les hommes montraient des signes d'inconfort. Il se tourna vers Ambre, et soudain, il comprit. Mais il était trop tard.

Les cheveux d'Ambre se mirent à danser autour de sa tête, et une aura bleutée émanait maintenant de sa peau.

Les premiers cris de douleur résonnèrent, alors que les hommes tombaient les uns après les autres, se tordant sur le sol en éprouvant les pires souffrances. Certains convulsaient, d'autres se cognaient la tête contre la pierre dans l'espoir de mettre fin à la douleur. Le sable tourbillonnait autour du campement, dans un bruit assourdissant. Un à un, les cris cessèrent.

Puis la tempête se dissipa aussi brusquement qu'elle avait débuté. Ambre tomba à genoux, épuisée, le souffle court. Krigonius et Antoine la regardaient, éberlués.

La petite armée qui les avait capturés était décimée. Des dizaines de corps reposaient maintenant autour d'eux. De leurs yeux, de leurs oreilles et de leurs narines coulaient des filets de sang, conséquence des multiples hémorragies auxquelles ils avaient succombé.

Ambre reprit ses esprits et contempla le carnage.

– Je... C'est moi qui ai fait ça ? demanda-t-elle d'une voix tremblante.

– Oui, je crois, dit Antoine. Tu nous as sauvés...

Krigonius, lui, gardait le silence.

Antoine s'approcha d'un cadavre, et se contorsionna pour récupérer un poignard. Après quelques savantes gesticulations, il réussit à trancher ses liens. Puis il libéra Ambre et Krigonius.

Ambre ne parvenait pas à quitter des yeux l'horrible charnier. Au milieu des corps, elle distingua plusieurs cadavres d'oiseaux et d'insectes.

– Je ne comprends pas, dit-elle.

Krigonius la prit dans ses bras, et la consola. Ambre pleura longtemps, à gros sanglots. L'étreinte rassurante du vieux magicien lui faisait du bien. Elle se laissa aller. Quand la crise de larmes fut passée, elle releva la tête.

– Que s'est-il passé, Krigonius ?

– Je t'avais dit que tu étais magicienne…

– Mais, ce que j'ai fait est terrible ! Combien d'hommes ai-je tués ?

– Peu importe. Tu t'es défendue, c'est tout. Ces bouffées de colère que tu ressens, sont-elles fréquentes ?

– Oui. J'ai toujours été comme ça.

Le vieil homme hocha la tête avec gravité.

– Je suis désolé, Ambre, dit-il en la regardant avec sincérité.

– De quoi ? demanda la jeune femme.

Une violente douleur saisit Ambre. Jamais de toute sa vie elle n'avait eu aussi mal. Elle mit quelques instants à comprendre, quand ses yeux descendirent vers sa poitrine et le poignard qui venait de se frayer un chemin vers son cœur.

Krigonius ne la quittait pas des yeux. Il enfonça la lame plus profondément. Ambre s'écroula. Il la déposa doucement au sol.

Antoine se jeta sur lui et le fit tomber à la renverse.

– Qu'est-ce que tu as fait, vieux fou ?

Ambre ne parvenait plus à respirer. Elle hoquetait.

– Pourquoi ? demanda-t-elle péniblement, tandis que la vie la quittait peu à peu.

Antoine avait les yeux rivés sur Krigonius. Lui non plus ne comprenait pas le geste du magicien.

– Je devais le faire, dit-il. C'était mon devoir. Tu n'es pas la fille de Volontas, Ambre. Il t'a recueillie quand il a découvert l'île Sans Nom. Tu t'étais perdue dans la forêt le jour où notre peuple a dû partir. Je me suis porté volontaire pour rester et te retrouver, mais le général l'a fait avant moi, et n'a pas eu le cœur de t'abandonner.

– Ce sont des mensonges, souffla Ambre.

Un filet de sang coulait au creux de sa bouche.

– Non, c'est la vérité. Tu es une voleuse de flux, Ambre. Tu as utilisé l'énergie vitale de ces hommes et de tous les animaux qui nous entourent pour les faire exploser de l'intérieur. Il ne naît un voleur de flux que tous les mille ans. Tu es la mort, Ambre, la sorcière de la prophétie, celle qui nous détruira tous... Il fallait que je te tue, avant que tes pouvoirs ne soient trop grands.

Ambre tendit la main vers Krigonius.

Le magicien, pris de remords, la saisit.

– Je comprends, Krigonius, souffla Ambre. Je comprends. MAIS JE NE VEUX PAS MOURIR !

Un éclair bleuté illumina la nuit, et un portail s'ouvrit derrière la jeune femme agonisante. Elle s'y traîna péniblement et disparut.

Antoine eut besoin de quelques instants pour se remettre de son étourdissement. Ses yeux le piquaient, et il dut cligner des paupières à plusieurs reprises pour voir de nouveau ce qui l'entourait. Krigonius était étendu sur le sol, sonné. Antoine s'approcha. Il ne put cacher sa surprise en découvrant l'état du mage. On aurait dit qu'il avait subitement vieilli d'une bonne vingtaine d'années, et il tremblait de tout son corps. Ses traits parcheminés semblaient si fragiles qu'Antoine avait l'impression qu'il pouvait tomber en poussière à tout moment...

– Que s'est-il passé ? demanda le jeune homme.

– Elle a puisé en moi pour ouvrir un portail, murmura Krigonius. Je vais mourir. Suis-là, Antoine, et assure-toi qu'elle est bien morte.

Antoine réfléchit un moment, puis répondit.

– Non. Je n'en ferai rien. Vous m'avez laissé croupir pendant dix ans dans une cage. Ambre, elle, m'a libéré. Et j'ai juré de la servir. Vous me dites qu'elle est le mal incarné ? Ce n'est pas ce que j'ai vu. Je vais emprunter ce portail, et si je peux l'aider, je le ferai… Que Dieu ou Zalos veille sur vous, Krigonius, et qu'il pardonne vos péchés…

Antoine se leva et se dirigea vers le portail. Était-il encore possible de sauver Ambre ?

Au moment où il sautait dans le cercle translucide, Krigonius jeta ses ultimes forces dans un sortilège. Ce n'était pas un jeune garçon qui sortirait de l'autre côté, mais un furet…

Remerciements

L'année qui vient de s'écouler a été ponctuée de récompenses et de belles rencontres, un peu partout en France. Difficile de citer tous ces instants magiques, qui viennent égayer mon quotidien. Ces moments forts me donnent le courage de continuer quand la plume devient trop lourde ou quand les cases vides dans l'agenda s'amenuisent...

J'espère que les lecteurs me suivront encore dans cette nouvelle aventure, très éloignée de mes précédents romans.

Un grand merci à toute l'équipe Didier Jeunesse, et à Sylvie Bras, pour ses conseils avisés et son aligot...

À très bientôt pour le deuxième tome !

Découvrez quelques pages inédites du tome 2 !
La Voleuse de flux

Ambre ne respirait plus que par saccades. Elle étouffait. La douleur s'éloignait, pour laisser la place à un froid intense, absolu, qui gagnait tous ses membres. Elle était seule au milieu d'une rue. Une rue inconnue, bordée d'étranges tiges de métal au sommet desquelles étaient fixées des lanternes. Plus aucune trace de Krigonius. Ce traître...

Ambre allait fermer les yeux quand une petite créature poilue grimpa sur sa jambe. Elle était incapable de bouger. Sur le fil ténu qui la séparait de l'inconscience, elle parvint à identifier cette chose : un furet. Antoine. Depuis quand avait-il repris sa forme animale ?

– Au secours ! À l'aide ! À l'assassin ! hurla Antoine, aussi fort qu'il le pouvait.

Une porte s'ouvrit. Un homme sortit sur le perron. Il portait un costume sombre. En découvrant Ambre allongée sur le sol, il accourut.

– Mademoiselle ? Mademoiselle ! Vous m'entendez ?

En s'agenouillant près de la jeune femme, il aperçut le furet.

– Vire tes sales pattes de là ! s'exclama-t-il en chassant le petit animal. Irène, cria-t-il, dis à André de venir avec une pelle, une saleté de rat essaie de mordre cette malheureuse ! Et préviens aussi Harold. Qu'il équipe les chevaux. Il faut emmener cette petite à la Salpêtrière.

En quelques sauts, Antoine s'était mis à l'abri sur le trottoir. Il observait la scène avec appréhension. Quelques minutes passèrent. Les plus longues de sa vie. Puis les ordres donnés par l'homme au costume portèrent leurs fruits. Une voiture tirée par deux chevaux arriva près d'Ambre. Elle fut déposée délicatement à l'intérieur, sur une banquette. Antoine était si concentré qu'il ne vit pas approcher le dénommé André, qui, armé d'une pelle, tenta de l'aplatir comme une crêpe. Le furet ne dut son salut qu'à la lumière d'un lampadaire, qui projeta une ombre lorsque l'outil atteignit son apogée. La pelle s'écrasa sur les pavés, à quelques centimètres de sa tête. Antoine partit en trombe et se jeta dans la bouche d'égout la plus proche. Il dérapa et chuta deux mètres plus bas, dans une eau épaisse et nauséabonde.

– Ambre ! cria-t-il, avant d'être emporté par le courant.

Dans la rue, les secours s'organisaient. Le cocher fit claquer son fouet et l'attelage partit au galop, dans un tonnerre de battements sur les pavés. Ambre sentit à peine les soubresauts. Sa vie s'enfuyait.

La suite ne fut plus qu'obscurité et sons épars. Elle n'avait plus la force d'ouvrir les yeux.

– Qu'on appelle le chirurgien !

– Oh, mon Dieu !

– Elle est perdue !

*

Antoine parvint finalement à s'agripper aux barreaux d'une échelle, qu'il grimpa à toute allure. Il n'avait qu'une seule idée en tête : rejoindre Ambre à la Salpêtrière. Mais il fallait déjà s'extirper de ce dédale de conduits qui courait sous les rues de la ville. Il dut faire demi-tour à plusieurs reprises, complètement désorienté. En chemin, il s'arrêta devant un papier journal qui s'était collé le long d'un tuyau. La page était datée du 9 août 1900, et se félicitait du succès de la grande Exposition universelle. Son dernier séjour dans la capitale remontait à près de dix ans. Il se demanda ce qui avait pu changer depuis...

Échelle après échelle, il progressait vers la surface, quand un son terrible fit trembler les murs. Cela dura une bonne minute, puis s'estompa peu à peu. Quelle invention pouvait bien faire un vacarme pareil ? Cela ressemblait au bruit d'un train. Mais un train dans le sol ? Une telle chose était-elle possible ? Il apprendrait bientôt que la nouveauté s'appelait métro...

Une agréable senteur, à des lieues des relents d'eaux usées, lui titilla les narines. Il leva les yeux. À une dizaine de mètres, juste au-dessus de lui, une grille d'aération laissait filtrer les lumières de la ville. L'odeur descendait jusqu'à lui. Il mit un peu de temps à l'identifier. Une boulangerie... Le doux parfum des croissants tout juste sortis du four. Lorsqu'il était enfant, il passait parfois des heures devant ce genre de boutique, à observer les clients qui pouvaient se permettre ces petits plaisirs, nourrissant l'espoir secret qu'un jour, l'un d'entre eux le prenne en pitié et lui offre une viennoiserie. Cela n'était jamais arrivé. De fil en aiguille, la main tendue avait fini par trouver son chemin vers les poches des gens aisés...

Antoine chassa ses souvenirs et reprit sa progression. Attiré par les lumières, il mit près d'une heure à trouver un caniveau qui débouchait sur l'une des grandes artères dessinées par Hausmann quelques décennies auparavant.

Paris brillait de mille feux.

TOME 2

LA VOLEUSE DE FLUX

La trilogie LES MONDES DE L'ALLIANCE

David Moitet

De l'action, du mystère et des personnages au caractère bien trempé pour cette série de science-fiction surprenante !

Depuis près d'un an, la vingt-sixième heure de la journée était le moment que Nato préférait. L'heure où chaque soir, sa sœur jumelle, Jade, déboulait dans sa chambre...

Nato se remémora avec un sourire ce jour béni où ils avaient reçu le paquet mystérieux, le soir de leur anniversaire. Ils s'étaient longuement demandé qui en était l'expéditeur. Une fois le colis ouvert, ils avaient découvert, perplexes, une drôle de clé. Elle était accompagnée de quelques mots : « Chambre 29. Armoire ». Nato occupait justement cette chambre depuis son arrivée à l'Académie, mais ne s'était jamais intéressé à cette fameuse armoire, d'une banalité qui n'avait rien à envier au reste du mobilier. Mais ce jour-là, cet amas de métal usé par le temps avait pris une autre dimension. Presque religieusement, les jumeaux l'avaient ouverte, puis vidée, sans rien découvrir. Jusqu'à ce qu'ils aient l'idée de regarder derrière...

L'Ombre blanche
Tome 1

Le Secteur C
Tome 2

La Treizième Loi
Tome 3

New Earth Project

David Moitet

Un scénario intense et addictif, signé David Moitet !

Je crois que je n'ai jamais couru aussi vite de ma vie. Être en retard, c'est la honte. Plus qu'un virage serré à négocier et je suis arrivée. Je franchis l'angle du bâtiment et amorce mon changement de direction.
Aïe !!! C'est quoi ce truc ?
J'ai toujours été douée en calcul de trajectoires. Mais je n'avais pas prévu qu'il y aurait un obstacle sur ma route. Je suis par terre, en face d'un autre élève, lui aussi tombé sur son postérieur. On s'est percutés assez violemment. Je crois qu'il courait, lui aussi. Pas bien grave, me direz-vous ?
Sauf que l'élève que j'ai mis à terre n'est pas n'importe qui. C'est un Intouchable. Pas sûr qu'il apprécie que son bel uniforme blanc soit taché. Je le dévisage, et je réprime un juron. (Je jure souvent, mais jamais à l'école.) Non seulement il a fallu que mon chemin croise la route d'un Intouchable, mais en plus, ce n'est pas n'importe quel Intouchable. J'ai en face de moi Orion Parker, le fils d'Arthur C. Parker, l'homme le plus riche de la planète, ou peu s'en faut.
Mes yeux glissent d'Orion au panneau qui orne l'entrée de l'école.
Il est rappelé à tous les élèves issus des bas quartiers qu'il est totalement interdit d'avoir un contact physique avec un Intouchable. Je lis les mots gravés en rouge :

Toute violation de cette règle entraînera des sanctions
pouvant aller jusqu'à l'exclusion de l'école.

[...]
— Ça va ? Tu t'es fait mal ?
Mon cerveau décode les paroles d'Orion Parker. Je rêve, où il vient de prendre de mes nouvelles ? Ce doit être à cause du choc...

Le Dossier Handle

David Moitet

Avec des meurtriers à ses trousses, Thomas fait tout pour rester en vie. Il n'a qu'une solution, utiliser son don !

Une trouée au cœur des nuages laisse filtrer un peu de la clarté de la lune, qui éclaire un bref instant notre cuisine d'une lueur fantomatique. Comme je m'y attendais, il n'y a pas la moindre trace de sang dans la pièce, ce qui était loin d'être le cas quelques heures auparavant. Les événements de la veille me reviennent en mémoire. Je revois la position exacte de mes parents, les coups de feu, le sang... J'ai la tête qui tourne. Je me retiens au plan de travail. Il faut que je quitte cette pièce au plus vite. Ma vie en dépend...

Telle une ombre vacillante, je prends la direction de l'étage. J'essaie de ne pas faire craquer les marches, notamment la cinquième, qui fait toujours du bruit. Arrivé dans ma chambre, j'ouvre mon placard quand un bruit de moteur me coupe dans mon élan. Le crissement caractéristique des pneus dans l'allée de graviers efface mes derniers doutes. Je m'attendais à voir la berline noire. Avec soulagement, je constate que c'est la voiture du shérif. D- Bill est de retour. Et il n'est pas seul. Un type gigantesque, qui semble être le résultat d'un croisement entre un ours et un repris de justice, s'extirpe maladroitement du véhicule. Le type observe la maison quelques secondes, avant de lever les yeux vers moi. In extremis, *je me replonge dans l'obscurité. J'espère qu'il ne m'a pas vu. Je les entends s'approcher de la maison. Quelques coups frappés à la porte.*

© Danica Bijeljac

David Moitet est né en 1977 et vit au Mans. Professeur d'EPS, il découvre sa vocation d'écrivain en 1999, alors qu'il est encore étudiant, à l'occasion d'un exercice de création demandé par un professeur de français. Après ce déclic, l'écriture amène dans son quotidien un vent de liberté et de magie. Son aventure littéraire débute par la parution de romans policiers adultes qui ont été récompensés à plusieurs reprises. L'envie d'inventer de nouveaux mondes le pousse à se tourner vers la littérature jeunesse et il publie à partir de 2014 la trilogie des *Mondes de l'Alliance*. Ses deux ouvrages suivants ont été lauréats de nombreux prix, dont le Prix Futuriales 2018, le Prix Sésame 2018 et le Prix Durance Ados 2018 pour *New Earth Project*, et le Polar du meilleur roman jeunesse 2018 pour *Le Dossier Handle*.

60-62, rue Saint-André-des-Arts
75006 Paris
www.didier-jeunesse.com
Illustrations : Benjamin Carré
Composition, mise en pages et photogravure : IGS-CP (16)
ISBN : 978-2-278-09175-1 • Dépôt légal : 9175/01
N° d'impression : 1805202
Loi n° 49-956 du 16 juillet 1949 sur les publications destinées à la jeunesse

Achevé d'imprimer en France en janvier 2019 chez Normandie Roto Impression s.a.s. (Alençon),
imprimeur labellisé Imprim'Vert, sur papier composé de fibres naturelles renouvelables,
recyclables, fabriquées à partir de bois issus de forêts gérées durablement.